Niños en el tiempo

Ian McEwan

Niños en el tiempo

Traducción de Javier Fernández de Castro

EDITORIAL ANAGRAMA
BARCELONA

Título de la edición original:
The Child in Time
Jonathan Cape
Londres, 1987

Ilustración: © lookatcia

Primera edición en «Panorama de narrativas»: diciembre 1989
Primera edición en «Compactos»: septiembre 1999
Segunda edición en «Compactos»: enero 2009
Tercera edición en «Compactos»: octubre 2013
Cuarta edición en «Compactos»: junio 2018
Quinta edición en «Compactos»: octubre 2024

Diseño de la colección: Julio Vivas y Estudio A

© Ian McEwan, 1987

© EDITORIAL ANAGRAMA, S. A. U., 1989

    Pau Claris, 172
    08037 Barcelona

ISBN: 978-84-339-2729-3
Depósito Legal: B. 8921-2024

Printed in Spain

Liberdúplex, S. L. U., ctra. BV 2249, km 7,4 - Polígono Torrentfondo
08791 Sant Llorenç d'Hortons

A Penny

1

... y para esos padres, confundidos durante demasiados años por el pálido relativismo de unos autotitulados expertos en cuestiones de infancia...

Manual autorizado de educación, HMSO

La subvención de los transportes públicos es algo que desde hace tiempo se relaciona, tanto por parte del gobierno como de los ciudadanos, con la negación de la libertad individual. Los diferentes sistemas de transporte quedaban colapsados dos veces al día durante las horas punta y resultaba más rápido, según descubrió Stephen, ir caminando desde su casa hasta Whitehall que tomar un taxi. Estaban a finales de mayo, apenas habían dado las nueve y media, y la temperatura sobrepasaba ya los 25°. De camino hacia Vauxhall Bridge, dejó atrás la doble y triple fila de coches atrapados y trepidantes, cada cual con su conductor solitario. El tono de esa búsqueda de libertad era más resignado que apasionado. Dedos ceñidos de alianza tamborileaban con paciencia contra el borde de los cálidos techos de metal, codos cubiertos de blancas camisas sobresalían de las ventanillas bajadas. Stephen avanzó rápidamente entre la multitud y atravesó oleadas de cháchara radiofónica procedentes de los automóviles: anuncios, consejos sobre desayunos con alto contenido energético, noticias, avances y boletines de tráfico. Los conductores que no leían escuchaban estólidamente. El rápido caminar de la multitud por la acera debía de conferirles una sensación de relativo movimiento, de estar siendo empujados lentamente hacia atrás.

Mientras zigzagueaba para abrirse paso, Stephen permanecía como siempre, aunque apenas fuera consciente de ello, atento a

9

los niños, a una niña de cinco años. Era algo más que un hábito, porque un hábito puede romperse. Era más bien una profunda predisposición, un rasgo que la experiencia había trazado en su carácter. No era fundamentalmente una búsqueda, aunque hubo un tiempo en que constituyó una caza prolongada y obsesiva. Dos años más tarde sólo quedarían vestigios; ahora era un anhelo, un hambre a secas. Había un reloj biológico, desapasionado en su avance imparable, que hacía crecer a su hija, ampliar y complicar su sencillo vocabulario y que la hacía más fuerte y segura de movimientos. El reloj, vigoroso como un corazón, avanzaba parejo a un condicional incesante: ella estaría dibujando, estaría empezando a leer, estaría perdiendo un diente de leche. Seguiría siendo familiar, pasase lo que pasase. Parecía como si la proliferación de ejemplos pudiera hacer desaparecer ese condicional, la tenue y semiopaca pantalla cuyo fino entramado de tiempo y azar la había separado de él; ha vuelto a casa de la escuela y está cansada, tiene el diente bajo la almohada, está buscando a su papá.

Cualquier niña de cinco años —aunque también le servían los niños— confería sustancia a su continuada existencia. En las tiendas, en los parques infantiles o en casa de amigos, no podía evitar el buscar a Kate en otros niños, ni ignorar en ellos los lentos cambios o las crecientes habilidades, ni podía dejar de sentir la inexplorada potencia de las semanas y los meses, el tiempo que debía haber sido de su hija. El crecimiento de Kate se había convertido en la esencia misma del tiempo. Su fantasmagórico desarrollo, producto de un dolor obsesivo, no sólo era inevitable —nada podía parar el vigoroso reloj—, sino necesario. Sin la fantasía de su continua existencia se encontraba perdido, el tiempo se detendría. Era el padre de una niña invisible.

Pero aquí, en el Millbank, sólo había ex niños camino del trabajo. Más arriba, justo antes de Parliament Square, había un grupo de mendigos autorizados. No se les permitía ponerse cerca del Parlamento o de Whitehall, ni en torno a la plaza. Pero algunos se aprovechaban de la confluencia de las riadas de viajeros.

Divisó sus estridentes brazaletes desde varias decenas de metros. Este era su clima preferido y se les veía pavonearse de su libertad. Los asalariados se veían obligados a cederles el paso. Una docena de mendigos trabajaban a ambos lados de la calle, avanzando rápidamente hacia él contra corriente. Stephen miraba ahora a una chiquilla. No era una niña de cinco años sino una preadolescente flaca. Ella le había localizado desde lejos. Caminaba lentamente, como una sonámbula, con el cuenco reglamentario extendido. Los oficinistas se apartaban y confluían a espaldas de ella. Sus ojos permanecían fijos en Stephen mientras se acercaba. El sintió la clásica ambivalencia. Dar dinero contribuía al éxito del programa gubernamental. No darlo suponía tener que afrontar determinados escrúpulos personales. No tenía escapatoria. El arte del mal gobierno consiste en romper la línea que separa el interés público del sentimiento íntimo, el sentido del deber. Ultimamente dejaba el asunto al azar. Si llevaba suelto en el bolsillo, lo daba. Si no, nada. Nunca daba billetes.

La chiquilla era morena de piel debido a la vida en la calle. Llevaba un sucio jersey de algodón amarillo y el cabello severamente rapado. Quizá acababa de ser despiojada. Cuando se acortó la distancia pudo ver que era graciosa, pícara y pecosa, de barbilla puntiaguda. No estaría ni a diez metros cuando echó a correr y recogió del suelo una bola de chicle todavía reluciente. Se la metió en la boca y empezó a mascar. Echó hacia atrás la cabecita desafiante cuando volvió a mirar en su dirección.

Entonces se le puso delante, con el cuenco oficial tendido. Le había elegido desde hacía rato, lo cual es un truco habitual en ellos. Horrorizado, Stephen buscó en el bolsillo trasero un billete de cinco libras. Ella le miró con expresión neutra mientras lo depositaba sobre las monedas.

No bien hubo retirado la mano, ella tomó el billete, lo arrugó con fuerza en la palma de la mano y dijo:

—Anda y que te jodan, míster.

Empezó a rodearlo, pero Stephen puso la mano sobre su hombro estrecho y duro y la detuvo.

—¿Qué has dicho?

La chica se dio la vuelta para desasirse. Achicó los ojos y la voz se le puso aguda.

—He dicho que le cojan, míster.

Pero cuando estaba fuera de su alcance, añadió:

—Ricacho de mierda.

Stephen le mostró las manos vacías en suave reproche. Sonrió sin separar los labios para resaltar su inmunidad frente al insulto. Pero la chiquilla había reanudado su rápido y soñoliento caminar calle abajo. El la estuvo contemplando un rato antes de perderla de vista entre la multitud. Pero ella no volvió la cabeza.

La Comisión Oficial de Enseñanza, que pasaba por ser la niña de los ojos del primer ministro, había engendrado catorce subcomités cuya tarea era hacer recomendaciones al organismo principal. Su función real, se decía cínicamente, era satisfacer los contrapuestos intereses de una miríada de grupos de presión —los lobbies del azúcar y de comidas rápidas, los fabricantes de bisutería y de juguetes, las centrales lecheras y los pirotécnicos, sociedades de beneficencia, organizaciones feministas, la gente del Pelican Crossing—, que influían desde todos los ángulos. Pocos eran, entre las clases dirigentes, los que declinaban su participación.

La opinión general coincidía en que el país estaba lleno de gente poco fiable. Había ideas muy claras acerca de cómo debía ser la ciudadanía y de lo que debería hacerse para procurar un futuro a los niños. Todo el mundo pertenecía a algún subcomité. Incluso Stephen Lewis, escritor de libros infantiles, estaba en uno gracias a la influencia de su amigo Charles Darke, que dimitió justo antes de que los comités iniciasen sus trabajos. Stephen pertenecía al Subcomité de Lectura y Escritura, presidido por el sibilino lord Parmenter. Cada semana, a lo largo de los abrasadores meses del que acabaría por ser el último verano decente del siglo XX, Stephen asistió a reuniones en la oscura sala de Whitehall donde, según le dijeron, se planificaron los ataques nocturnos contra Alemania en 1944. En otros momentos de su vida hubiese tenido mucho que decir acerca de la lectura y la escritura, pero en esas sesiones tendía a descansar los antebrazos en la gran mesa pulida, inclinar la cabeza en actitud de respetuosa atención y no abrir la boca. Aquellos días pasaba mucho tiempo solo. Una habitación atestada de gente no atenuaba su introspección, tal y como habría esperado, sino que más bien la intensificaba y le confería una estructura.

Pensaba sobre todo en su mujer y su hija, y en lo que iba a hacer consigo mismo. O meditaba sobre la súbita desaparición de Darke del panorama político. Enfrente de él había un gran ventanal por donde ni siquiera en pleno verano entraba la luz del sol. Más allá, un rectángulo de césped cortado a ras enmarcaba un patio lo bastante grande como para acoger media docena de limusinas ministeriales. Chóferes fuera de servicio comían, fumaban o miraban al comité sin interés. Stephen repasaba recuerdos y reminiscencias acerca de lo que era y de lo que debería haber sido. ¿O eran éstos quienes le repasaban a él? En ocasiones pronunciaba compulsivos discursos imaginarios, amargas o tristes acusaciones en las que cada versión había sido cuidadosamente revisada. Al mismo tiempo, prestaba una cierta atención a los procedimientos. El comité se dividía entre los teóricos, que ya habían hecho todas las reflexiones tiempo atrás —o bien habían sido hechas para ellos—, y los pragmáticos, que esperaban descubrir cuál era su posición durante el proceso de expresarla. La cortesía se ponía a prueba pero nunca llegaba a romperse.

Lord Parmenter presidía con digna y hábil banalidad, dando entrada a los oradores elegidos con un parpadeante giro de sus ojos encapotados y fijos, alzando un brazo para apaciguar pasiones y emitiendo sus escasas y perezosas opiniones con su lengua seca y manchada. Sólo el traje oscuro y cruzado denunciaba su ascendencia humanoide. Tenía un estilo aristocrático para los tópicos. Una larga y tortuosa discusión acerca de la teoría del desarrollo infantil fue puesta en su justo término mediante una intervención de peso:

—Los niños siempre serán niños.

Que los niños eran reacios al agua y al jabón, rápidos para aprender y que crecían demasiado aprisa se expuso asimismo como un difícil axioma. La banalidad de Parmenter era desdeñosa, no temía proclamar que el hombre es demasiado importante y prístino, y no le preocupaba que la frase sonase estúpida. No tenía que impresionar a nadie. No se molestaba ni en mostrarse al menos interesante. A Stephen no le cabía la menor duda de que era un hombre muy inteligente.

Los miembros del comité no consideraban necesario conocerse bien entre ellos. Cuando terminaban las largas sesiones y mientras guardaban papeles y libros en las carteras, se iniciaban corteses conversaciones que proseguían a lo largo de los pasillos pintados en dos tonos y se disolvían entre ecos mientras los miembros del comité bajaban por las escaleras de caracol y se dispersaban por los diferentes niveles del aparcamiento subterráneo del Ministerio.

Durante los sofocantes meses de verano y los que siguieron, Stephen realizó su visita semanal a Whitehall. Era su único compromiso en una vida por lo demás libre de obligaciones. Gran parte de esa libertad la pasaba en paños menores, tumbado en el sofá frente al televisor sorbiendo melancólicamente scotch solo, leyendo revistas de atrás hacia adelante o mirando los Juegos Olímpicos. Por las noches bebía más. Cenaba solo en un restaurante cercano. No hacía nada por relacionarse con amigos. Nunca devolvía las llamadas grabadas en el contestador. No le importaban gran cosa la mugre del piso ni las patrullas placenteras de gruesas y carnosas moscas. Cuando estaba fuera temía volver a la mortífera alineación de los objetos familiares, la forma que adoptaban los sillones vacíos, los platos sucios, los periódicos viejos a sus pies. Era una obstinada conspiración de los objetos —la tapa del retrete, las sábanas o la suciedad del suelo—, para quedarse exactamente como los había dejado. En casa tampoco se desviaba de las reflexiones sobre su hija, su esposa o qué hacer. Pero le faltaba concentración para pensar. Fantaseaba a fragmentos, sin control, casi inconscientemente.

Los miembros del comité se tomaban muy a pecho la puntualidad. Lord Parmenter era siempre el último en llegar. Al tiempo de tomar asiento llamaba al orden a la sala con una suerte de suave carraspeo que hábilmente se transformaba en sus primeras palabras. El funcionario adscrito al comité, Peter Canham, se sentaba a su derecha, con la silla separada de la mesa para simbolizar su distanciamiento. Todo lo que se requería de Stephen era que se mostrase plausiblemente alerta durante dos horas y media, situación que le resultaba familiar desde sus días de escolar, gracias a los cientos o miles de horas de clase dedicadas al vagabundeo mental. La propia habitación resultaba familiar. Se encontraba como en casa, con los interruptores de baquelita marrón y los polvorientos hilos eléctricos tendidos sin ninguna elegancia por la pared. Cuando iba a la escuela, la clase de historia se parecía mucho a ésta: la misma comodidad generosa y ajada, la misma mesa alargada y baqueteada que alguien se ocupaba todavía de pulir, los vestigios de majestuosidad y de soñolienta burocracia soporíferamente mezclados. Cuando Parmenter perfilaba con viperina afabilidad el orden del día, Stephen oía a su profesor cantar con su armonioso deje gaélico las glorias de la corte de Carlomagno o los ciclos de depravación y reforma en el papado medieval. A través de la ventana no veía un aparcamiento privado con limusinas achicharradas, sino, como si estuviera en un segundo piso, una rosaleda y campos de juego, una balaustrada de color gris sucio y, más allá, terrenos duros y yermos que dejaban paso a robles y hayas, detrás de los cuales se veía una buena porción de la ribera y el río, con más de un kilómetro de orilla a orilla. Era un tiempo perdido y un paisaje perdido: había vuelto una vez para descubrir los árboles cuidadosamente talados, las tierras labradas y el estuario sajado por un puente de autopista. Y puestos en el tema de la pérdida, no le resultaba difícil trasladarse a

15

un frío y soleado día frente a un supermercado del South London. Llevaba a su hija de la mano. Esta lucía una bufanda de lana roja tejida por su madre y apretaba contra el pecho un deshilachado burrito. Se dirigían hacia la entrada. Era sábado y había multitud de gente. El le sostenía la mano con fuerza.

Parmenter había terminado, y uno de los académicos explicaba ahora con vacilación los méritos de un nuevo alfabeto fonético. Los niños podrían aprender a leer y escribir mucho antes y de forma más amena y la transición hacia el alfabeto tradicional prometía ser sencilla. Stephen sostenía un lápiz en la mano y parecía dispuesto a tomar notas. Sacudía levemente la cabeza, aunque resultaba difícil saber si era debido a su aquiescencia o a la incredulidad.

Kate estaba en una edad en que su incipiente vocabulario y las ideas que éste desarrollaba le producían pesadillas. No las podía describir claramente a sus padres, pero estaba claro que contenían elementos habituales de sus cuentos infantiles: un pez parlanchín, una gran roca con una ciudad dentro, un monstruo solitario que anhelaba ser amado. Aquella noche había tenido muchas pesadillas. Julie se tuvo que levantar varias veces de la cama para ir a verla y acabó permaneciendo en vela hasta el amanecer. Ahora dormía. Stephen preparó el desayuno y visitó a Kate. Estaba pletórica de energía pese a las perturbaciones y dispuesta a ir de compras y a montarse en el carrito del supermercado. La rareza del sol luciendo en un día de helada la excitaba. Por una vez ayudó a que la vistieran. Se quedó quieta entre sus rodillas mientras le ponía la ropa interior de abrigo. Tenía un cuerpo compacto y perfecto. La levantó y le hundió el rostro en la barriga fingiendo que la mordía. Su cuerpecito olía a sábanas calientes y leche. Ella forcejeó y se retorció, y cuando la dejó en el suelo le pidió que lo hiciera de nuevo.

Le abrochó la camiseta de lana, le puso un jersey grueso y le sujetó los tirantes. Ella inició una canción vaga y abstracta a medio camino entre la improvisación, canciones infantiles y fragmentos de villancicos. Hizo que se sentara en su silla para ponerle los calcetines y abrocharle las botas. Mientras estaba arrodillado frente a ella, Kate le tiraba del pelo. Al igual que muchas niñas, se mostraba singularmente protectora para con su padre. Antes de salir de casa solía asegurarse de que él se abrochaba el abrigo hasta el cuello.

Le llevó un té a Julie. Estaba medio dormida, con las rodillas casi pegadas al pecho. Dijo algo que se perdió en la almohada. Él metió la mano bajo las sábanas y le acarició las nalgas. Ella se dio la vuelta y atrajo a Stephen hacia su pecho. Cuando se besaron, él percibió en su boca el espeso y metálico sabor a sueño. Más allá de la penumbra del dormitorio, Kate continuaba canturreando su cancioncilla. Por un momento Stephen estuvo tentado de renunciar a las compras e instalar a Kate con unos cuantos libros frente al televisor. Podía meterse bajo las pesadas mantas con su esposa. Habían hecho el amor justo después del amanecer, pero de forma adormilada y provisional. Ella le acariciaba ahora, gozando de su dilema. La volvió a besar. Llevaban casados seis años, un tiempo de lentos y cuidadosos ajustes a los contrapuestos principios del placer físico, el débito conyugal y la necesidad de soledad. Negligir uno suponía la negación o el caos en los otros. Incluso mientras apretaba suavemente un pezón de Julie entre el índice y el pulgar, iba haciendo cálculos. Después de una noche tan agitada y de la expedición al mercado, Kate necesitaría echarse una siesta a mediodía. Entonces tendrían la seguridad de poder contar con un período sin interrupciones. Más tarde, durante los meses y años de tristeza, Stephen se esforzaría por volver a aquel momento y abrirse paso por entre los pliegues de los acontecimientos para meterse entre las sábanas y revocar su decisión. Pero el tiempo —no necesariamente tal y como es, porque quién sabe eso, sino como el pensamiento lo construye— prohíbe monomaníacamente las segundas oportunidades. No hay un tiempo absoluto, como le había dicho su amiga Thelma en muchas ocasiones, ni entidad independiente. Sólo nuestro débil y peculiar entendimiento. Rechazó el placer y eligió el deber. Apartó la mano de Julie y se puso en pie. En el vestíbulo se encontró con

Kate, que hablaba a gritos y sostenía el raído burrito de peluche. El se inclinó para pasarle dos veces la roja bufanda en torno al cuello. Ella se puso de puntillas para comprobar si llevaba abrochados los botones. Ya iban cogidos de la mano incluso antes de atravesar el umbral de la puerta.

Salieron fuera con la resolución de quien afronta una tormenta. La calle principal era una arteria hacia el sur, con el tráfico impulsado por una ferocidad adrenalínica. Era un día crudo y soleado, perfecto para suministrar a una memoria obsesiva una luz de brillante explicitación y un ojo cínico para el detalle. Caída al sol, junto a las escaleras, había una lata de Coca-Cola chafada pero con el precinto intacto. Kate se mostró partidaria de arrancar el precinto, pero Stephen se lo prohibió. Y más allá, junto a un árbol y como iluminado desde dentro, un perro cagaba sacudiendo las caderas, con una expresión elevada y soñadora. El árbol era un cansado roble cuya corteza parecía recién esculpida, con los surcos ingeniosos y chispeantes y las hendiduras sombreadas de negro.

Había un paseo de dos minutos hasta el supermercado, atravesando la calzada de cuatro carriles por el paso cebra. Cerca de donde ellos esperaban para cruzar, había una tienda de motos que era un punto de encuentro internacional para motoristas. Unos tipos con estómagos prominentes se recostaban o se sentaban a horcajadas sobre sus máquinas aparcadas. Cuando Kate se sacó de la boca el nudillo que se había estado chupando y señaló hacia ellos, el sol iluminó un dedo humeante. Sin embargo, no encontró palabras para describir lo que veía. Al final cruzaron frente a una fila de coches impacientes, que saltaron hacia adelante en cuanto ellos llegaron a la isla central. Kate buscó a la señora de los caramelos, que siempre la reconocía. Stephen le explicó que era sábado. Habría multitudes y la cogió fuertemente de la mano en cuanto se acercaron a la entrada. En medio de voces, gritos y el repiqueteo electromecánico de las cajas registradoras, encontraron un carrito. Kate sonreía ampliamente para sí misma mientras se ponía cómoda en el asiento.

La gente que iba al supermercado se dividía en dos grupos, tan diferenciados como tribus o naciones. El primero vivía en las reformadas casas victorianas de la localidad, de las que eran propietarios. El segundo vivía en bloques de pisos y viviendas oficiales. Los del primer grupo tendían a comprar fruta fresca y verdura, pan integral, café, pescado fresco, vinos y licores; en tanto que los del segundo grupo compraban verdura enlatada o congelada, judías estofadas, sopas de sobre, azúcar blanco, bizcochos, cerveza, vino y cigarrillos. En el segundo grupo había pensionistas comprando carne para sus gatos y galletas para sí mismos, también jóvenes madres reventadas de cansancio que sostenían firmemente el cigarrillo en la boca, y que podían perder los nervios ante la caja y darle un pescozón a un niño. En el primer grupo se encontraban parejas jóvenes y sin hijos, vestidas a la última y que en el peor de los casos podían ir un poco justas de tiempo. También había madres con la *au pair*, y padres como Stephen, comprando salmón fresco para poner su granito de arena.

¿Qué más compró? Pasta de dientes, pañuelos de papel, detergente para vajillas, bacon, una pierna de cordero, carne, pimientos verdes y rojos, patatas, una lata de aceite y una botella de scotch. ¿Y quién estaba allí cuando su mano cogía esas cosas? ¿Alguien que le seguía mientras empujaba a Kate a lo largo de los atestados pasillos, que permanecía varios pasos por detrás cuando él se detenía, y que fingía interesarse en una etiqueta para luego continuar andando cuando él lo hacía? Él había regresado mil veces para ver su propia mano, una estantería y la acumulación de objetos, o para oír la charla de Kate; y había tratado de mover los ojos, levantarlos contra el peso del tiempo para ver en la periferia de su campo visual la velada figura que siempre permanecía a un lado y ligeramente atrás y que, imbuida de un extraño deseo, acechaba la oportunidad o, sencillamente, aguardaba. Pero el tiempo había congelado para siempre sus miradas durante aquel día, y en torno a él formas indefinibles desaparecían y se disolvían sin posibilidad de categorizarlas.

Quince minutos más tarde estaban en la caja. Había ocho colas paralelas. Se puso en la que estaba más cercana a la puerta porque sabía que la chica de esa caja trabajaba deprisa. Había tres personas delante de él cuando detuvo el carrito, y no vio a nadie detrás cuando se volvió para bajar a Kate. Ella se estaba divirtiendo y se mostró reacia a ser interrumpida. Protestó y encajó los pies contra el asiento. Tuvo que levantarla mucho para sacarla de allí. Advirtió su irritación con distraída satisfacción: era un claro síntoma de cansancio. Cuando acabaron esa pequeña escaramuza, sólo quedaban delante dos personas, y una de ellas estaba a punto de irse. El se puso en la parte delantera del carrito para descargar el contenido sobre la cinta transportadora de la caja. Kate se agarraba a un travesaño del carrito haciendo como que empujaba desde el otro lado. No había nadie detrás de ellos. En ese momento, la persona que tenían delante en la cola, un hombre encorvado, se disponía a pagar varias latas de comida para perros. Stephen fue poniendo las cosas en la cinta. Cuando se incorporó, es posible que fuera consciente de una figura con un abrigo negro detrás de Kate. Pero a duras penas podría considerarse una percepción consciente, sino más bien la levísima sospecha urdida por una memoria desesperada. El abrigo podría haber sido un traje o una bolsa de la compra, o un producto de su imaginación. Estaba concentrado en gestos cotidianos, absorto en llevarlos a cabo. Su nivel de consciencia era muy bajo.

El hombre con la comida para perros estaba saliendo. La chica de la caja ya trabajaba, deslizando los dedos de una mano sobre el teclado mientras con la otra atraía hacia sí los paquetes de Stephen. Al recoger el salmón del carrito, miró a Kate y guiñó un ojo. Ella le imitó, pero desmañadamente, arrugando la nariz y cerrando ambos ojos. Puso el salmón en la cinta y le pidió a la cajera una bolsa. Ella buscó bajo un estante y sacó una. El la tomó y se volvió. Kate había desaparecido. No había nadie en la cola detrás de él. Empujó sin prisas el carrito pensando que estaría escondida al final del mostrador. Luego dio varios pasos y miró en dirección al único pasillo que ella podía haber alcanzado. Retrocedió y miró a derecha e izquierda. A un lado había hileras de compradores y al otro un espacio vacío, luego las barras giratorias cromadas y más allá las puertas automáticas que daban a la calle. Es posible que hubiera una figura con abrigo alejándose aprisa, pero en ese momento Stephen buscaba una niña de tres años, y su temor más inmediato era el tráfico.

Era una ansiedad teórica y precavida. Mientras se abría paso a empujones entre los clientes y emergía a la ancha acera, sabía que no iba a encontrarla allí. Kate no era de esa clase de aventureros. No era de las que se perdían. Además, era demasiado sociable y prefería la compañía de quien estuviera con ella. Por otra parte la aterrorizaba la calle. Dio media vuelta y se tranquilizó. Tenía que estar en el super y allí no podía correr verdadero peligro. Esperaba verla aparecer por detrás de las filas de clientes ante las cajas. Era fácil pasar por alto a un niño en la primera oleada de preocupación, buscar demasiado y sin fijarse bien. Sin embargo, al regresar seguía sintiendo una náusea y un endurecimiento en la garganta, y una desagradable ligereza en los pies. Cuando recorrió todas las cajas, ignorando a la chica de la suya que trataba de llamarle la atención, irritada, sintió frío en la boca del estómago. Corriendo controladamente —aún no había llegado al punto en que no le importaría parecer un atolondrado— recorrió todos los pasillos entre montañas de naranjas, rollos de papel higiénico y sopas. Hasta que no regresó al punto de partida, no abandonó el decoro: hinchó los oprimidos pulmones y llamó a Kate a gritos.

Ahora caminaba a largos trancos, aullando su nombre, cuando desembocó por uno de los pasillos y se dirigió de nuevo hacia la puerta. Rostros vueltos hacia él. No era posible tomarle por uno de esos borrachos que entraban a comprar sidra. Su miedo era demasiado evidente y poderoso, y llenaba el espacio impersonal y fluorescente con un inequívoco valor humano. Al cabo de un momento, toda actividad alrededor de él había cesado. Cestas y carritos fueron dejados de lado, la gente empezó a agruparse pronunciando el nombre de Kate y de alguna manera, en cuestión de un instante, todo el mundo sabía que ella estaba allí, que se la había visto por última vez en la caja, y que llevaba unos tirantes verdes y un burrito de peluche. Los rostros de las madres permanecían tensos y alerta. Algunas personas habían visto a la niña subida en el carrito. Alguien recordaba el color de su jersey. El anonimato de esa tienda urbana resultó ser superficial, una fina costra tras la cual la gente observaba, juzgaba y recordaba. Un grupo de clientes cercano a Stephen se dirigió hacia la puerta. A su lado estaba la chica de la caja, con el rostro tenso y alerta. Había otros miembros de la jerarquía del supermercado con chaquetas marrones, batas blancas o trajes azules, que de pronto ya no eran empleados de almacén, encargados o representantes de la compañía sino padres, reales o petenciales. Estaban todos en la acera, algunos agrupados en torno a Stephen, haciéndole preguntas o dándole ánimos mientras que otros, más eficaces, se esparcían en todas direcciones para buscar por las tiendas cercanas.

La niña perdida era propiedad de todos. Pero Stephen estaba solo. Miraba a través y más allá de los rostros amables que le rodeaban. Eran irrelevantes. Sus voces no llegaban hasta él y representaban obstáculos en su radio de visión. Le impedían ver a Kate. Tuvo que abrirse paso y hacerlos a un lado para acercarse a ella. Le faltaba el aire, necesitaba pensar. Se oyó a sí mismo pronunciar la palabra «robada» y la palabra fue recogida y esparcida hasta los extremos y hasta los transeúntes que de inmediato se veían arrastrados por la conmoción. La chicarrona de dedos ágiles, que tan fuerte parecía, estaba llorando. Stephen tuvo tiempo de percibir en ella un disgusto pasajero. Como atraído por la palabra que él había pronunciado, un coche blanco de policía, salpicado de lodo, se detuvo junto al bordillo. La confirmación oficial del desastre le provocó náuseas. Algo le subió por la garganta y le dobló en dos. Quizá vomitó, pero no tenía conciencia de ello. Lo siguiente fue otra vez el supermercado, pero ahora los principios de eficacia y de orden social habían seleccionado a las personas que le acompañaban: un encargado, una joven que podría ser su ayudante, un jefe de sección y dos policías. De pronto, todo estaba inmóvil.

Se dirigieron rápidamente hacia la parte trasera de la espaciosa planta. Stephen tardó algún tiempo en caer en la cuenta de que todos le empujaban en lugar de seguirle. Habían desalojado el almacén. A través de una ventana a su derecha pudo ver fuera a otro policía rodeado de clientes y tomando notas. El encargado hablaba rápidamente en medio del silencio, en parte lanzando hipótesis, en parte lamentándose. La niña —conoce su nombre, pensó Stephen, pero su posición le impide usarlo—, la niña podría haberse dirigido hacia la zona de carga. Deberían haber pensado en ello antes que nada. La puerta del frigorífico a veces se quedaba abierta, por más que regañase a sus empleados.

Aceleraron el paso. Una voz ininteligible pronunciaba órdenes secas a través de la radio de uno de los policías. Desde la sección de quesos salieron a través de una puerta a un espacio abierto en el que todo decoro desaparecía, pues el suelo de plástico dejaba paso a uno de hormigón donde parpadeaban las partículas de mica, la luz provenía de bombillas desnudas colgadas de un techo invisible. Había una carretilla elevadora aparcada junto a un montón de cajas de cartón plegadas. Saltando sobre un sucio charco de leche, el encargado se dirigió hacia la puerta del frigorífico, que estaba entreabierta.

Le siguieron hasta una estancia baja y atestada de la que partían dos corredores sumidos en la penumbra. Latas y cajas aparecían apiladas de cualquier manera en las estanterías de los lados, mientras que en el centro, colgados de ganchos, había gigantescos animales abiertos en canal. El grupo se dividió en dos y avanzaron por los pasillos. Stephen fue con los policías. El aire frío y seco penetraba profundamente en la nariz y sabía a hojalata helada. Avanzaban despacio, escudriñando en los espacios vacíos tras las cajas en los estantes. Uno de los policías preguntó cuánto tiempo podría aguantar alguien allí. Por entre los intersticios de la cortina de carne que los separaba, Stephen pudo ver al encargado intercambiar una mirada con su subordinada. El joven se aclaró la garganta y contestó precavidamente que mientras uno se mantuviese en movimiento, no había nada que temer. El vapor salía a oleadas de su boca. Stephen comprendió que si encontraban allí a Kate, estaría muerta. Pero el alivio que experimentó cuando ambos grupos coincidieron al fondo fue abstracto. Se había vuelto distante de una forma enérgica y calculada. Si habían de encontrarla, acabarían haciéndolo, porque estaba dispuesto a no hacer otra cosa más que buscarla; si no aparecía, entonces, con tiempo, habría que enfrentarse a ello de manera lógica y racional. Pero no ahora.

Salieron a una temperatura ilusoriamente tropical y se dirigieron a la oficina del encargado. Los policías sacaron sus libretas y Stephen contó su historia con energía, tanto en lo referente a los hechos como a los detalles. Se sentía lo bastante distanciado de sus propios sentimientos como para experimentar placer en la concisión de sus palabras y en el hábil dominio de los hechos relevantes. Se miraba a sí mismo y veía a un hombre bajo presión, que se comportaba con admirable autocontrol.

La meticulosa descripción del atuendo de la niña y la precisa reproducción de sus rasgos era una forma de olvidarse de Kate. Admiraba asimismo el rutinario y tenaz interrogatorio de los policías y el olor a aceite y cuero de sus cartucheras. Ellos y él eran hombres unidos frente a una indecible dificultad. Uno de los policías dio la descripción de Kate por la radio y oyeron la respuesta distorsionada procedente de un coche patrulla cercano. Todo ello resultaba muy tranquilizador. Stephen estaba entrando en un estado muy cercano al júbilo. La ayudante del encargado le hablaba con una preocupación que Stephen encontraba totalmente fuera de lugar. Le tenía sujeto por el antebrazo y le instaba a que se tomase el té que le había traído. El encargado estaba justo ante la puerta de su oficina y se lamentaba alegando que los supermercados eran el lugar favorito de los secuestradores de niños. Su ayudante cerró la puerta de golpe con el pie. El súbito movimiento hizo surgir un olor a perfume por entre los pliegues de sus sobrias ropas e hizo que Stephen pensase en Julie. Tuvo que enfrentarse a una oscuridad que surgió de lo más profundo de su frente. Se agarró al lateral de la silla y esperó a que se le vaciase la mente, y cuando comprendió que había recobrado el control, se puso en pie. El interrogatorio había terminado. Los policías recogieron los cuadernos de notas y también se levantaron. La ayudante del encargado se ofreció a acompañarle a su casa, pero Stephen negó enérgicamente con la cabeza.

Entonces, sin intervalo aparente ni solución de continuidad, se encontró fuera del supermercado esperando en el paso cebra junto con media docena de personas. Llevaba en la mano una bolsa repleta. Recordaba que no había llegado a pagar. El salmón y el aceite eran de regalo, a modo de compensación. Los coches aminoraron la marcha de mala gana y se detuvieron. Stephen cruzó en compañía de los otros clientes y trató de asumir el insulto de la normalidad del mundo. Y comprendió la rigurosa simplicidad de los hechos: había ido de compras con su hija, la había perdido y ahora regresaba sin ella para decírselo a su mujer. Los motoristas todavía seguían allí e igualmente, un poco más allá, estaba la lata de Coca-Cola con su precinto. Incluso el perro seguía bajo el mismo árbol. Al subir por las escaleras se detuvo en un escalón roto. Percibía dentro de la cabeza una música atronadora, un gigantesco zumbido orquestal cuya disonancia fue disolviéndose mientras permanecía agarrado a la barandilla, pero que regresó en cuanto reemprendió la ascensión.

Abrió la puerta y escuchó. El aire y la luz del piso le dijeron que Julie continuaba durmiendo. Se quitó el abrigo. Cuando lo levantó para colgarlo se le contrajo el estómago y un sorbo —él lo imaginó como un sorbo negro— del café matutino le subió a la boca. Lo escupió en las manos ahuecadas y fue a lavárselas a la cocina. Tuvo que pasar por encima del pijama tirado de Kate, lo cual resultó relativamente sencillo. Entró en el dormitorio sin tener una idea clara de lo que iba a decir o hacer allí. Se inclinó al borde de la cama. Julie giró sobre sí misma para encararse a él, pero no abrió los ojos. Ella encontró su mano. La tenía cálida, insoportablemente cálida. Julie dijo adormilada algo acerca de lo fría que estaba la suya. La atrajo hacia sí y se la puso bajo el mentón. Ella se complacía en la seguridad que transmitía su presencia.

Stephen contempló a su esposa y un montón de frases tópicas —una madre devota, apasionadamente unida a su hija, un padre amoroso— parecieron llenarse de nuevos significados; eran frases decentes y útiles, pensó, probadas por el tiempo. Un limpio mechón de pelo negro reposaba sobre su mejilla, justo debajo del ojo. Era una mujer tranquila y atenta, poseía una adorable sonrisa, amaba apasionadamente a su esposo y le gustaba decírselo. Y él había construido su vida en torno a su intimidad, dependía de ésta. Ella era violinista y daba clases en el Guildhall. Junto con tres amigos había formado un cuarteto de cuerda. Estaban empezando a conseguir contratos y habían recibido una corta pero favorable crítica en un periódico nacional. El futuro era, había sido, rico. Con los dedos de la mano izquierda, con las yemas endurecidas, tamborileó sobre la muñeca de su marido. El la miraba ahora desde una inmensa distancia, a varias decenas de metros. Podía ver el dormitorio, el bloque de apartamentos de estilo eduardiano, los techos alquitranados de los anexos traseros con sus torcidas y sucias cisternas, el caos de South London, la vaga curvatura de la tierra. Julie era apenas algo más que una mota en el revoltijo de sábanas. El se elevaba cada vez más y más aprisa. Al menos, pensó, como el aire es aquí suave y la ciudad adquiere un diseño geométrico, no se verán los sentimientos y será posible guardar cierto decoro.

Fue entonces cuando ella abrió los ojos y advirtió la expresión de su rostro. Le costó algunos segundos leer lo que éste decía antes de sentarse de golpe sobre la cama y emitir un sonido de incredulidad, un corto gemido producido por una súbita aspiración de aire. De momento, las explicaciones no eran ni posibles ni necesarias.

En su conjunto, el comité no se mostraba favorable al alfabeto fonético. El coronel Jack Tackle, del Comité contra la Violencia Doméstica, dijo que le sonaba a soberana estupidez. Una joven llamada Rachael Murray lanzó un tenso discurso de rechazo cuya seguridad en la terminología de los lingüistas profesionales no disimuló su temblorosa repulsa. Ahora, Tessa Spankey sonreía a la sala. Era editora de libros infantiles, una mujer grandota y con hoyuelos en la base de cada dedo. Tenía un rostro amistoso y enmarcado por una doble papada, lleno de pecas. Tenía buen cuidado de abarcarlos a todos con su tierna mirada. Hablaba despacio y con tono convincente, como si fueran un grupo de niños inquietos. No había lengua en el mundo, aseguraba, en la que no fuera difícil aprender a leer y escribir. Si aprender pudiera ser divertido, todo iría bien. Pero la diversión era secundaria. Maestros y padres debían asumir el hecho de que en el fondo del aprendizaje de una lengua hay dificultad. El triunfo sobre la dificultad era lo que confería su dignidad a los niños y un sentido de disciplina mental. La lengua inglesa, decía, era un campo de minas sembrado de irregularidades, de excepciones que sobrepasaban en número a las normas. Pero debía ser cruzado, y atravesarlo resultaba trabajoso. Los maestros tenían excesivo miedo a crearse antipatías y eran demasiado amigos de dorar la píldora. Deberían aceptar la dificultad, celebrarla, y lograr que los alumnos hiciesen lo mismo. Sólo hay una manera de aprender a deletrear, y es adentrarse, sumergirse en la palabra escrita. ¿Cómo si no —y aquí los ametralló con su bien escogida lista— aprendemos a deletrear «through», «tough», «plough», «cough» o «though»? La mirada maternal de la señora Spankey recorrió los rostros atentos. Diligencia, dijo, aplicación, disciplina y trabajo gozosamente duro.

Hubo un murmullo de aprobación. El académico que había propuesto el alfabeto fonético empezó a hablar de dislexia, de la venta de escuelas públicas y de la escasez de viviendas. Hubo espontáneos gruñidos de desaprobación. El individuo de maneras educadas apretó más. Dos tercios de los niños de once años en escuelas especiales, dijo, eran analfabetos. Parmenter intervino con rapidez reptiliana. Las necesidades de los grupos especiales rebasaban las competencias del comité. A su lado, Canham asentía. Medios y fines, no patologías. Tales eran las preocupaciones del comité. La discusión se fragmentó. Por alguna razón se propuso una votación.

Stephen alzó la mano en favor de lo que sabía un alfabeto inútil. Pero apenas importaba, porque estaba atravesando la ancha franja de asfalto resquebrajado y lleno de baches que separaba dos bloques de apartamentos. Llevaba consigo una carpeta con fotografías y listas de nombres y direcciones limpiamente mecanografiados y dispuestos en orden alfabético. Las fotografías —ampliaciones de instantáneas de vacaciones— se las enseñaba a cualquiera que mostrase interés. Las listas, confeccionadas en la biblioteca a base de números atrasados de periódicos locales, correspondían a padres cuyos hijos habían muerto durante los seis meses precedentes. Su teoría, una de las muchas, era que Kate había sido raptada para sustituir a un niño muerto. Llamó a muchas puertas y habló con madres que al principio se mostraban extrañadas y después hostiles. Visitó a canguros. Se paseó arriba y abajo por las calles comerciales con sus fotografías en ristre. Vagabundeó por el supermercado y la farmacia vecina. Fue ampliando su radio de acción hasta que su área de búsqueda abarcó casi cuatro kilómetros de ancho. Se anestesiaba a sí mismo con la actividad.

Iba a todas partes solo y salía de casa poco después del tardío amanecer invernal. La policía perdió interés en su caso al cabo de una semana. Las revueltas en los suburbios del norte, le explicaron, estaban debilitando sus recursos. Y su esposa permanecía en casa. Le habían dado permiso especial en el colegio. Cuando él salía por la mañana, Julie se quedaba sentada en la butaca del dormitorio, contemplando la chimenea apagada. Y allí era donde la encontraba cuando regresaba por la noche y encendía las luces.

Al principio hubo un ajetreo de lo más inútil: entrevistas con oficiales de policía, equipos de inspectores, perros rastreadores, algún interés periodístico, más explicaciones y un dolor aterrorizado. Durante ese tiempo, Stephen y Julie se habían apoyado mutuamente, compartiendo aturdidos cuestiones retóricas, toda la noche despiertos en la cama, teorizando esperanzados por un momento, desesperando al siguiente. Pero eso fue antes de que el tiempo, la descorazonadora acumulación de días, pusiese de relieve la amarga y absoluta verdad. El silencio hizo su aparición y fraguó. Los juguetes y la ropa de Kate seguían esparcidos por el piso, y su cama deshecha. Hasta que una tarde, el desorden desapareció. Stephen encontró la cama desnuda y tres sacos de plástico atestados junto a la puerta del dormitorio. Se enfadó con Julie, disgustado por lo que tomó como una autodestrucción femenina y una voluntad de derrota. Pero no consiguió hablar con ella al respecto. No había lugar para la ira, ni acercamiento. Se movían como sombras en una ciénaga, sin ánimos para una confrontación. De pronto, su dolor se individualizó, se hizo insular, incomunicable. Cada uno se fue por su lado, él con sus listas y sus caminatas; ella en la butaca, entregada a su dolor profundo y privado. Ya no hubo consuelo mutuo, ni contacto, ni amor. Su vieja intimidad, la habitual suposición de que ambos estaban del mismo lado, había muerto. Se acurrucaron sobre su pérdida respectiva y empezó a crecer entre ellos un resentimiento mutuo y tácito.

Al final de un día por las calles, cuando regresaba a casa, nada le dolía más a Stephen que la certeza de encontrar a su esposa sentada en la oscuridad, sin esbozar apenas un movimiento para darse por enterada de su presencia y sin que él tuviese buena voluntad ni habilidad para romper el silencio. Sospechaba —y más tarde resultó estar en lo cierto— que ella consideraba sus esfuerzos como la típica evasión masculina, como un intento de enmascarar sentimientos detrás de ese despliegue de competencia, organización y esfuerzo físico. La pérdida había hecho aflorar en ellos los extremos de sus personalidades. Descubrieron un grado de intolerancia mutua que la tristeza y el shock hacían insufrible. No podían soportar comer juntos. El comía de pie un bocadillo en su ansia por no perder tiempo y temeroso de sentarse a escuchar sus pensamientos. Por lo que a él respectaba, Julie no comía nada en absoluto. Al principio llevaba a casa pan y queso que, con los días, fueron produciendo moho en la no visitada cocina. Una comida juntos hubiese implicado el reconocimiento y la aceptación de su cercenada familia.

Llegó un momento en que Stephen no pudo ni mirar a Julie. No era sólo porque viese reflejadas en su rostro macilentas trazas de Kate o de sí mismo. Era la inercia, el colapso de la voluntad, el sufrimiento casi extático lo que le disgustaba y amenazaba con minar sus esfuerzos. El iba a encontrar a su hija y a matar al raptor. No tenía más que seguir el impulso correcto, y enseñarle su fotografía a la persona adecuada, y llegaría hasta ella. Si hubiera más horas de luz, si pudiera vencer la tentación cada día mayor de mantener la cabeza bajo las sábanas, si pudiera caminar más rápido, mantener la concentración, acordarse de mirar atrás de vez en cuando y perder menos tiempo comiendo bocadillos, confiar en su intuición, buscar en calles laterales y moverse más de prisa, cubrir más terreno, correr más, correr...

Parmenter estaba de pie, balbuceando algo mientras guardaba su pluma de plata en el bolsillo interior de la americana. Al dirigirse hacia la puerta que Canham mantenía abierta para él, el anciano lanzó una sonrisa general de despedida. Los miembros del comité recogieron los papeles e iniciaron las acostumbradas y comedidas conversaciones que durarían hasta que saliesen del edificio. Stephen recorrió el pasillo en compañía del académico que había sufrido una derrota tan rotunda en la votación. Se llamaba Morley. Con sus modales civilizados y vacilantes le explicó que los desacreditados sistemas alfabéticos del pasado le dificultaban aún más el trabajo. Stephen sabía que no tardaría en estar solo de nuevo. Pero incluso ahora no pudo evitar la divagación ni impedirse reflexionar acerca de cómo se había deteriorado la situación hasta el extremo de no haber sentido ninguna emoción en especial cuando, al regresar de sus correrías una tarde de finales de febrero, encontró vacía la butaca de Julie. Una nota en el suelo daba el nombre y el teléfono de una casa de retiro en Chilterns.

No había ningún otro mensaje. Paseó sin objeto por el piso, encendió las luces y contempló las abandonadas habitaciones, pequeños escenarios a punto de ser desmontados.

Finalmente se acercó a la butaca de Julie y se detuvo indeciso unos momentos con la mano en el respaldo como quien calcula la posibilidad de llevar a cabo un acto peligroso. Por fin se puso en movimiento, dio dos pasos en torno a ella y tomó asiento. Se quedó mirando la estufa renegrida sobre cuya superficie unas cerillas gastadas adoptaban formas caprichosas en un pedazo de papel de estaño; fueron transcurriendo los minutos, un tiempo durante el cual pudo sentir cómo la arrugada tapicería reajustaba el contorno de Julie al suyo, unos minutos tan vacíos como los restantes. Entonces se hundió, y permaneció inmóvil por vez primera en varias semanas. Siguió así durante horas, a lo largo de la noche, a ratos dormitando brevemente, sin moverse al despertar ni apartar la mirada de la chimenea. Y mientras tanto, al parecer, algo empezó a surgir del silencio alrededor de él, una lenta oleada de conciencia que fue creciendo con nítida y progresiva fuerza y que no explotó o rompió con dramatismo, pero que le llevó con la aurora a la primera y anegante riada de comprensión sobre la auténtica naturaleza de su pérdida. Todo lo anterior había sido fantasía, una rutinaria y frenética mimesis del dolor. Justo al amanecer rompió a llorar. Sería a partir de ese momento, en la penumbra, cuando empezaría a contar su período de luto.

2

Hágale ver claramente que no se puede discutir con el reloj cuando es la hora de salir hacia el colegio, porque papá irá a trabajar y mamá atenderá sus obligaciones, y que esos cambios son tan inevitables como las mareas.

Manual autorizado de educación, HMSO

Que Stephen Lewis poseyera un montón de dinero y fuese famoso entre los niños en edad escolar era consecuencia de un error burocrático, un descuido momentáneo en los canales internos de Gott, que acabó con un original depositado en la mesa equivocada. Que Stephen ya no se refiriese a dicho error —ocurrido hacía bastantes años— se debía en parte a los cheques por derechos de autor y a los adelantos que manaban de Gott y de sus muchos editores extranjeros desde entonces, y también a la aceptación del destino que conlleva la primera madurez; con veintitantos años le había parecido arbitrariamente humorístico verse convertido en un conocido autor de literatura infantil cuando todavía podía haber sido tantas otras cosas. Actualmente ya no podía imaginarse dedicándose a nada más.

¿Qué otra cosa podría ser? Los viejos amigos de los días de estudiante, los experimentadores estéticos y políticos o los visionarios consumidores de drogas se habían vendido más barato. Un par de conocidos suyos, que un día fueron auténticos hombres libres, se habían resignado a enseñar inglés a estudiantes extranjeros durante toda la vida. Algunos se encaraban a la madurez enseñando cansinamente inglés normativo o «manualidades» a adolescentes perezosos en escuelas secundarias dejadas de la mano de Dios. Y ésos eran los afortunados que habían encontrado trabajo. Otros conducían taxis o limpiaban suelos de hospitales. Una había conseguido un permiso de pordiosera. Stephen incluso temía cruzarse con ella por la calle. Todos aquellos prometedores espíritus, alimentados y lanzados a una vida excitante por el estudio de la literatura inglesa, de donde extraían sus recetas rápidas –La energía es gozo perpetuo, Abajo las ataduras, Viva la pereza–, habían sido vomitados de las bibliotecas durante el final de los sesenta y principios de los setenta, puestos a cumplir sus viajes interiores o llegar a Oriente en autobuses pintarrajeados. Regresaron a casa cuando el mundo se volvió más pequeño y más serio, y entraron al servicio de la Educación, una profesión sórdida y desprestigiada; las escuelas se vendían a los constructores privados y estaba a punto de reducirse el período de escolaridad obligatoria.

La idea de que cuanta más educación tenga la población más fácilmente podrán resolverse sus problemas desapareció sin ruido. Desaparición que se debió a la renuncia de un principio más general según el cual la vida en conjunto iba a ser cada vez mejor para un número mayor de gente, y que era responsabilidad del gobierno poner en marcha esa dramática culminación de potencial mediante una ampliación de las oportunidades. El cuadro de mejoradores de vidas llegó a ser multitudinario, y siempre hubo trabajo para tipos como Stephen y sus amigos. Profesores, vigilantes de museos, mimos, actores, cómicos itinerantes de la legua: una variopinta compañía enteramente a sueldo del Estado. Ahora los deberes gubernamentales se habían redefinido en términos más simples y puros: mantener el orden y defender al Estado contra sus enemigos. Durante algún tiempo, Stephen había mantenido viva una vaga ambición de llegar a ser profesor en alguna institución estatal. Se veía a sí mismo ante la pizarra, flaco y menudo, frente a una clase silenciosa y respetuosa, intimidada por su tendencia al sarcasmo súbito e inclinada hacia adelante para captar hasta su más nimia palabra. Ahora comprendía lo afortunado que había sido. Continuaba siendo un autor de libros infantiles y casi había olvidado que todo se debió a un error.

Un año después de graduarse, Stephen regresó a Londres

33

aquejado de disentería tras un alucinado viaje en busca de hachís por Turquía, Afganistán y la Provincia de la Frontera del Noroeste, todo para descubrir que los principios éticos que él y sus compañeros de generación tanto habían trabajado por destruir continuaban sólidamente arraigados en su interior. Anhelaba el orden y una finalidad en la vida. Alquiló una habitación barata, encontró trabajo como redactor en una agencia de noticias y se puso a escribir una novela. Cada noche trabajaba cuatro o cinco horas, embelesado por el romanticismo y la nobleza de su apuesta. Se hizo impermeable a la monotonía de su empleo; tenía un secreto que crecía a razón de mil palabras diarias. Tenía todas las fantasías habituales. Era Thomas Mann y era James Joyce, y quizás fuera William Shakespeare. Incrementaba la emoción de su apuesta trabajando a la luz de dos velas.

Su intención era escribir una novela sobre sus viajes titulada *Hachís*, con hippies acribillados a navajazos en los sacos de dormir, una chica de buena familia condenada a cadena perpetua en una cárcel turca, y mucha pretenciosidad mística, sexo exacerbado por las drogas y disentería. Antes que nada necesitaba establecer el entorno para su personaje central, recurriendo a hechos de su propia infancia para demostrar la distancia física y moral que debía recorrer. Pero el capítulo inicial se negó obstinadamente a finalizar. Adquirió vida propia, y así fue como Stephen acabó escribiendo una novela basada en unas vacaciones de verano que él había pasado a los once años en compañía de dos primas suyas, una novela de pantalones y cabellos cortos para los chicos y vestiditos con lazos y bombachos para las niñas, con anhelos inconfesados, dedos tímidamente entrelazados en lugar de sexo desenfrenado, bicicletas con cestas de mimbre en lugar de furgonetas Volkswagen alquiladas, y situada no en Jalalabad, sino justo a las afueras de Reading. La terminó en tres meses y la tituló *Limonada*.

Durante una semana estuvo manoseando y barajando el original, temiendo que resultase demasiado corto. Hasta que, un lunes por la mañana, se declaró enfermo, hizo una fotocopia y lo llevó en persona a las oficinas de la famosa editorial Gott, de Bloomsbury. Como es habitual, no recibió respuesta alguna durante mucho tiempo. Y cuando por fin llegó la carta, ésta no procedía de Charles Darke, el joven editor tan mencionado en los suplementos dominicales como el salvador de la vacilante fama de Gott. Era de la señorita Amanda Rien, pronunciado, según confesó ella misma con una chirriante risita mientras le conducía hacia su despacho, no como la palabra francesa, sino para que sonase como «mean» [mediocre].

Stephen se sentó con las piernas pegadas a la mesa de la señorita Rien porque la habitación había sido en su día el armario de las escobas. No había ventanas. En las paredes, en lugar de fotografías en blanco y negro de los gigantes de principios de siglo que engrandecieron el nombre de Gott, había un retrato no precisamente de Evelyn Waugh, sino de una rana con traje de tres piezas apoyada en un bastón en la balaustrada de una casa de campo. Amontonados en la escasa superficie de las paredes colgaban dibujos de ositos, al menos media docena de ellos, tratando de poner en marcha un coche de bomberos, una mosca en bikini apuntándose a la cabeza con una pistola y un cuervo malcarado con un estetoscopio en torno al cuello tomándole el pulso a un pálido jovencito que parecía haberse caído de un árbol.

La señorita Rien se sentó a menos de un metro de distancia, contemplando a Stephen con protectora curiosidad. Él devolvió una sonrisa incómoda y bajó la mirada. ¿Era de verdad su primera novela?, quiso saber ella. En Gott todo el mundo estaba emocionado, absolutamente emocionado. Stephen asintió, sospechando un terrible error. No sabía lo suficiente sobre editoriales como para poder manifestarlo, y lo último que deseaba era parecer tonto. Se tranquilizó cuando la señorita Rien dijo que Charles sabía que estaba allí y que se moría por conocerle. Casi al instante se abrió la puerta y Darke, desde el pasillo, se inclinó y estrechó la mano de Stephen. Habló deprisa y sin presentarse. Era un libro brillante y, naturalmente, deseaba publicarlo. Desde luego, lo publicaría. Pero había que darse prisa. Nueva York y

Frankfurt estaban a la vuelta de la esquina. Pero almorzarían juntos. Muy pronto. Y enhorabuena. La puerta se cerró y Stephen se volvió para mirar a la señorita Rien, que esperaba encontrar en su rostro los primeros síntomas de adulación. Ella le habló en voz baja y en tono solemne. Un gran hombre. Un gran hombre y un gran editor. No había más remedio que reconocerlo.

Stephen regresó a su habitación excitado y ofendido. Como un potencial James Joyce, Mann o Shakespeare, pertenecía sin duda alguna a la tradición cultural europea, la tradición adulta. Cierto que desde el primer momento había pretendido que el público le entendiera. Había escrito en un inglés simple y preciso. Había querido ser accesible, pero no para todos. Tras mucho pensarlo, decidió no hacer nada hasta encontrarse de nuevo con Darke. Mientras tanto, y para complicar aún más sus sentimientos, recibió por correo un contrato y la oferta de un adelanto de 2.000 libras, el equivalente al sueldo de dos años. Realizó averiguaciones y descubrió que ésa era una suma excepcional para una primera novela. La agencia de noticias se le hacía increíblemente tediosa ahora que había terminado la novela. Durante ocho horas al día recortaba artículos de los periódicos, ponía la fecha y los archivaba. Sus compañeros de oficina parecían idiotizados por su tarea. Estaba deseando despedirse. Varias veces llegó a coger la pluma dispuesto a firmar y cobrar el finiquito, pero por el rabillo del ojo veía un puñado de irónicos y burlones ositos, ratoncitos y cuervos dándole la bienvenida entre ellos.

Y cuando por fin llegó el momento de ponerse la corbata que había comprado para la ocasión, su primera corbata desde que salió de la universidad, y expresar su confusión ante Darke en la discreta quietud de un restaurante y ante la comida más cara que Stephen había probado nunca, nada quedó aclarado en absoluto. Darke escuchó, asintiendo impaciente cada vez que Stephen estaba a punto de acabar una frase. Antes de que Stephen hubiese terminado, Darke soltó la cuchara, le puso una mano pequeña y suave en el brazo y explicó de forma amable, como si se dirigiera a un niño, que la frontera entre ficción para adultos y para niños en realidad era una ficción en sí misma. Una falsedad absoluta, pura convención. No podía ser de otra forma, toda vez que los más grandes escritores poseían todos una visión infantil, una simplicidad de planteamientos –por más compleja que fuera su formulación– que aunaba el genio adulto con la infancia. Y a la inversa –Stephen se fue desasiendo–, los más grandes de los llamados libros infantiles eran precisamente aquellos que se dirigen por igual a los niños y a los adultos, al adulto incipiente en el interior del niño y al niño olvidado en el adulto.

Darke estaba disfrutando de su discurso. Estar en un restaurante famoso, dando inestimables consejos a un joven escritor, era uno de los más agradecidos gajes de su profesión. Stephen acabó su plato de gambas y se echó hacia atrás en la silla para observar y escuchar. Darke tenía el cabello color arena, con un mechón rebelde en la coronilla. Tenía el hábito de arreglárselo aplastándolo con la palma de la mano mientras hablaba. Pero volvía a disparársele en cuanto lo dejaba libre.

Con toda su seguridad de hombre de mundo, su traje oscuro y su camisa hecha a medida, Darke era tan sólo seis años mayor que Stephen. Eran seis años cruciales, sin embargo, que diferenciaban la reverencia de Darke por la madurez, fruto de la ambición adolescente de aparentar el doble de edad, de la convicción de Stephen de que la madurez era superchería, timidez y fatiga, y la juventud un estado sagrado que debía ser abrazado mientras fuese social y biológicamente factible. En la época de su primer almuerzo juntos, Darke llevaba casado siete años con Thelma. La gran mansión en Eaton Square estaba sólidamente establecida. La por entonces casi valiosa colección de óleos de batallas marinas y escenas de caza ya estaba en su lugar, así como las gruesas toallas limpias en el baño de los invitados, y la asistenta que iba cuatro horas diarias y que no hablaba inglés. Mientras Stephen y sus amigos estaban en Goa y Kabul fumando sus pipas de hachís, Charles y Thelma tenían un empleado que les aparcaba el coche, contestador automático, cenas de sociedad y libros caros. Eran adultos. Stephen vivía en una habitación que era a la vez estudio y dormitorio y podía meter todas sus pertenencias en un par de maletas. Su novela era adecuada para niños.

Y había más aparte de la casa en Eaton Square. Darke ya había poseído y vendido una compañía de discos. Para cuando dejó Cambridge, ya estaba claro para todos, salvo para los comerciantes astutos, que la música popular era coto privado de la juventud. Los astutos recordaban la Inglaterra cotidiana, los padres que habían vivido la Depresión y habían combatido en la Segunda Guerra Mundial. Con tales pesadillas a sus espaldas, necesitaban música que tuviera suavidad, calor y una ocasional melancolía. Darke se especializó en música «fácil», clásicos favoritos y melodías inmortales orquestadas para doscientas cuerdas.

Tuvo también un éxito al margen de la moda al elegir una esposa doce años mayor que él. Thelma era profesora de física en Birkbeck, con una tesis respetada y recientemente acabada sobre —como cualquier columnista cotilla podría decir— la naturaleza del tiempo. No era la esposa más acorde para un joven millonario en el negocio de la música kitsch, un hombre lo bastante joven, observaban algunos con crueldad, como para ser su hijo. Thelma aconsejó a su esposo que pusiese en marcha un club del libro, y el éxito de esta empresa le llevó a la polvorienta editorial Gott, que en el plazo de dos años empezó a producir beneficios por vez primera en un cuarto de siglo. Cuatro años llevaba allí Darke cuando invitó a Stephen a almorzar, pero habrían de pasar cinco años más —durante los cuales Darke se hizo con una productora independiente de televisión y el propio Stephen alcanzó cierto éxito— antes de que se hicieran amigos y Stephen —una vez perdió su inclinación por la juventud— se convirtiera en asiduo visitante de Eaton Square.

La llegada de los segundos platos y la cata rutinaria de un nuevo vino no interrumpió ni por un momento el apresurado, generoso y entusiasta discurso de Darke. Hablaba deprisa, con una suerte de rebuscada seguridad, como si se dirigiese a una asamblea de escépticos accionistas, o como si temiese el silencio que le devolvería a sus propios pensamientos. Stephen tardó bastante en comprender la profundidad del sentimiento desde el que hablaba. Por el momento le pareció una dura concha desde donde el editor hacía un adecuado e instintivo uso del nombre propio de su autor.

–Stephen, escucha. Stephen, háblale a un niño de diez años de la Navidad en pleno verano. Sería como hablarle a un adolescente sobre su jubilación y sus planes para la vejez. Para los niños, la infancia es intemporal. Siempre es el presente. Todo está en presente. Por supuesto, tienen recuerdos. Desde luego que el tiempo pasa para ellos y que la Navidad acaba por llegar. Pero no lo *sienten*. Sólo experimentan el día de hoy y cuando dicen «Cuando sea mayor...» hay siempre un punto de incredulidad; ¿cómo podrían ser algo diferente de lo que son? Tú me dices ahora que *Limonada* no fue escrito para niños. Como todos los buenos autores, lo escribiste para ti mismo. Y tal es mi teoría. Te dirigías a tu yo de diez años. Este libro no es para niños, es para un niño, y ese niño eras tú. *Limonada* es un mensaje tuyo hacia un yo previo que nunca desaparecerá. Y el mensaje es amargo. Por eso resulta un libro tan perturbador. Cuando la hija de Mandy Rien lo leyó, se echó a llorar, con lágrimas amargas, pero también útiles, Stephen. Otros niños han reaccionado de la misma forma. Has hablado directamente para los niños. Lo quisieras o no, te has comunicado con ellos a través del abismo que separa al niño del adulto y les has dado una primera y fantasmagórica visión de la mortalidad. Leyéndote captan la idea de que son finitos en cuanto niños. A pesar de que no se les dice sin más, entienden realmente que eso no durará, que no puede durar, que antes o después están listos y acabados, que su infancia no durará siempre. Les has mostrado algo perturbador y triste acerca de los adultos, acerca de quienes han dejado de ser niños. Algo reseco, impotente, inevitable. Gracias a ti entienden que todo eso se les viene encima de forma tan ineludible como la Navidad. Es un mensaje triste pero auténtico. Es un libro para niños a través de la mirada de un adulto.

Charles Darke bebió un generoso trago del mismo vino que tan distraídamente había catado un par de minutos antes. Ladeó la cabeza, saboreando las implicaciones de sus propias palabras.

Después, alzando su vaso, lo vació y repitió: «Un mensaje triste pero muy, muy certero.» Stephen alzó vivamente la mirada ante lo que le pareció una trampa en la voz de su editor.

Aparte de las dos semanas que constituían el argumento de su novela, la infancia de Stephen había transcurrido apaciblemente aburrida, a pesar de sus exóticos escenarios. Si ahora tuviese que enviar un mensaje hacia el pasado sería para darse ánimos: las cosas mejorarán... lentamente. Pero ¿no era ése un mensaje también para los adultos?

Darke tenía la boca llena de mollejas de ternera. Agitó el tenedor en el aire en círculos cerrados, ansiando hablar; al final lo consiguió tras un carraspeo con olor a ajo que alteró momentáneamente el sabor del salmón de Stephen.

—Desde luego. Pero no cambiará vidas. Venderé tres mil ejemplares y conseguirás algunas críticas decentes. Pero dirigido a los niños...

Darke se echó hacia atrás y levantó el vaso. Stephen negó con la cabeza y dijo suavemente:

—No voy a permitirlo. No lo permitiré jamás.

Turner Malbert hizo las ilustraciones, unas acuarelas límpidas y de buen gusto. La misma semana de su publicación apareció en televisión un psicólogo infantil y lanzó un apasionado ataque contra el libro. Era más de lo que ningún niño podía soportar, y podría desquiciar las mentes con una inestabilidad latente. Otros expertos lo defendieron y un puñado de libreros acabaron de lanzarlo al negarse a venderlo. Durante un mes o dos fue tema de conversación en fiestas y cenas. *Limonada* vendió un cuarto de millón de ejemplares en tapa dura y más adelante varios millones más en el resto del mundo. Stephen dejó su trabajo y se compró un coche deportivo y un piso enorme y de techos altos en South London, lo cual generó un cúmulo de impuestos tal que dos años más tarde se le hizo prácticamente indispensable publicar una segunda novela, también para niños.

En retrospectiva, los acontecimientos del año de Stephen, el año del comité, parecerían organizados en torno a un solo objetivo. Sin embargo, la vida a lo largo de ese año resultó ser un tiempo perdido, carente de significado y de propósito. Su habitual abulia aumentó de forma espectacular. Por ejemplo, en la segunda jornada de los Juegos Olímpicos se produjo una súbita amenaza de extinción global; durante doce horas las cosas estuvieron totalmente fuera de control y Stephen, derrumbado en el sofá en paños menores a causa del calor, no pareció muy impresionado.

Dos atletas, uno ruso y otro estadounidense, temblorosos como galgos, se rozaron con los hombros en la salida de una carrera y se irritaron. El estadounidense golpeó con el puño cerrado y el otro, al contestar, hirió peligrosamente en un ojo al primero. La violencia, la idea de violencia, se extendió en derredor y luego hacia arriba a través de intrincados sistemas de mando. Primero los compañeros de equipo y luego los entrenadores trataron de intervenir, perdieron la compostura y se vieron envueltos en la pelea. Los pocos espectadores rusos y estadounidenses que había en las gradas se sacudieron mutuamente. Hubo una fea escena con una botella rota y, a los pocos minutos, un joven yanqui —desgraciadamente un soldado de permiso— se había desangrado hasta morir. En la pista, dos altos funcionarios representantes de los poderes opuestos se agarraron mutuamente de la chaqueta y una solapa quedó desgarrada. Una pistola de fogueo fue disparada contra el rostro de una rusa y se perdió un segundo ojo, ojo por ojo. En la sala de prensa hubo empujones y gruñidos.

En el plazo de media hora, ambas delegaciones habían abandonado los Juegos y en conferencias de prensa rivales se intercambiaban insultos de escatológica intensidad. El asesino del soldado fue capturado y se lanzaron acusaciones relativas a su pertenencia a la KGB y a motivos de índole militar. Entre ambas embajadas hubo un intercambio de notas con palabras muy duras. El presidente estadounidense, recién elegido y con una constitución física que tenía algo de atleta, estaba ansioso por demostrar que no era tan débil en política exterior como declaraban sus oponentes y buscaba alguna respuesta. Y seguía buscándola cuando los rusos asombraron al mundo cerrando la frontera de Helmstedt.

En Estados Unidos esa acción se achacó a las argucias de un presidente dócil, el cual silenció entonces a sus críticos poniendo sus fuerzas nucleares en estado de máxima alerta. Los rusos le imitaron. Los submarinos nucleares se dirigieron silenciosamente hacia los puntos de fuego prefijados, los silos se abrieron y los misiles se alzaron por entre los cálidos matorrales de Oxfordshire y en los bosques de abedules de los Cárpatos. Las columnas de los periódicos y las pantallas de los televisores se llenaron de expertos en disuasión que manifestaban la urgencia de lanzar los misiles antes de que fueran destruidos en el suelo. En cuestión de horas, los supermercados de Gran Bretaña se quedaron sin azúcar, té, judías en lata y papel higiénico suave. La confrontación duró medio día, hasta que las naciones no alineadas iniciaron una simultánea y supervisada desarticulación de la alerta nuclear. Después de todo, la vida en la Tierra seguiría; y así, con mucha palabrería acerca del espíritu olímpico, la carrera de los cien metros se reanudó y hubo un aliviado suspiro planetario cuando la ganó un sueco, un neutral.

Pudo haber sido el verano excepcionalmente bueno o el scotch que llevaba bebiendo desde última hora de la mañana lo que le hizo sentirse mejor de lo que realmente estaba, pero, con toda honestidad, a Stephen no le importaba que la vida siguiera en la Tierra. Era muy parecido a una final disputada entre dos equipos extranjeros. El drama retuvo su atención mientras se fue desarrollando, pero no estaba interesado en el resultado: por él podía ganar cualquiera. El universo era enorme, pensó cansinamente, y la vida inteligente estaba precariamente extendida, pero era probable que los planetas involucrados fueran innumerables. Entre los que tropezaban con la conversión de la materia y la energía por fuerza debía de haber muchos que se volasen a sí mismos en pedazos, y lo más seguro era que éstos fuesen los que no merecían sobrevivir. El dilema no era humano, pensó perezoso mientras se rascaba por entre los calzoncillos, residía en la estructura misma de la materia, y no había mucho que hacer al respecto.

De forma parecida, otros acontecimientos más personales, algunos de los cuales fueron sin lugar a dudas extraños o interesantes, le fascinaron mientras ocurrían, pero a una cierta distancia, como si alguien —no él— se viese envuelto en la situación, y luego apenas si volvió a recordarlos y, desde luego, no trató de establecer conexiones entre ellos. Eran el simple telón de fondo para hacer lo único que realmente hacía: beber de forma ininterrumpida y casi sin darse cuenta, evitar el trabajo y los amigos, sin lograr concentrarse cuando se veía arrastrado a una conversación, incapaz de leer más de veinte líneas impresas antes de ponerse de nuevo a divagar, fantaseando, recordando.

Y cuando Darke dimitió —el anuncio oficial llegó dos días después de haberse inaugurado el comité de Parmenter— Stephen fue inmediatamente a Eaton Square porque Thelma llamó y se lo pidió. Se metió en ello no porque fuese un viejo amigo y por lo tanto parte interesada, ni tampoco porque les debiese favores a Charles y Thelma. Tampoco extrajo conclusiones al respecto. Sus amigos necesitaban un testigo, alguien ante quien pudiesen explicarse y que hiciese las veces de mundo exterior. Aunque él fue el elegido, no llegó a cuestionarse el alcance de su propia pasividad; después de todo los Darke tenían muchos amigos, pero quizá Stephen era el único observador adecuado para lo que Charles se proponía.

Dos horas después de que Thelma telefonease, Stephen se dirigió a pie hacia Eaton Square desde Stockwell, a través del puente de Chelsea. El cálido aire de la tarde pasaba suavemente por la garganta, y las aceras frente a los pubs estaban atestadas de bebedores de cerveza tostados por el sol, parlanchines y aparentemente despreocupados. El carácter nacional había sido trans-

43

formado por una prolongada ola de calor. A mitad del puente se detuvo a leer el periódico de la tarde. La dimisión aparecía en primera página, pero no en cabecera. Un recuadro a pie de página hablaba de mala salud y, consciente del escándalo, sugería algún tipo de depresión. El primer ministro se declaraba «vagamente sorprendido» por no haber sido advertido. El periódico decía que Darke era demasiado apolítico, demasiado relajado en su actitud para esperar un puesto importante. El primer ministro desconfiaba de su pasada relación con los libros. Sólo los amigos íntimos, concluía el titular, iban a verse afectados por su dimisión. Consciente de que dos mendigos, ambos con abrigos largos a pesar del calor, se dirigían hacia él, Stephen dobló el periódico y continuó cruzando el puente.

Una noche en un restaurante griego, varios años antes, Darke había planteado un juego de salón. Estaba pensando dejar la gestión de televisión, en la cual había tenido un gran éxito, para dedicarse a la política. Pero ¿a qué partido debía afiliarse? Exaltado, Darke, que estaba sentado junto a Julie y servía vino, se mostró exigente con el camarero y encargó la cena de todos. La conversación era juguetona y en apariencia cínica, pero encerraba algo de verdad. Darke no tenía convicciones políticas, tan sólo conocimientos de gestión y una gran ambición. Podía afiliarse a cualquier partido. Un amigo neoyorquino de Julie se había tomado en serio el asunto e insistía en que la elección consistía en poner énfasis en la multiplicidad de la experiencia o en su carácter único. Darke abrió las manos y dijo que podía hablar en favor de ambas. Apoyar al débil o ayudar al fuerte a avanzar. La cuestión fundamental era —y aquí hizo una pausa mientras alguien terminaba su propia frase— ¿cómo saber cuál de ellos te elegiría como candidato? Darke se rió más que nadie.

Para cuando llegó el café turco ya había decidido que debía hacer su carrera en la derecha. Los argumentos eran aplastantes. Estaba en el poder y tenía muchas probabilidades de seguir estándolo. De sus tiempos como hombre de negocios, Darke conocía a un montón de gente relacionada con el aparato del partido.

En la izquierda los procedimientos de selección eran tortuosamente democráticos y manifestaban una desconfianza irracional hacia quienes no habían sido nunca miembros del partido.

—Es muy sencillo, Charles —dijo Julie cuando salían del restaurante—. Lo único que tienes que temer es el odio eterno de todos tus amigos.

Darke volvió a reír estruendosamente.

Hubo dificultades iniciales, pero no pasó mucho tiempo antes de que se le ofreciera una candidatura en una zona rural de Suffolk donde se las ingenió para reducir a la mitad la mayoría de su predecesor con unos comentarios irreflexivos acerca de los cerdos. Thelma y él vendieron su casa en Gloucestershire y compraron una casita para los fines de semana en la frontera de su circunscripción. La política hizo aflorar en Darke algo que la música, la edición o la gestión televisiva apenas habían tocado. Al cabo de unas semanas aparecía en televisión, supuestamente para hablar de una irregularidad ocurrida en su distrito: un pensionista había muerto de hipotermia debido a que se le cortó el suministro eléctrico. Rompiendo un acuerdo tácito, Darke habló para la cámara y no con el entrevistador, y se las arregló para insertar rápidos resúmenes de recientes éxitos gubernamentales. Era un hombre con una labia excepcional. Dos semanas después volvía al estudio de televisión para refutar hábilmente una verdad irrefutable. Los amigos que le ayudaron estaban impresionados. Llamó la atención en la sede central del partido. En un momento en que el gobierno tenía dificultades con sus propios diputados, Darke aparecía como su defensor a ultranza. De forma razonable y concienzuda, abogaba por un programa que infundiera confianza a los pobres e incentivara a los ricos. Tras largas deliberaciones y más juegos de palabras durante la cena, decidió hablar en contra de los verdugos durante el debate anual sobre la pena de muerte en la conferencia del partido. La idea era mostrarse duro pero comprensivo, duro *y* comprensivo. Habló bien sobre ese tema durante un debate radiofónico —ganándose tres solemnes estallidos de aplausos por parte del auditorio en el estudio–, y apareció en un titular del *Times*.

Durante los tres años siguientes asistió a cenas y se dio a conocer en campos donde pensaba que podía haber cargos: educación, transporte, agricultura, etcétera. Se mantuvo ocupado. Saltó en paracaídas con fines benéficos y se partió una pierna. Las cámaras de televisión estaban allí. Formó parte del jurado de un famoso premio literario e hizo indiscretos comentarios acerca del presidente. Fue elegido para presentar un proyecto de ley que prohibiera que las prostitutas buscaran clientes en la calle. No prosperó por falta de tiempo, pero le hizo popular ante la prensa sensacionalista. Y se pasaba todo el tiempo hablando, agitando el pulgar en el aire, exponiendo opiniones que nunca sospechó tener y desarrollando una oratoria de gran estilo propia de un portavoz: «Creo hablar en nombre de todos cuando digo...», y «Nadie podrá negar...», y «El gobierno ha dejado clara su postura...».

Escribió un artículo para el *Times* donde analizaba los dos primeros años de la mendicidad autorizada y se lo leyó a Stephen en la magnífica sala de estar de Eaton Square. «Al eliminar la escoria de los tiempos anteriores a la legislación, y al buscar un sector de caridad pública más justo y ordenado, el gobierno se ha hecho con un microcosmos que refleja el ideal hacia el que debería aspirar su política económica. Se han ahorrado decenas de millones en pagos de pensiones, y un gran número de hombres, mujeres y niños han tenido acceso a las dificultades y a las vigorosas autosatisfacciones que le son familiares desde hace tiempo a la comunidad trabajadora de este país.»

Stephen nunca dudó de que tarde o temprano su amigo se cansaría de la política para emprender una nueva aventura. Y mantuvo una actitud de irónica distancia, haciendo chistes sobre el oportunismo de Charles.

—Si hubieras decidido irte con los de enfrente —le dijo Stephen–, ahora estarías pregonando con idéntico apasionamiento el control público de la City, el recorte de los gastos de defensa y la abolición de la educación privada.

Darke se golpeó la frente simulando estar sorprendido ante la ingenuidad de su amigo.

—Eres tonto. Yo aposté por *este* programa. La mayoría me eligió por él. Qué importa lo que piense yo. Obedezco órdenes: una City más libre, más armas, buenas escuelas privadas.

—Así pues, no te metiste en esto por ti mismo.

—Naturalmente que no. Estoy al servicio de otros.

Y ambos se echaron a reír detrás de sus vasos.

En realidad, el cinismo de Stephen escondía su fascinación ante el desarrollo de la carrera de Charles. Stephen no conocía a otros diputados. Aquél era ya bastante famoso dentro de lo que cabe, y traía consigo chismorreos internos acerca de borracheras, e incluso violencia, en el bar de la Cámara de los Comunes; comentaba los pequeños absurdos en el ritual parlamentario o los malintencionados cotilleos gubernamentales. Y cuando finalmente, al cabo de tres años de asistir a cenas y de aparecer en televisión, Darke fue nombrado para el cargo de ministro adjunto, Stephen se emocionó de verdad. Tener a un viejo amigo en un puesto elevado transformó el gobierno en una institución casi humana e hizo que Stephen se sintiese parte de este mundo. Una limusina —aunque pequeña y baqueteada— iba ahora cada mañana a Eaton Square para llevar al ministro a su oficina, y una especie de fastidioso autoritarismo empezó a manifestarse. En ocasiones Stephen se preguntaba si su amigo no habría acabado por creer las opiniones que tan fácilmente había asumido.

Fue Thelma quien abrió la puerta a Stephen.

—Estamos en la cocina —le dijo mientras le acompañaba a través del vestíbulo. Pero entonces cambió de opinión y dio media vuelta.

Stephen hizo un gesto en dirección a las paredes desnudas, donde se veían manchas rectangulares en lugar de cuadros.

–Sí, los de la mudanza han empezado a trabajar esta tarde. –Ella le había conducido hacia el cuarto de estar y hablaba deprisa pero en voz baja–. Charles está mal. No le preguntes nada y no le hagas sentirse culpable por dejarte en ese comité.

Desde que Darke entró en la política, Stephen había visto mucho más a Thelma. Pasaba tardes enteras con ella, tratando de aprender algo acerca de la física teórica. A ella le gustaba fingir que él le era más próximo que su esposo y que entre ellos había una comprensión especial y conspirativa. No era tanto una traición como una lisonja. Resultaba embarazoso e irresistible. Ahora asintió feliz como siempre de poder complacerla. Charles era su niño díscolo y ella había logrado muchas veces que Stephen la ayudase: una vez para moderar el ritmo de bebida del señor ministro en vísperas de un debate parlamentario, en otra ocasión para que una cena le distrajera y dejara de pinchar a un joven físico amigo de ella y que era socialista.

–Cuéntame qué ha pasado –dijo Stephen.

Pero ella había regresado al vestíbulo lleno de ecos y la oyó decir en voz falsamente severa:

–¿Te acabas de levantar? Estás muy pálido.

Ella rechazó con bruscos movimientos de cabeza las protestas de Stephen, dando a entender que más tarde averiguaría la verdad. Ambos recorrieron el pasillo, bajaron varios escalones y atravesaron la puerta forrada de fieltro que Charles había instalado no mucho después de que le fuera ofrecido el puesto en el gobierno.

El ex ministro estaba sentado a la mesa de la cocina bebiendo un vaso de leche. Se puso en pie y se dirigió hacia Stephen, limpiándose con el dorso de la mano un rastro de leche que le quedó en los labios. Su tono de voz parecía ligero y extrañamente melodioso:

–Stephen... Stephen, hay muchos cambios. Espero que serás comprensivo...

Hacía mucho tiempo que Stephen no veía a su amigo sin un traje oscuro, camisa a rayas y corbata de seda. Ahora llevaba unos pantalones anchos de pana y una camiseta sin mangas. Parecía menos rígido y más joven; sin los rellenos de una americana hecha a medida sus hombros parecían más delicados. Thelma sirvió a Stephen un vaso de vino. Y Charles le ofreció una silla de madera. Todos tomaron asiento con los codos sobre la mesa. Reinaba una silenciosa excitación, y en el aire flotaban noticias difíciles de abordar.

—Hemos decidido que no podemos contártelo todo de golpe —dijo Thelma—. De hecho, hemos pensado que en lugar de decirlo te lo vamos a mostrar. Así que ten paciencia, porque antes o después lo sabrás todo. Sólo confiamos en ti, así que...

Stephen asintió.

—¿Has visto las noticias en televisión? —preguntó Charles.

—He leído el periódico de la tarde.

—Se dice que estoy sufriendo una depresión.

—¿Y bien?

Charles miró a Thelma y ésta dijo:

—Hemos tomado algunas decisiones bien meditadas. Charles abandona su carrera y yo voy a dimitir. Vendemos la casa y nos vamos al campo.

Charles fue a la nevera y volvió a llenarse el vaso de leche. No regresó a su silla, sino que se quedó detrás de Thelma descansando ligeramente una mano sobre su hombro. Desde que Stephen la conocía, Thelma había querido dejar la enseñanza y retirarse al campo para escribir un libro. ¿Cómo se las había apañado para convencer a Charles? Ella miraba a Stephen, esperando su reacción. Resultaba difícil no ver el triunfo en su media sonrisa, casi tanto como seguir sus instrucciones y no hacer preguntas.

Stephen miró a Charles por encima de Thelma.

—¿Qué vas a hacer en Suffolk? ¿Criar cerdos?

Charles sonrió torcidamente.

Hubo un momento de silencio. Thelma acarició la mano de su esposo y dijo sin volverse hacia él:

—Prometiste acostarte temprano...

Charles se levantó inmediatamente. Eran apenas las ocho y media. Stephen miró a su amigo con atención y se maravilló de verlo mucho más pequeño y frágil. ¿Sería cierto que el cargo le había hecho parecer más fornido?

—Sí —dijo—, me voy. —Besó a su esposa en la mejilla y se dirigió a Stephen desde el umbral—: De verdad, nos gustaría mucho que vinieses a vernos a Suffolk. Sería más sencillo que explicártelo —finalizó, levantando la mano en un irónico saludo.

Thelma volvió a llenar el vaso de Stephen y compuso en sus labios una sonrisa profesional. Pareció ir a decir algo, pero cambió de opinión y se levantó.

—Vuelvo dentro de un momento —dijo mientras cruzaba la cocina. Un instante después la oyó subir por la escalera y llamar a Charles, y el sonido de una puerta que se abría y cerraba. La casa quedó en silencio salvo por el zumbido de barítono de los aparatos de cocina.

Al día siguiente de que Julie se marchase a su refugio en Chilterns, Thelma llegó en medio de una tormenta de nieve para recoger a Stephen. Mientras él deambulaba por el dormitorio recogiendo su ropa para meterla en la maleta, ella arregló la cocina, echó las sobras en una bolsa de basura y la bajó a los contenedores. Recogió puñados de facturas sin abrir y se las guardó en el bolso. En el dormitorio supervisó la maleta de Stephen. Se movía con enérgica y maternal eficacia, y no le hablaba a menos que fuera necesario. ¿Tenía suficientes calcetines? ¿Y calzoncillos? ¿El jersey era lo bastante grueso? Le acompañó al cuarto de baño y le hizo seleccionar los artículos de limpieza personal. ¿Dónde tenía el cepillo de dientes? ¿Es que pensaba dejarse barba? De lo contrario, ¿dónde tenía el jabón de afeitar? No había una sola cosa que motivase a Stephen. No veía la razón de estar abrigado, o de tener calcetines y dientes. Podía llevar a cabo acciones sencillas siempre y cuando no se preguntase por qué las hacía.

Siguió a Thelma hasta el coche, aguardó a que ella le abriese la portezuela del pasajero y mientras Thelma volvía a casa para cerrar la luz y el gas, se recostó en silencio sobre el asiento, que olía ligeramente a cuero. Miraba los gruesos copos que se fundían al caer sobre el parabrisas. Le llegaron imágenes de un melodrama dickensiano en el que su hija de tres años se abría paso temblorosa entre la nieve de vuelta a casa, sólo para encontrarla cerrada y vacía. ¿Deberían dejar una nota en la puerta?, le preguntó a Thelma cuando volvió. En lugar de argumentar que Kate no sabía leer y que nunca volvería, Thelma subió de nuevo las escaleras y dejó en la puerta principal una nota con su dirección y número de teléfono.

Pasó semanas de olvido en la habitación de invitados de los Darke, con su moqueta, sus mármoles y sus muebles de caoba. Experimentó un caos de emociones en medio del impecable orden de toallas con monograma y superficies enceradas y sin polvo, o entre sábanas limpias y que olían a lavanda. Más tarde, cuando ya estuvo más equilibrado, Thelma pasó muchas tardes con él, contándole historias del gato de Schroedinger, del tiempo que fluye hacia atrás, de la destreza de Dios y otras magias cuánticas.

Pertenecía a la honorable tradición de las mujeres dedicadas a la física teórica, pese a que repitiera no haber hecho ningún descubrimiento, ni siquiera uno insignificante. Su tarea era reflexionar y enseñar. Los descubrimientos no eran el fin último de la ciencia, y además eran cosa de jóvenes. A lo largo de este siglo había tenido lugar una revolución científica y apenas nadie, ni siquiera entre los propios científicos, se dedicaba a reflexionar acerca de ello. Durante las frías tardes de una primavera desapacible, sentados junto al fuego, ella le contó que los cuantos iban a feminizar la física, la ciencia entera, volviéndola más suave, menos arrogantemente distante y más dispuesta a participar en el mundo que trataba de describir. Tenía temas preferidos, cuestiones fijas que desarrollaba cada vez más. El lujo y el reto de la soledad, la ignorancia de los llamados artistas, cómo la curiosidad bien informada debería convertirse en parte fundamental del material intelectual de los científicos. La ciencia era para Thelma un hijo (Charles era otro) en el que depositaba grandes y apasionadas esperanzas y al que le gustaría inculcar modales más suaves y una disposición más dulce. Ese hijo estaba a punto de hacerse mayor y de aprender a pedir menos para sí mismo. El tiempo de su frenético e infantil egoísmo –¡cuatrocientos años!– estaba llegando a su fin.

Le condujo paso a paso, usando metáforas en lugar de recurrir a las matemáticas, hasta explicarle las paradojas fundamentales, el tipo de cosas –según dijo– que sus estudiantes de primer año debían conocer: que en el laboratorio podía demostrarse que algo podía ser al mismo tiempo una onda y una partícula; que las partículas parecían ser «conscientes» de las demás y que, al menos en teoría, podían comunicar esa consciencia instantáneamente en distancias inmensas; que el tiempo y el espacio no eran categorías separadas, sino apariencias del uno en el otro, pudiendo decirse otro tanto de la materia y la energía, de la materia y del espacio que ésta ocupa, y del movimiento y el tiempo; que la materia misma no estaba compuesta de pequeñas partículas sólidas, sino que era más bien un movimiento regulado; que cuanto más te adentras en el conocimiento de algo particular, menos sabes de ello en general. Toda una vida enseñando había inculcado en ella eficaces hábitos pedagógicos. Se paraba regularmente para averiguar si él la seguía. Mientras hablaba, buscaba en su rostro síntomas de concentración. Inevitablemente, no sólo descubría que no había entendido nada, sino que llevaba más de un cuarto de hora en las nubes, lo cual provocaba el inicio de otra actuación preparada. Se presionaba la frente con el índice y el pulgar. Empezaba la función:

–Eres un cerdo ignorante –empezaba a decir mientras Stephen ponía cara de contrición–. Una revolución científica, no, una revolución intelectual, una explosión sensual y emocional, una historia fabulosa empieza a desplegarse ante nosotros y tú, y la gente como tú, no podéis dedicarle en serio ni un minuto de vuestro tiempo. La gente creía que el mundo estaba sostenido por unos elefantes. ¡Pura filfa! La realidad, cualquiera que sea el significado de esa palabra, es mil veces más extraña. Elige a quien quieras. ¿Lutero? ¿Copérnico? ¿Darwin? ¿Marx? ¿Freud? Ninguno de ellos ha reinventado el mundo y nuestra posición en él de forma tan radical y paradójica como lo han hecho los físicos de este siglo. Quienes toman las medidas del mundo ya no pueden verse libres. Tienen que medirse ellos mismos. Materia, espacio, tiempo, fuerzas... bellas e intrincadas ilusiones en las que todos coincidimos. Es una magnífica sacudida, Stephen. Shakespeare podría haber entendido las funciones de las ondas, Donne hubiera podido comprender la complementariedad y la relatividad del tiempo. Se hubieran emocionado. ¡Cuánta riqueza! Ellos hubieran saqueado esa nueva ciencia en busca de imágenes. Y también hubieran educado al público. Pero vosotros, los del «arte», no sólo ignoráis todas esas cosas magníficas, sino que os enorgullecéis de no saber nada. Por lo que veo, pensáis que cualquier moda local y pasajera como la modernidad —¡la modernidad!— es la maravilla intelectual de nuestro tiempo. ¡Qué patético! Bueno, ahora deja de sonreír como un tonto y sírveme algo de beber.

Ella apareció diez minutos después en la cocina y desde la puerta le hizo señas para que la siguiera a la sala de estar. Dos gigantescos sillones Chesterfield se miraban a ambos lados de una mesita de mármol deteriorado por el uso. Thelma o la criada habían dispuesto sobre ella un termo y tazas de café. Las batallas navales también habían sido sustituidas por manchas rectangulares. Ella siguió su mirada y comentó:

—Los cuadros y adornos van por separado. Es algo relativo al seguro.

Tomaron asiento uno frente al otro, como siempre hacían mientras Charles trabajaba hasta tarde en el Ministerio o bien en los Comunes. Ella nunca se había tomado en serio su carrera política. Toleró desde un distanciamiento benigno la agitación doméstica mientras aseguraba su posición. El cargo gubernamental reavivó en ella el tema del retiro, de su libro y de la posibilidad de convertir la casita de campo en un verdadero hogar. Pero ¿cómo arrastrar a Charles ahora que era un engranaje menor en la vida nacional, ahora que un columnista del *Times* había dicho de él, entre paréntesis, que tenía «madera de primer ministro»? ¿Cuánta magia femenina había utilizado?

Ella se estaba quitando los zapatos con la despreocupación de una adolescente para recoger las piernas debajo del cuerpo. Tenía casi sesenta y un años. Se depilaba las cejas. Sus altos pómulos le daban un aire vivaracho y brillante que a Stephen le hacía pensar en una ardilla inteligente. Su rostro traslucía inteligencia y la severidad de sus modales era siempre juguetona, como si se burlara de sí misma. Sus cabellos negros salpicados de blanco quedaban recogidos atrás en un moño desordenado —de rigor, afirmaba ella, para una física— y asegurados con una peineta antigua.

Se recogió unos mechones sueltos de cabello detrás de la oreja, sin duda para ordenar sus metódicos pensamientos. Las ventanas estaban abiertas de par en par y a través de ellas les llegaba el lejano e inmaterial zumbido del tráfico pesado y los alaridos y gemidos de los coches patrulla.

—Vamos a decirlo así —dijo ella al fin—. Nadie lo hubiera sospechado siquiera, pero Charles tiene una vida interior. En realidad, más que una vida interior, es una obsesión interior, un mundo aparte. Tendrás que aceptarlo bajo mi palabra. Por lo general niega su existencia, pero está en él todo el tiempo y hace de él lo que es. Lo que Charles desea (si tal es la palabra), lo que necesita, está en contradicción con lo que hace, o con lo que ha estado haciendo. Esa contradicción es lo que le pone tan ansioso e impaciente frente al éxito. Este cambio de casa, al menos en lo que a él respecta, está relacionado con la resolución de sus contradicciones. —Thelma sonrió apresuradamente—. Aparte están mis necesidades, pero ésa es otra cuestión, y tú ya lo sabes todo al respecto.

Ella se echó hacia atrás, aparentemente satisfecha de que todo quedase claro. Stephen dejó pasar un buen rato.

—Pero ¿cuál es exactamente esa vida interior?

—Lamento que suene oscuro —dijo sacudiendo la cabeza—. Preferimos que vengas a visitarnos. Para que lo veas por ti mismo. No quiero explicarlo antes de tiempo.

Thelma describió su propia dimisión y su placer ante la perspectiva de escribir un libro que sería una ampliación de sus temas favoritos. Stephen podía verlos, Thelma en el estudio del piso superior con sus entarimados crujientes, sentada a la mesa con el sol iluminando sus papeles dispersos y desde donde, a través de la celosía abierta de la ventana, podría ver a Charles en mangas de camisa, holgazaneando con la carretilla. Más allá del jardín, los teléfonos sonarían, los ministros cruzarían la ciudad en limusinas camino de almuerzos importantes. Charles, de rodillas, apisonaría la tierra en torno a un arbusto enfermizo.

Luego Thelma trajo una bandeja con comida fría. Mientras comían, él describió las reuniones del comité tratando de mostrarlas más divertidas de lo que eran. La tarde languideció y quedó reducida a una charla entre amigos. La actitud de Thelma hacia el final del encuentro era de excusa, como si temiese que Stephen considerase que había perdido el día. No tenía ni idea de hasta qué punto se perdían la mayor parte de sus días.

Ya que no volvería a visitarlos antes de que la casa se vendiese, aceptó la invitación a quedarse aquella noche. Mucho antes de la medianoche, y mientras se quitaba los zapatos sentado al borde de la cama, se encontró mirando el viejo empapelado de flores. Él consideraba como propios los objetos de la habitación. Había pasado mucho tiempo mirándolos: el florero de cristal azul con flores secas sobre la cómoda de roble y latón, un pequeño busto de Dante en bronce, un recipiente con tapa de cristal para guardar los gemelos. Había pasado allí tres o cuatro semanas catatónicas. Ahora, mientras se quitaba los calcetines y cruzaba la estancia para abrir la ventana, esperaba la peor clase de recuerdos. Había sido un error quedarse. El continuo zumbido urbano no podía mitigar el silencio perturbador que emanaba de la gruesa moqueta, las toallas en su estantería de madera o los graníticos pliegues de las cortinas de terciopelo. Todavía vestido, se tumbó de espaldas en la cama. Aguardaba las imágenes, esas que sólo podía borrar sacudiendo la cabeza.

Lo que vio no fue a su hija haciendo el pino, sino a sus padres en algún momento durante su última visita. Su madre estaba junto al fregadero con las manos protegidas con guantes de goma. Su padre estaba a su lado con un vaso entero de cerveza en una mano y un trapo en la otra. Ambos se volvieron a mirarle en la puerta de la cocina. Ella se mantenía inclinada hacia adelante, con las manos hundidas en el fregadero. No le gustaban los salpicones en el suelo. No ocurrió nada importante. El creyó que su padre iba a decir algo. En su incómoda postura, su madre inclinó hacia un lado la cabeza como preparándose a escuchar. Era un hábito que el propio Stephen había adquirido. Podía ver sus rostros, la expresión perfilada de su ternura y ansiedad. Era el envejecimiento, la parte esencial del ser que trataba de perdurar mientras los cuerpos se desmoronaban. Sintió la urgencia del tiempo contráctil, de los asuntos por liquidar. Había conversaciones que aún debía mantener con ellos y para las cuales siempre creyó que habría tiempo.

Tenía recuerdos ilocalizados, por ejemplo, esas pequeñas cosas que sólo ellos podían explicar. El iba en el asiento trasero de una bicicleta. Tenía delante la poderosa espalda de su padre, con los pliegues y arrugas de su camisa blanca moviéndose al tiempo que subían y bajaban los pedales. A la izquierda iba su madre en su bicicleta. Rodaban por una carretera de cemento. A intervalos regulares saltaban sobre las junturas de los tramos. Desmontaron junto a un talud de guijarros. El mar estaba al otro lado y podía oír cómo rugía y rompía mientras trepaban por el talud. No recordaba nada del mar, sólo una temerosa ansiedad mientras su padre le arrastraba del brazo hacia lo alto. Pero ¿cuándo tuvo lugar eso?, ¿dónde? Ellos nunca habían vivido cerca del mar, ni habían ido de vacaciones a playas como ésa. Sus padres nunca tuvieron bicicletas.

Cuando los visitaba ahora, la conversación se mantenía en los cauces familiares. Resultaba difícil romperlos en busca de desusados pero importantes detalles. Su madre sufría de la vista y por las noches tenía dolores. El corazón de su padre hacía ruidos y latía a intervalos irregulares. Se iban amontonando las pequeñas enfermedades. Había ataques de gripe de los que sólo oía hablar. una vez pasados. Se avecinaba una dura pérdida. El telegrama podría llegar en cualquier momento, o la deprimente llamada telefónica, y tendría que asumir la frustración y la culpabilidad de una conversación que nunca había llevado a cabo.

Sólo cuando eres adulto, quizá sólo cuando tienes hijos, llegas a entender del todo que tus padres tenían una existencia llena y compleja antes de que nacieses. Sólo conocía versiones y detalles por sus propios relatos: su madre en unos grandes almacenes, cuando la felicitaron por la elegancia con que solía atarse el lazo del delantal a la espalda; su padre atravesando una ciudad alemana en ruinas o cruzando una pista de aterrizaje para transmitir la notificación oficial de la victoria al jefe del escuadrón. Incluso cuando esos relatos llegaban a concernirle personalmente, dejaban a oscuras muchas cuestiones: cómo se conocieron sus padres, qué los atrajo, cómo decidieron casarse o cómo vino él al mundo. Resultaba difícil salir de la rutina un día determinado y preguntar la cuestión innecesaria pero esencial, o caer en la cuenta de que, por muy familiares que sean, los padres son también extraños para sus hijos.

Por amor a sus padres no debía dejarles marchar con sus vidas olvidadas. Estaba listo para levantarse de la cama, salir de puntillas de la casa de los Darke y efectuar el largo recorrido nocturno en taxi hasta su casa para cercarlos a preguntas, para obtener información que paliara las vandálicas borraduras del tiempo. Era cierto que estaba listo, alargando la mano hacia la pluma; podía dejar una nota a Thelma y salir ahora mismo, mientras alcanzaba los zapatos y los calcetines. Lo único que le echó atrás fue la necesidad de cerrar los ojos y tomarse un tiempo para pensárselo mejor.

3

> Hay pruebas que, sin embargo, sugieren que cuanto más íntimamente se
> compromete un padre en el cuidado diario de un niño pequeño, menos efec-
> tivo es como figura de autoridad. El niño que se siente querido por un padre
> que aplica el adecuado equilibrio entre afecto y distanciamiento está emocio-
> nalmente bien preparado para las separaciones que tendrán lugar, separacio-
> nes que son parte inevitable de todo crecimiento.
>
> *Manual autorizado de educación*, HMSO

Como resultado de un neutro intercambio de postales con su
esposa, Stephen se dispuso una mañana de mediados de junio a ir
a visitarla. No la había visto desde hacía varios meses. Había
vuelto de su retiro —un monasterio que alquilaba habitaciones a
personas atribuladas—, y a las pocas semanas abandonó el piso y
se compró una casa. Por vez primera desde abril, el día estaba
nublado. Poder caminar bajo una fresca sombra constituía una
cierta novedad, una reafirmación del buen gusto. Llevaba consigo un montón de instrucciones garrapateadas. Como no quería
analizar sus motivaciones demasiado estrechamente, se concentró
en el viaje mismo, que resultó ser muy agradable: tenía un buen
motivo para cambiar el estruendo de Londres por una casita entre pinos, y a menos de cincuenta kilómetros de distancia. En
cada etapa del viaje se encontró con menos gente. Un viaje en un
metro atestado le llevó hasta Victoria. Desde allí el tren atravesó
ruidosamente el río bajo el amplio cielo blanco. Recorrió todos
los vagones en busca del asiento más solitario. Una perturbadora
minoría de la humanidad considera que los viajes, incluso los
más cortos, son ocasión para agradables encuentros. Hay gente
decidida a imponer sus intimidades a extraños. Tales viajeros de-
ben ser evitados si uno pertenece a la mayoría para la que un
viaje es ocasión de silencio, reflexión y ensueño. Los requisitos
son simples: una visión despejada de un paisaje cambiante, por

más monótono que sea, y verse libre del aliento de otros pasajeros, del calor de sus cuerpos, de sus bocadillos y de sus extremidades.

Encontró libre un compartimiento de primera y cerró la puerta con firmeza. Viajaban del pasado hacia el presente. Corrían a lo largo de los jardines traseros de mansiones victorianas, cuyos anexos posteriores ofrecían a través de las puertas abiertas imágenes de cocinas; luego pasaron junto a casas adosadas eduardianas de antes de la guerra, y después atravesaron los suburbios, primero en dirección sur y más tarde en dirección este, por entre urbanizaciones de casas nuevas y prefabricadas separadas por sucios solares. El tren aminoró la marcha a la altura de un cambio de vías y se detuvo con un estremecimiento. En el abrupto y expectante silencio que emanaba de los raíles cayó en la cuenta de lo impaciente que estaba por llegar. Se habían detenido junto a una zona de sencillas casitas adosadas, destinadas a compradores primerizos. Todavía se veían volquetes trabajando. Los jardines delanteros eran todavía tierra apisonada; en los patios traseros, blancos y ondulantes pañales proclamaban desde árboles esquemáticos y metálicos su entrega a una nueva vida. Dos niños cogidos de la mano, apostados junto a la colada, saludaban al tren.

Poco después de bajar se puso a llover. Su estación, más bien un apeadero, estaba al final de un largo túnel, entre ortigas. A pesar de la lluvia se detuvo en el paso elevado a contemplar el techo negro de su tren mientras se deslizaba por un delicado proscenio de señalizaciones y, en escorzo, desaparecía rápidamente por una curva. Después de esto se estableció un aterciopelado silencio campestre contra el que los sonidos parecían límpidos y nítidos: los pasos vivos y apretados de otro pasajero que se alejaba, complicados cantos de pájaros y sencillos silbidos humanos. Permaneció en el paso elevado disfrutando como un niño —o como un muchacho— con los pulidos raíles que apuntaban hacia el silencio en ambas direcciones. De niño había estado en un puente más grande aguardando en compañía de su padre el paso de un tren. Stephen se había quedado mirando los raíles que se perdían a lo lejos y preguntó que por qué se juntaban en la distancia. Su padre le miró desde lo alto, con los ojos entrecerrados y aparentando seriedad, y después se volvió hacia la distancia, donde convergían pregunta y respuesta. Llevaba a Stephen de la mano y sus dedos se entrelazaban. Los dedos de su padre eran rasposos, con espesos pelos negros en el dorso. Cuando jugaban, solía moverlos como unas tijeras, acosando a Stephen hasta hacerle retorcerse de angustia y placer ante tan irresistible poder. Su padre miraba el horizonte mientras explicó que los trenes se hacen cada vez más pequeños según se alejan, y que para ajustarse a ellos los raíles hacen lo mismo. De lo contrario se producirían descarrilamientos. Poco después, un expreso sacudió el puente mientras pasaba bajo sus pies. Stephen se maravilló de la intrincada relación entre las cosas y la profunda simetría que conspiraba para estrechar la anchura de los raíles precisamente en la misma medida que el tren disminuía; por rápido que se alejase, los raíles siempre estaban allí.

Permaneció frente a la estación leyendo las instrucciones de Julie. La lluvia se había convertido en una fina neblina y la escritura, corrida, resultaba casi ilegible. Siguió la carretera que salía del pueblo a lo largo de lo que ella describía como la vieja ruta del autobús. Pasó junto a un hipermercado provisto de un amplio y atestado aparcamiento y salvó una autopista por un puente de hormigón elegantemente curvo. Un kilómetro después tomó un camino asfaltado que avanzaba recto a través de un bosque. Ahora que se encontraba en campo abierto se sintió alegre de verdad. A ambos lados había plantadas filas de pinos que desvelaban súbitas paralajes a medida que unas hileras dejaban paso a las siguientes; era un efecto placentero y que provocaba una falsa sensación de velocidad. Era un bosque geométrico, sin las complicaciones del sotobosque y del canto de los pájaros. Un kilómetro bosque adentro había un claro en la plantación con una valla de alambre espinoso en torno a un cabeceante burro. Era un animal gris, que alzaba lánguidamente la grande y pesada cabeza con un continuo ronroneo. Había otros claros situados a intervalos regulares a lo largo del camino. Frente a uno de ellos se hallaba un camión cisterna trasvasando combustible a un depósito. El conductor estaba en la cabina, con los pies en el salpicadero, bebiendo cerveza en lata y leyendo el periódico. Sonrió y alzó la mano cuando pasó Stephen, y eso aún le animó más. Había olvidado lo amistosa que puede ser la gente en el campo.

Tal y como Julie había descrito, la carretera terminaba al cabo de media hora de marcha. El bosque de pinos dejaba paso abruptamente a un campo de trigo sin cercar. Stephen se detuvo a descansar junto a una portilla de aluminio. La única indicación de que el campo dorado, que parecía un desierto, tenía límites era la línea en el horizonte, donde se reanudaba la plantación. Quizá fuera un espejismo. La llanura quedaba nítidamente partida en dos por un camino de carro que se iniciaba a continuación de la carretera asfaltada y era igual de recto. Siguió adelante y a los pocos minutos le agradó aquel nuevo paisaje. Caminaba a través del vacío. Toda sensación de avance, y por lo tanto de tiempo, desapareció. Los árboles del otro extremo no se acercaban. La falta de urgencia y la ausencia de cualquier sentido de destino le complacieron.

Julie había regresado del monasterio de Chilterns al cabo de seis semanas. Stephen salió de Eaton Square calculando su llegada al domicilio conyugal para coincidir con la de Julie. Se saludaron mutuamente con precaución. Quedaba un rastro del viejo afecto. Permanecieron en el centro del cuarto de estar con los dedos apenas entrelazados. Qué rápidamente perece una casa debido a la negligencia, y de qué forma tan indefinible: no era el polvo, o el aire mortecino, o los periódicos que se habían tornado amarillentos tan pronto, o las plantas marchitas en los floreros. Iban charlando mientras limpiaban el polvo, abrían las ventanas o echaban la basura en el cubo. Stephen dio por hecho que estaban hablando en serio sobre su matrimonio. Durante una semana o dos dieron vueltas con precaución, unas veces corteses y otras dulce y genuinamente cariñosos, e incluso hicieron el amor una vez. Por un momento pareció que no tardarían en empezar a hablar acerca de esos temas que tanto esfuerzo les costaba evitar.

Pero también podía ocurrir lo contrario, y así sucedió. Tal y como Stephen lo veía, el problema era el deseo. No necesitaban el consuelo mutuo, o el consejo. La pérdida les había puesto en caminos diferentes. No había nada que compartir. Julie había adelgazado y llevaba el cabello muy corto. Leía libros místicos y textos sagrados: san Juan de la Cruz, los poemas más largos de Blake, Lao-Tse. Sus anotaciones a lápiz atestaban los márgenes. Trabajaba varias horas al día en una partitura de Bach. El raspar de una doble nota o la espiral frenética de una corchea la mantenían distanciada. Stephen, por su parte, hizo sus primeros pinitos hacia el alcoholismo y disfrutó con los libros de su adolescencia, leyendo acerca de hombres libres y solitarios cuyos problemas eran los del mundo. Hemingway, Chandler, Kerouac. Acarició la idea de llenar un maletín, tomar un taxi hasta el aeropuerto y escoger un destino, para vagar por ahí unos meses con su melancolía.

Estar juntos aumentó su sentimiento de pérdida. Cuando se sentaban para comer, la ausencia de Kate era un hecho que no podían ni mencionar ni ignorar. No podían dar o recibir consuelo, luego tampoco existía el deseo. Su único intento fue rutinario, falso y depresivo para ambos. Al acabar, Julie se puso el camisón y se fue a la cocina. El la oyó llorar y supo que no podía ir a hacerle compañía. Ella no le hubiera recibido bien, de todas formas. Aguantaron cinco semanas. Las únicas conversaciones serias que mantuvieron fueron hacia el final, cuando consideraban ya la idea de separarse; por supuesto, no se trataba de un divorcio, ni de una ruptura, sino de «una temporada por separado». Así que el representante de una agencia inmobiliaria fue a tasar el piso. Era un hombre grandote, con modales amables y autoritarios, que hacía comentarios inteligentes mientras tomaba medidas de las habitaciones y anotaba sus características.

Le pidieron, le suplicaron, que se quedase a tomar el té. Mientras se tomaba la segunda taza le hablaron de Kate, el supermercado, la policía, el monasterio y la dificultad de reemprender el matrimonio. El colocó los codos sobre la mesa de la cocina y se sujetó la cabeza con las manos. Asintió solemnemente todo el rato. Lo que oía venía a confirmar algo que había temido desde el principio. Cuando ellos terminaron, se limpió los labios con un pañuelo. Entonces alargó los brazos por encima de la mesa y les tomó de la mano. El apretón fue fuerte, y las manos cálidas y secas. Tras un instante de silencio les dijo que no debían culparse mutuamente. Por un momento ellos se sintieron exultantes y liberados.

Pero ese instante pasó. Un agente de la propiedad inmobiliaria podía hacer más de lo que ellos hacían por sí mismos. ¿Qué quería decir eso? Más tarde supieron que el hombre había sido cura y que perdió la fe. El piso fue tasado y Stephen entregó a Julie un cheque por dos tercios del valor total. Ella encontró una casita y se instaló, llevándose sus violines, la cama y un puñado de pertenencias. Se negó a poner teléfono. Se mantuvieron en contacto mediante postales ocasionales y se vieron una o dos veces en restaurantes del centro de Londres, sin que llegaran a decirse gran cosa. Si había amor, éste permanecía oculto, fuera de su alcance.

La lluvia se movía hacia él, a través del gran espacio, en finas columnas de niebla. Durante veinte minutos el terreno había ido ascendiendo imperceptiblemente hasta que los distantes árboles desaparecieron y el horizonte se convirtió en humedad. La curiosidad y la inquietud le habían arrastrado a través de aquel campo empapado, cuando bien podía haber estado presenciando los diez mil metros lisos masculinos. Julie se habría dedicado a transformarse, desarrollando intencionadamente una comprensión diferente de la vida y de su lugar en el mundo. Habría dado largos paseos por entre los pinos simétricos, revisando su pasado, el pasado de ambos, barajando prioridades y tomando medidas de cara a un nuevo futuro; las botas de paseo que él le había regalado en uno de sus cumpleaños debían haber pisoteado la recta carretera asfaltada. Antes de que él pudiese desenterrar sus propios pensamientos, y sin haber sido testigo del proceso, ella podía transformarse en una perfecta extraña, alguien con quien no sabría de qué hablar. No quería que le dejara atrás, no quería perder su lugar en la historia de Julie. Su esposa no estaba más allá de la irracionalidad o la confusión, pero tenía una forma infaliblemente útil de comprender y presentar su propia confusión en términos de educación sentimental o espiritual. Con ella, las viejas certezas no desaparecían sino que eran absorbidas, como hacía Thelma, un poco a la manera en que la revolución científica debía redefinir más que anular todo el conocimiento previo. Lo que muchas veces él veía de contradictorio en Julie —«¡Pero eso no es lo que decías el año pasado!»—, ella sostenía que era desarrollo —«¡Porque el año pasado aún no había comprendido!»—. Ella no se limitaba a habitar su vida interior, sino que la conducía, la dirigía, tenía marcado el terreno por recorrer. Este itinerario de conocimiento no debía dejarse al ciego azar, a lo que simplemente pudiera salirle al paso. Al mismo tiempo, no negaba el destino. La tarea, la responsabilidad, era cumplir el destino propio. El había terminado por ver esta fe en una infinita mutabilidad, en la propia remodelación a medida que ibas comprendiendo más o cambiando tu visión, como un aspecto de su feminidad. Si una vez creyó, o pensó que debía creer, que hombres y mujeres eran, más allá de las obvias diferencias físicas, esencialmente iguales, ahora sospechaba que uno de los muchos rasgos diferenciales era precisamente la actitud frente al cambio. A partir de cierta edad, los hombres se inmovilizaban en su lugar y tendían a creer que, incluso en la adversidad, formaban en cierto modo una unidad con sus destinos. Eran quienes ellos creían ser. Pese a lo que dijeran, los hombres creían en lo que hacían, y a ello se atenían. Lo cual constituía una debilidad y una fortaleza. Ya estuvieran saltando de las trincheras para acabar muertos a millares, o fueran ellos mismos quienes disparasen, o estuviesen poniendo el toque final a un ciclo de sinfonías, rara vez se les ocurriría, o se les ocurría a muy pocos de ellos, que bien podrían haber estado haciendo cualquier otra cosa.

Para las mujeres, ese pensamiento era una premisa. Era un constante consuelo o un tormento, al margen del éxito que estuviesen disfrutando ante ellas mismas o ante los demás. Lo cual era asimismo una debilidad y una fortaleza. El compromiso de la maternidad impedía la plena realización profesional. Una vida profesional en términos masculinos erosionaba la labor maternal. Intentar ambas cosas era arriesgarse a la aniquilación debido a la fatiga. No resulta fácil insistir cuando no puedes creer que eres totalmente lo que haces, cuando piensas que puedes encontrarte, o encontrar otra parte de ti mismo, expresada a través de otro entorno diferente. En consecuencia, a ellas no las atrapaban fácilmente empleos, jerarquías, uniformes y medallas. Contra la fe que tenían los hombres en las instituciones que ellos y no las mujeres habían configurado, las mujeres mantenían un principio diferente de individualidad, según el cual el ser era más importante que el hacer. Hacía tiempo que los hombres habían interpretado todo eso como subversivo. Las mujeres se limitaban a rodear el espacio en el que los hombres ansiaban penetrar. Y de ahí surgió la hostilidad masculina.

Por fin llegó a los pinos del extremo opuesto. Saltó una segunda portilla de aluminio que le condujo, tal y como indicaba el mapa, a un camino asfaltado más estrecho, limitado por vallas de alambre espinoso que serpenteaba por entre la verde penumbra. Más tarde, Stephen trataría de recordar en qué estaba pensando mientras recorría los trescientos metros que separaban la portilla de una carretera secundaria muy transitada. Pero su mente permaneció inaccesible, un período de tiempo en blanco. Quizá era consciente de su ropa húmeda. Podría haber estado considerando cómo se las arreglaría para secarse al llegar.

Era pues totalmente vulnerable a lo que ocurrió cuando salió de la plantación y vio su nuevo entorno. Se quedó inmóvil, transfigurado. Se le escapó un rápido y suspirante jadeo. La carretera trazaba un ángulo recto, alejándose de él más o menos a lo largo del sendero. Pasó un pequeño convoy de coches, aparentemente sin hacer ruido. El conocía aquel lugar, lo conocía íntimamente, como si hubiera pasado allí un largo período de tiempo. Los árboles a su alrededor se desplegaban, crecían, florecían. Una visita en el pasado remoto no explicaría ese sentimiento, casi una especie de dolor, de familiaridad, de llegar a un lugar que también le conocía a él y que parecía, en el silencio que envolvía a los coches al pasar, estar esperándole. Lo que le venía a la mente era un día en especial, un día que podía saborear. Ahí estaban, tal como debía ser, el aire verdoso y pesado de un día de lluvia a principios de verano, la lluvia neblinosa y fina, las pesadas gotas que se formaban y caían de las impolutas hojas de castaño, con la impresión de los árboles magnificada y purificada por una lluvia tan fina que desplazaba al aire. Fue precisamente en un día como éste, comprendió Stephen, cuando el lugar adquirió su importancia.

Permaneció inmóvil, temeroso de que el movimiento pudiera destruir el alcance y la intensidad de la calma que sentía en sí mismo, el vago anhelo. Nunca había estado allí antes, ni durante la infancia ni de adulto. Pero tal seguridad quedaba confundida por la certeza de haberlo imaginado exactamente así. Aunque no recordaba haberlo imaginado en absoluto. A todo esto, sabía que si avanzaba desde el límite del césped y miraba hacia la izquierda, vería una cabina de teléfono y, enfrente, un pub situado al fondo de un aparcamiento con suelo de grava. Se lanzó hacia adelante rápidamente.

Tuvo que ponerse en mitad de la carretera para ver más allá de la curva. El edificio compacto y de ladrillos rojos colmó de tal forma sus expectativas que sintió el primer pinchazo de miedo. Iba demasiado deprisa. ¿Cómo podía tener expectativas sin memoria? Estaba a trescientos metros de distancia y veía tres cuartas partes de la fachada. El bien cuidado edificio mostraba el aspecto adecuado. Tenía una estructura rectangular, victoriana tardía, con un inclinado tejado y un anexo trasero que proporcionaba al conjunto la forma de una T. En la parte de atrás había una ruina, antaño una caravana blanca, hoy una sucia barraca. Unos trapos de cocina habían sido puestos a secar sobre una cuerda combada. A un lado del porche frontal del pub había un banco roto pero en uso.

Todo coincidía. Su familiaridad se burlaba de él. Un poste blanco y separado aguantaba un cartel que anunciaba con dibujo y letras: La Campana. El nombre no significaba nada para él. Permaneció largo rato mirando, con la tentación de retroceder para volver en otra ocasión y llevar a cabo una exploración más minuciosa. Pero no era sólo un lugar lo que se le estaba ofreciendo, era un día especial, *este* día. Podía saborear el polvo de la grava levantado por la lluvia. Era consciente de que el suave y húmedo rocío había hecho surgir a su alrededor un entorno campestre con árboles comunes en otro tiempo —olmos, castaños, robles, hayas—, viejos gigantes que habían retrocedido frente a las plantaciones industriales de crecimiento rápido, magníficos árboles cuyo ascendiente sobre el paisaje se había restablecido y ponían un cúmulo de follaje que avanzaba ininterrumpidamente hacia los North Downs.

Stephen permanecía al borde de una insignificante carretera de Kent en un húmedo día de mediados de junio, tratando de relacionar aquel lugar y aquel día con una memoria, un sueño, una película, una visita infantil olvidada. Quería una conexión que pudiera dar inicio a un proceso de explicación para ahuyentar su miedo. Pero la atracción del lugar, su aire conocido, el anhelo que despertaba y su significado sin base real hacían parecer totalmente cierto, antes incluso de que pudiera decirse a sí mismo el porqué, que la profundidad —ésa fue la palabra que halló— de este peculiar entorno tenía sus orígenes fuera de su propia existencia.

Esperó un cuarto de hora y luego echó a andar lentamente en dirección a La Campana. Un movimiento súbito podría arruinar esa delicada reconstrucción de otro tiempo. Se contuvo a sí mismo. Resultaba difícil asumir el desfalleciente caos de tantos

67

árboles de hoja caduca en plena foliación y la forma en que la fina lluvia magnificaba los brillantes helechos a sus pies hasta darles talla ecuatoriana, haciendo que las ortigas y el perejil pareciesen especies exóticas. Si sacudía la cabeza con fuerza se encontraría de nuevo entre los ordenados pinos. Mantuvo la vista fija en el edificio de enfrente. Era justo después de mediodía. La Campana debía haber abierto para el almuerzo y los primeros clientes aún no habían llegado, por lo que no había coches aparcados en la grava delantera que disminuyeran la impresión de que todo estaba conforme y de acuerdo con sus recuerdos.

No había coches, pero junto al banco de madera del frente estaban apoyadas dos anticuadas bicicletas negras. Una era de mujer y ambas llevaban cestas de mimbre. El miedo aligeraba su paso haciéndole jadear ligeramente. Podría haber dado media vuelta. Julie le estaba esperando y él tenía que hacer algo con su ropa mojada. Debía volver a casa y trabajar en la lista de lectura del comité. Aminoró el paso, pero no se detuvo. Los coches pasaban cerca. Si les saliese al paso, no le tocarían. Aquella tarde no pertenecía al mismo día que la mañana. Se sentía lúcido y decidido a seguir. Se encontraba en otro tiempo, pero no estaba abrumado. Era el soñador que conoce su sueño y que, pese al miedo, deja que siga su curso por curiosidad.

Llegó cerca del silencioso edificio. Era un intruso. El lugar le incluía y le excluía al mismo tiempo y había una delicada negociación cuyo resultado podría afectarle negativamente. Ahora cruzaba la grava, poniendo un pie tras otro con todo cuidado. De una esquina del edificio le llegaba el repiqueteo de agua que caía sobre un tonel. A unos diez metros de distancia se veían las oscuras ventanas del pub. El edificio parecía vacío, hasta que varió su posición y pudo ver tenues luces en el interior. Se detuvo frente al pequeño porche. Las bicicletas estaban apoyadas contra la pared, protegidas del agua por el alero. Sus ruedas traseras tocaban el brazo del banco roto. La bicicleta de hombre descansaba contra la pared, y la de mujer se apoyaba en la otra con torpe intimidad. Las ruedas delanteras formaban ángulo recto y los pedales estaban enganchados de cualquier manera. Las máquinas eran negras y nuevas, con el nombre del fabricante escrito en lo alto en nítidas letras góticas doradas. Las cestas eran de mimbre claro. Los sillines amplios, bien mullidos, exhalaban el olor delicadamente fecal del cuero de calidad. Los manillares tenían empuñaduras de caucho blanco con negras cuentas de lluvia colgadas del cromado. No tocó las bicicletas. Había movimiento dentro y una figura cruzó frente a la luz. Stephen se puso a un lado de la ventana, consciente de que era visible para alguien a quien él no podía ver.

La lluvia había amainado, pero el sonido de agua era más intenso. Rezumaba del canalón rajado y cubierto de musgo, resonaba contra el barril recolector y repicaba alejándose entre las hojas. Estaba cerca de la pared del pub y tenía una visión oblicua del salón a través de la ventana. Un hombre llevaba dos jarras de cerveza desde el bar hasta una mesita donde le aguardaba una joven. La mesa estaba situada en un mirador, y la luz procedente de éste silueteaba a la pareja. El hombre se estaba instalando, alzando reposadamente las perneras de sus holgados pantalones de franela gris antes de tomar asiento junto a la joven. Estaban sentados en un banco que recorría los tres lados del mirador. No fue tanto el reconocimiento como la intuición de éste, ni el sonido familiar sino una leve resonancia lo que impulsaron a Stephen a pegarse contra la pared protegida de la lluvia. Su visión latía al compás del batir de su corazón. Si la pareja hubiese mirado hacia su izquierda, en dirección a la ventana cercana a la puerta, quizá hubieran visto al otro lado del cristal salpicado un fantasma inmóvil por la tensión de un reconocimiento inarticulado. Era un rostro tenso por la expectación, como si un espíritu, suspendido entre la nada y la existencia, aguardase una decisión de aceptación o rechazo.

Pero el hombre y la mujer estaban absortos. El echó un trago de su cerveza —una pinta frente a la media de ella— y habló animadamente mientras la bebida de su acompañante permanecía intacta. Ella escuchaba con solemnidad, estirándose las solapas

69

de su vestido estampado y ajustándose con precisión inconsciente el bonito broche que mantenía sus limpios y arreglados cabellos apartados de la cara. Se cogieron las manos y esbozaron débiles pero significativas sonrisas; luego se separaron las manos y ambos hablaron al mismo tiempo. El asunto –porque se trataba, evidentemente, de un único tema– todavía no estaba resuelto.

Por lo que Stephen alcanzaba a ver, no había más clientes. El camarero, un hombre grande y tranquilo, estaba de espaldas y toqueteaba algo en un estante. Lo lógico era entrar, pedir una bebida y echar un vistazo de cerca. La idea no le resultaba atractiva. Stephen mantuvo la mano contra la pared, que transmitía una sensación cálida y tranquilizadora. De repente, con la rapidez transfiguradora de una catástrofe, todo cambió. Se le debilitaron las piernas y sintió un frío que le bajaba por el estómago. Estaba mirando a la mujer a los ojos y supo quién era. Ella había mirado en su dirección. El hombre hablaba, insistiendo en algún punto, mientras la mujer seguía mirando. Su rostro no evidenciaba curiosidad ni asombro, simplemente devolvía la mirada de Stephen mientras escuchaba a su interlocutor. Ella inclinó la cabeza con un gesto vago, desvió la vista para responder y volvió a mirar en dirección a Stephen. Sin embargo, no le vio. No pretendía ignorarle, sino que contemplaba a través de él los árboles del camino. No veía nada, sólo escuchaba. Contra toda lógica, Stephen levantó la mano y esbozó un gesto torpe, a mitad de camino entre una seña y un saludo. No hubo respuesta por parte de la joven que él sabía, sin sombra de duda, que era su madre. Ella escuchaba a su padre –a quien reconoció por la forma de mover la mano para aseverar algo– y no podía ver a su hijo. Le inundó un frío e infantil desánimo, un amargo sentimiento de exclusión y anhelo.

Quizá lloraba ya cuando se retiró de la ventana, y quizá gemía como un bebé que se ha despertado en la noche; para un observador podía parecer silencioso y resignado. El aire a través del que se movía era oscuro y húmedo, pero ligero, como hecho de nada. No se vio a sí mismo retroceder por la carretera. Cayó hacia atrás, se sumergió indefenso en el vacío y fue ciegamente arrastrado a lo largo de curvas invisibles y se levantó entre árboles y vio el horizonte por debajo de él, como si hubiese sido empujado a través de túneles sinuosos en poderosos y malsanos canales subterráneos. Los ojos se le volvieron grandes, redondos y desprovistos de párpados debido a la desesperada y reivindicativa inocencia, se le levantaron las rodillas hasta tocarle el mentón, los dedos se le convirtieron en aletas escamosas y las agallas se agitaron en urgentes y desesperadas contracciones en medio del salino océano que anegaba las copas de los árboles y surgía por entre sus raíces. A cambio de tanto llanto, de esas llamadas que él creyó suyas, llegó a una conclusión: no tenía adónde ir, no había momento que pudiera abarcarle, nadie le esperaba, no podía nombrar tiempo ni destino; pues aunque se movía hacia adelante con violencia, permanecía inmóvil, giraba en torno a un punto fijo. Y su pensamiento reflejó una tristeza que no le era propia. Tenía siglos, milenios de antigüedad. Fluía a través de él y de muchos otros como el viento a través de la pradera. Nada era suyo, ni sus contracciones, ni sus movimientos, ni las llamadas, ni la tristeza, nada era su propia nada.

Cuando Stephen abrió los ojos estaba acostado en una cama, en la cama de Julie, bajo un edredón y apretando contra el pecho una bolsa de agua tibia. Al otro lado de la pequeña estancia, ocupada en su mayor parte por la cama, había una puerta que daba sobre el baño de donde salía una nube de vapor amarillento bajo la luz eléctrica, y el estruendo de agua corriente. Cerró los ojos. Esa cama era el regalo de boda de unos amigos a los que no había visto desde hacía años. Trató de recordar sus nombres pero habían desaparecido. En ella, o sobre ella, había empezado y terminado su matrimonio seis años después. Reconoció el crujido musical cuando movió las piernas, olió a Julie en las sábanas y almohadones, su perfume y el espeso olor jabonoso que caracterizaba sus sábanas recién lavadas. Aquí habían tenido lugar las más

71

largas y reveladoras, y después las más desoladoras, conversaciones de su vida. Había disfrutado en ella de sus mejores experiencias sexuales y de las peores noches en blanco. Había leído allí más que en ningún otro lugar (recordaba *Ana Karenina* y *Daniel Deronda* en una semana de enfermedad). En ningún otro lugar había llegado a perder tan completamente los nervios, ni se había mostrado tan tierno, protector, reconfortante ni, desde su temprana infancia, tan preocupado de sí mismo. Aquí fue concebida y nació su hija. A ese lado de la cama. En lo profundo del colchón había rastros de sus pises durante las tempraneras visitas matutinas. Ella solía subirse entre ambos, dormir un poco y luego despertarlos con su charla insistente para que empezasen el día. Mientras ellos se aferraban a los últimos sueños, ella exigía lo imposible: historias, poemas, canciones, catecismos inventados, combates físicos, cosquillas. Prácticamente todas las pruebas de su existencia, aparte de las fotografías, las habían destruido o tirado. Lo mejor y lo peor que le había ocurrido en la vida tuvo lugar allí. Ese era su lugar. Dejando de lado otras consideraciones, como el hecho de que su matrimonio estuviese más o menos acabado, ahora tenía derecho a yacer en el lecho matrimonial.

Cuando volvió a abrir los ojos, Julie estaba sentada en el borde de la cama, mirándole. La habitación estaba en silencio salvo por el resonante y pronunciado gorgoteo del grifo del baño. Se advertía una mofa contenida en la tensión en torno a unos labios que ella mantenía apretados frente a la tentación de decir algo irónicamente molesto. Sus ojos de color gris claro se movían en rápidas e impredecibles triangulaciones, del ojo izquierdo de Stephen al derecho, y vuelta, comparándolos, midiendo su sinceridad a partir de las tenues diferencias que detectaba, para luego pasar a su boca y calibrar la expresión de ésta, y efectuar nuevas comparaciones. Stephen se incorporó hasta quedar sentado y le cogió la mano. Esta se mostró sensible pero fría al tacto.

—Lamento molestarte —dijo él.

—No tiene importancia.

Su sonrisa fue instantánea. Volvió a cerrar los labios enseguida y resistió una vez más la tentación de hacer algún comentario irónico. No iba con su estilo preguntar directamente por qué había llegado a su casa en aquel estado de shock. Las preguntas, la curiosidad normal no iban con ella. Nunca insistía en la respuesta a una pregunta. Podía preguntar una vez, y si no había respuesta solía corresponder con su propio silencio. Había una grata profundidad en su silencio. Era difícil no decirle cosas a fin de sacarla de su tranquila comunión consigo misma para atraerla.

—Es fantástico estar otra vez en esta cama —dijo él.

—A mí me pone histérica —replicó Julie rápidamente—. Tiene un hueco en el centro y cruje cada vez que te mueves.

Sin quererlo, él dijo con ligereza:

—Entonces me la quedaré.

Julie se encogió de hombros.

—Si la quieres, quédatela.

Era demasiado desolador. Se soltaron las manos y permanecieron en silencio. Stephen deseaba volver a la intimidad en que se había despertado y estuvo tentado de contárselo todo lo mejor que pudiera. Pero no confiaba en poder hacer el largo relato que tal vez los distanciaría aún más. Echó a un lado la ropa de cama, se inclinó hacia adelante y, después de colocar ambas manos sobre los hombros de su esposa, apretó firmemente, como para asegurarse de que ella estaba allí. Era frágil al tacto, pero el calor de su cuerpo a través de la blusa de algodón resultaba tibio y atractivo. Ella permanecía alerta, y su sonrisa reprimida continuaba allí.

—Te contaré lo que me ha pasado —dijo, sujetándola todavía.

La soltó. Estaba a punto de levantarse de la cama cuando Julie le puso una mano en el brazo.

—No te vas a levantar —dijo con firmeza—. Te he traído un poco de té. Y he hecho un bizcocho.

Ella le volvió a echar las mantas por encima, se las subió hasta el pecho, y se incorporó para arroparlo. No quería que se levantase de la cama matrimonial. Recogió del suelo una bandeja y se la puso delante.

73

—Por una vez —dijo—, puedes dejar de fingir que todo va bien. Eres mi paciente.

Cortó el bizcocho y sirvió el té. Las tazas eran de porcelana fina. Se había tomado la molestia de buscar complementos que hicieran juego con el servicio. Sin duda, era todo un acontecimiento. Entrechocaron las tazas y se desearon salud. Cuando él preguntó qué hora era, ella respondió:

—Hora de bañarse. —Y señaló los rastros de barro seco en su brazo.

En la penumbra del dormitorio, el blanco de los ojos de Julie resplandecía repetidamente según llevase la mirada desde el plato a su cara, como si tratase de compararla con un recuerdo. Pero no sostenía su mirada. Cuando él sonrió, ella bajó los ojos. Llevaba largos pendientes de cristal. Contra su costumbre, no dejaba quietas las manos.

No era fácil una charla intrascendente. Al cabo de un rato Stephen dijo:

—Estás muy guapa.

La respuesta fue inmediata y en el mismo tono:

—Tú también.

Ella sonrió y, con un profundo suspiro, dijo: «Ahora...» y apartó el servicio de té. Se quedó a la cabecera de la cama acariciándole el cabello. El contenía la respiración, el tiempo contenía la respiración. Se enfrentaba a dos posibilidades, bien sopesadas y en equilibrio sobre un afilado punto de apoyo. En cuanto ellos se inclinasen hacia una, la otra, aunque no dejaría de existir, desaparecería irrevocablemente. Ahora podía levantarse de la cama y dedicarle una afectuosa sonrisa mientras se dirigía al cuarto de baño. Podía cerrar la puerta a su espalda, asegurándose así su intimidad y orgullo. Ella le esperaría abajo y podrían reanudar su cuidadosa conversación hasta que llegase el momento de atravesar de nuevo los campos en busca del tren. O podían aceptar el riesgo, probar una vida diferente en la que su propia infelicidad podría redoblarse o ser eliminada.

Su vacilación ante los senderos bifurcados fue breve y deliciosa. Si en ese día no hubiera visto ya dos fantasmas y si no hubiese rozado las envolturas que encerraban los tiempos, los hechos y los lugares en los que éstos ocurrieron, él no hubiese sido capaz de elegir, como hizo ahora, sin deliberación y con una inmediatez que le pareció al mismo tiempo sabia y abandonada. Un Stephen fantasmagórico y evanescente se levantó, cruzó la habitación y cerró la puerta del baño detrás de él, y con ello se pusieron en movimiento innumerables acontecimientos invisibles. Pero el Stephen verdadero cogió la mano de Julie y sintió la sinuosa sumisión de su cuerpo comunicándosele a lo largo del brazo, y mientras la atraía hacia su regazo y la besaba, no le cupo duda de que cuanto estaba ocurriendo ahora, y cuanto ocurriera como consecuencia del presente, estaba relacionado con todo lo que había sentido antes aquel mismo día. Oscuramente, sintió que se estaba prolongando el hilo argumental. Aquí, sin embargo, no había sino deleite mientras sostenía la cabeza de Julie, ou adorable cabeza, entre las manos y le besaba los ojos, cuando antes, frente a La Campana, había sentido terror; pero ambos momentos estaban innegablemente unidos, tenían en común el inocente anhelo que provocaban, el deseo de pertenecer.

Los ritos hogareños y eróticos del matrimonio no resultan fáciles de eliminar. Se arrodillaron uno frente al otro en el centro de la cama y se desnudaron mutuamente muy despacio.

—Qué delgado estás —dijo Julie—. Te vas a consumir.

Ella le acarició el cuello y después las protuberancias de la caja torácica hasta que, satisfecha de la excitación provocada, le cogió fuertemente con ambas manos y se inclinó para reclamarle un largo beso.

El también sintió una ternura posesiva cuando la vio desnuda. Registró los cambios, un ligero endurecimiento en el torso y los grandes pechos algo disminuidos. Por vivir sola, pensó, al tiempo que cerraba la boca en torno a uno de los pezones y apretaba el otro en su mejilla. La novedad de ver y sentir un cuerpo desnudo familiar fue tal que por unos instantes apenas si pudieron hacer otra cosa que sostenerse mutuamente con los

brazos estirados y decir «Bueno...» y «Aquí estamos otra vez...».
En el aire flotaba una hilaridad salvaje, una risa reprimida que
amenazaba con hacer desaparecer el deseo. Toda la frialdad entre
ellos les parecía ahora una elaborada mixtificación y se pregunta-
ron cómo habían logrado mantenerla durante tanto tiempo. Era
divertidamente simple: no tenían más que quitarse la ropa y mi-
rarse el uno al otro para sentirse libres y asumir unos sencillos
papeles en los que no podían negar su mutua comprensión.
Ahora eran sus viejos y sabios personajes, y no podían dejar de
sonreír abiertamente.

Después, una palabra pareció repetirse a sí misma, una palabra suave y resonante, generada por la carne al deslizarse sobre la
carne, una cálida, susurrante y equilibrada palabra... casa, estaba
en casa, protegido, a salvo, y por lo tanto capaz de proteger, la
casa que poseía y que le poseía. En casa: ¿por qué iba a estar en
ningún otro lugar? ¿No era una pérdida de tiempo hacer cualquier otra cosa que no fuera eso? El tiempo se redimía, el tiempo
asumía de nuevo todo su sentido porque era el medio para la culminación del deseo. Los árboles del exterior se aproximaron, las
agujas golpearon los pequeños cristales oscureciendo la habitación, que se onduló con el movimiento de la luz filtrada. En el
tejado resonó la lluvia con más fuerza y luego amainó. Julie estaba llorando. Stephen se preguntó, como tantas veces había hecho antes, cómo podían permitirse algo tan sencillo y bueno,
cómo tenían acceso a ello, como había podido el mundo ser
consciente de esa experiencia desde hacía ya tanto tiempo y seguir siendo aún como era. Ni los gobiernos, ni las firmas publici-
tarias ni los departamentos de investigación: eran la biología y la
existencia, era la propia materia la que había soñado todo esto
para su propio placer y perpetuidad, y esto era exactamente lo
que uno debía hacer, la materia quería que a uno le gustase. Sus
brazos y piernas iban a la deriva. Arriba, en el aire límpido, colgaba agarrándose con los dedos del saliente de una montaña; una
veintena de metros más abajo había guijarros húmedos. Su presa
se estaba soltando. Seguramente, pensó mientras caía de espaldas

en la exquisita y vertiginosa nada y pasaba raudo junto al corte vertical, seguro que en el fondo el lugar es benévolo, le gustamos, quiere que a nosotros nos guste y se gusta a sí mismo.

Después, todo fue diferente. Se introdujeron en la estrecha y acogedora bañera llevando consigo un vino que bebieron directamente de la botella. El deseo saciado trajo consigo una rápida y temeraria lucidez. Hablaron y rieron con fuerza y se mostraron mutuamente confiados. Julie contó una larga anécdota sobre la vida en el pueblo vecino. Stephen hizo un retrato desaforado de los miembros del comité. Hicieron ásperos resúmenes de los últimos acontecimientos en las vidas de sus amigos comunes. Aunque la charla transcurría animada, ambos estaban incómodos porque sabían que nada sustentaba aquella cordialidad y que no había razón para bañarse juntos. Sentían una vacilación que ninguno se atrevió a exponer. Hablaban libremente, pero su libertad era precaria y sin motivo. Sus voces no tardaron en vacilar y la charla empezó a languidecer. La niña perdida estaba de nuevo entre ellos. La niña que no tenían les aguardaba fuera. Stephen sabía que no tardaría en marcharse. La incomodidad creció en cuanto estuvieron vestidos de nuevo. Los hábitos de separación no se eliminan fácilmente. Perdieron la voz y se sintieron desanimados. La vieja y cuidadosa cautela se restablecía y se sentían impotentes ante ella. Se habían expuesto demasiado fácil y rápidamente, y se habían demostrado a sí mismos que eran vulnerables.

En el piso de abajo, Stephen vio arrodillarse a Julie para extender una toalla mojada frente a una chimenea humeante. Debería haber encontrado algo afectuoso que decir y que no fuese chocante ni le traicionase más. Pero todo lo que pudo hacer fue charlar de cosas intrascendentes. Lo único que se le ocurrió fue cogerla de la mano, pero no lo hizo. Ya había recurrido a todas las posibilidades, a la tensión del roce, y habían llegado al límite. Ahora todo se había neutralizado. Si todavía hubieran estado juntos, podrían haber recaído en los viejos métodos, ignorarse el uno al otro durante algún tiempo, dedicarse a hacer algo o enfrentarse de alguna manera a su pérdida. Pero allí ya no quedaba nada. Un orgullo triste les hizo aferrarse a vagos propósitos respecto a una última taza de té. Stephen tuvo una visión de la clase de vida que estaba llevando su esposa. Los pinos llegaban justo hasta la casa y las ventanas eran muy pequeñas, por lo que las habitaciones se sumían en la penumbra hasta en los días de sol. Encendía el fuego incluso en verano para eliminar la humedad. En un rincón de la sala había una gastada mesa de cocina donde tenía sus cuadernos de música limpiamente apilados, velas para leer de noche y en los días nublados, y un frasco de mermelada con las hierbas y las flores salvajes que encontraba en los bordes del bosque. Otro bote contenía lápices afilados. Sus violines estaban en una esquina, depositados en el suelo dentro de las fundas, y no se veía el atril por ninguna parte. Se la imaginó vagando por las asfaltadas carreteras rurales mientras pensaba, o trataba de no pensar, en Kate, y luego volviendo para hacer prácticas en el siseante silencio.

Dentro de un momento se encontraría atravesando la tierra labrada camino de su propio refugio. Sentado frente a ella, viéndola encorvada sobre su té y con las manos en torno a la taza para calentárselas, Stephen permaneció inmóvil. Podía empezar a aprender a distanciarse de su esposa. Tenía las uñas mordidas, los cabellos sucios y su rostro parecía contraído. Podía aprender a no amarla sólo con que pudiera verla de vez en cuando para recordar que era mortal, una mujer al final de la treintena, aferrada a la soledad y tratando de dar sentido a su atribulada vida. Más tarde podría abordarle el recuerdo de sus brazos largos y delgados —encantadoramente largos— sobresaliendo del jersey roto, que él reconoció como suyo, y la ronquera en su voz mientras ocultaba sus sentimientos.

Fue inevitable que al levantarse intercambiaran una muy breve despedida. Ella le abrió la puerta, se estrecharon rápidamente las manos y aún no había dado tres pasos por el sendero cuando oyó cerrarse la puerta a su espalda. En la puerta del jardín se volvió para mirar. Era el tipo de casa que dibujaría un niño. En forma de caja, con la puerta justo en medio, cuatro ventanitas cerca de las esquinas y construida con los mismos ladrillos rojos que La Campana. Un sendero hecho con ladrillos sobrantes trazaba una amplia ese entre la cancela y la puerta de entrada. La casa ocupaba un claro de apenas quince metros de lado. Los pinos de la plantación se alzaban a su alrededor. Por un momento consideró la posibilidad de volver, pero no tenía ni idea de qué podría decir.

Y así, debido a una perversa confabulación de desgracias, pasaron varios meses antes de que volvieran a verse. En los mejores momentos, Stephen pensó que lo ocurrido había tenido lugar demasiado pronto; no estaban preparados. En los peores, se ponía furioso por haber estropeado lo que él consideraba un cuidadoso progreso en la separación. En los años siguientes, Stephen habría de sentirse desconcertado por su propia insistencia en no volver a verla. Entonces lo razonaba así: Julie nunca le llamó. Él fue quien inició la visita. Ella se mostró feliz de verle, tan feliz como de verle marchar y de reanudar su soledad. Si lo que ocurrió había significado algo para ella, era ella quien debía romper el silencio. Y si no decía nada, él sacaba la conclusión de que deseaba seguir en su soledad.

Hacía rato que la lluvia había cesado. Stephen cruzó apresuradamente la carretera cerca de La Campana, decidido a evitar nuevos dramas o significaciones. Apretó el paso por el sendero asfaltado camino del gran campo. Había aceptado ir a cenar a casa de una pareja en Londres que tenían fama por sus platos complicados y sus interesantes amistades, e iba a llegar tarde.

4

No sería malo concluir, como tantos han hecho antes que nosotros, que del amor y el respeto al hogar surgen nuestras más profundas lealtades respecto a la nación.

Manual autorizado de educación, HMSO

La mañana estaba avanzada, hacía un calor impresionante y el comité estaba oyendo declaraciones. El día anterior la temperatura había sobrepasado los 38° centígrados, cota que había desencadenado un patriótico orgullo en la prensa popular. Los observadores responsables opinaban que la temperatura favorecía al gobierno y se esperaban incluso temperaturas más altas. A los diez minutos de sesión, y por sugerencia de Canham, un bedel había traído un ventilador eléctrico que situó muy cerca del presidente, encarándolo a él deferentemente. Durante el fin de semana, unos operarios habían desatrancado las contraventanas, que ahora se abrían de par en par hacia el corazón del pesado tráfico de Whitehall. Un moscardón atrapado entre dos panes paralelos de cristal zumbaba intermitentemente. A medida que avanzaba la mañana, las pausas se fueron prolongando. Sobre la enorme mesa, que estaba húmeda al tacto, unos papeles sueltos se agitaban perezosamente bajo la débil corriente de aire caliente.

Durante más de una hora, Stephen se había estado contemplando las manos sobre el regazo. Ultimamente, el olor y el tacto de su propia piel bajo semejante calor le habían devuelto el regusto de su única estancia infantil en países cálidos: sudor y el dulce y penetrante olor a mangos, verduras inglesas hirviendo en la cocina y especias en latas con dragones y palmeras, que guardaba en la despensa la criada indígena. Una vez levantó una tapa

80

e inhaló la esencia de una substancia parda y escamosa. Cuando volvió a casa y pasó bajo el lento ventilador que colgaba del techo en el desierto cuarto de estar, el gusto pútrido y amargo fue un secreto que debió proteger de los muebles frotados con lavanda facilitados por la RAF.

Este era su Oriente: el olor masculino a cigarrillos y a Flit, el matamoscas; enormes sillones con tapicería de flores, su padre con un cenicero de cobre sujeto con correas; alrededor de su madre, el olor a jabón rosa, la labor que ella sujetaba y el *Woman's Realm*; en las paredes, nítidas siluetas de palmeras y puestas de sol; la graciosa criada que, según decían, dormía de noche a los pies de su cama aunque él nunca la vio; las serpientes de agua que vivían entre sus sábanas, mantenidas alejadas mediante plegarias; su primera clase, en la que el calor extraía el olor a cedro del lápiz entre sus dedos; y el tigre bajo la palmera, emblema de su escuela y de la cerveza de su padre.

Una húmeda tarde él siguió a su madre escaleras arriba y se tumbó junto a ella sobre la colcha acanalada, del lado del cenicero y del resonante despertador. Curiosamente, ella propuso quedarse dormidos en pleno día, varias horas antes de la hora de acostarse. El se quedó tumbado de espaldas, mirando el ventilador.

—Cierra los ojos, hijo —le instruyó ella—. Cierra los ojos.

Lo hizo, y cuando se despertó había transcurrido mucho tiempo. Ella se había ido y pudo oírla abajo, hablando y tomando el té con unas amigas. El estaba impresionado; el sueño no era algo que simplemente ocurría, la gente lo controlaba sólo con cerrar los ojos. ¿Qué otras cosas podían controlar?

Le gustaba escuchar a su madre y a sus amigas. La charla versaba sobre cosas que iban mal, sobre gente que hacía y decía cosas malas, y sobre enfermedades y las equivocaciones de los doctores. Nadie hablaba a los niños de cosas que iban mal. El servicio de té se retiraba y las señoras desaparecían antes de que volviese su padre. Este vestía unos pantalones cortos anchos y había manchas húmedas en su camisa caqui. En cuanto entraba en casa buscaba a Stephen y simulaba ser un ogro que le perseguía rugiendo «Fu fa fe, huelo la sangre de un inglés» y le hacía cosquillas y le lanzaba peligrosamente hacia arriba. En cuanto el sargento Lewis se había duchado y bebido una cerveza hecha de sangre de tigre, que Stephen tenía permiso para servir, se sentaban todos a tomar el té y a hablar de cosas interesantemente malas: un joven oficial que casi no sabía nada; lo que otro sargento había hecho mal, o las cosas malas que los políticos pedían a la RAF que hiciera. Entonces su madre explicaba las cosas que le habían contado esa tarde. Después, la obligación de Stephen era recoger la mesa mientras su madre lavaba y su padre secaba.

A Stephen se le ocurrió que si él podía controlar los acontecimientos de la misma manera que su madre controlaba el sueño, entonces nombraría a sus padres rey y reina del mundo entero, y podrían arreglar todas las cosas malas que tan sabiamente describían. Porque, ¿no era su padre más fuerte que cualquier otro? En las competiciones entre escuadrones pedaleaba tan rápidamente que apenas se le veían las piernas y casi volaba en el triple salto; se cargaba a Stephen a la espalda hasta la playa donde, según supieron después, había tiburones, y surgía sacudiéndose de las olas con la cabeza y los hombros cubiertos de espuma del mar, cual monstruo rugiente; los jóvenes oficiales le pedían su opinión aunque él debía llamarlos «Señor», y los hombres bajo su mando temían sus enfados tanto como Stephen y su madre.

¿Y acaso no era ella más bella que la reina de Inglaterra? Y además era capaz de mantenerse en los veintiún años cada cumpleaños, podía hacer diana con un rifle del 22 en los concursos de tiro, oír ruidos en la noche que nadie más percibía, o saber cuándo tenía su hijo una pesadilla, porque ella siempre estaba allí si él se despertaba por la noche. Iban con frecuencia a la Misa del Sargento. Su madre llevaba vestidos de satén que ella misma confeccionaba. Su padre lucía su uniforme y siempre se tomaba una cerveza antes de salir. A veces bailaban en la sala, con la música del Servicio Radiofónico del Ejército, un vals, un foxtrot o un pasodoble, moviéndose confiados en el espacio entre muebles, con la espalda recta y los pies girando limpiamente. En esos momentos eran como los elegantes bailarines que daban vueltas en el joyero de su madre mientras tintineaba el *Für Elise*, figuras de ensueño que se disolvían en manchas rosadas cuando acercabas la cara.

Los sueños eran peligrosos; ¿era sólo un sueño cuando un plato de puré de patatas pasaba rozando la cabeza de su padre y se estrellaba contra la pared, cuando más tarde su madre lloraba mientras recogía los pedazos de loza en su delantal y limpiaba la pared con un paño húmedo? ¿Soñaba él los gritos nocturnos en el piso de abajo, era un sueño cuando veía a su padre a través de la puerta de la cocina abierta con un cuchillo de trinchar, cuando acercaba su rostro rojo y airado al de Stephen diciendo que era un niño enmadrado o, peor aún, cuando le tomaba en sus brazos delante de las visitas y le acunaba cantando por lo bajo?

Tal vez fuera un niño enmadrado. Unos años después, todavía dormía en la cama con su madre cada vez que su padre, por entonces suboficial, se iba a hacer sus cursillos. Eso ocurría cuando estuvieron destinados en el norte de Africa. Cuando Stephen entró en los *scouts* y tuvo que demostrar su habilidad con las labores manuales, su madre le ayudó a hacer unos muebles de juguete. Ella acabó haciendo todo el trabajo. El llevó los resultados —un tresillo, una caja de cerillas-armario y una lámpara de pie— en el salón tamaño caja de zapatos a la reunión semanal en la cabaña Nissen, convencido de que ese trabajo era suyo por derecho.

Ella era una bella y frágil insomne que temía en silencio por todos salvo por ella misma y cuya angustia era una forma sutil de posesión inseparable del amor, al parecer, cuando iba dirigida a él. Le colocaba frente a un mundo de peligrosos gérmenes invisibles y corrientes de aire portadoras de neumonía en determinadas habitaciones. Le advertía del peligro de llevar ropas poco aireadas, de perderse una comida o de no llevar un abrigo por las noches. Aunque estaba obligado por lealtad a someterse a sus pequeñas imposiciones, aprendió a burlarse de ellas igual que lo hacía su padre.

Porque Stephen también era un niño empadrado. Durante la crisis de Suez, todas las familias fueron trasladadas a campamentos militares como protección contra los árabes locales. La señora Lewis se encontraba en Inglaterra visitando a unos familiares y transcurrieron unas semanas de vertiginosa ruptura de las rutinas escolares y playeras. Se produjo la novedad de dejar de ser el foco inmediato de la atención paterna y de vivir en grandes tiendas en compañía de otros niños que recordaba tan pecosos, pelones y orejudos como él mismo. Había el olor a aceite de camión sobre la arena caliente, los vehículos militares, fieles reproducciones de sus juguetes Dinky, las piedras encaladas que delineaban los senderos, las cercas de alambre espinoso y los nidos de ametralladora con sacos de arena. Por encima de todo, estaba el oficial que se encargaba directamente de las familias, su padre, una figura distante que iba de una reunión a otra con un revólver de reglamento colgado del cinturón.

Y cuando eso acabó, hubo más excursiones. Dejaron a su madre en casa y corrieron con el Oxford Morris negro a través del desierto y de carreteras vacías en dirección al aeropuerto, sólo por ver lo rápido que podía ir el coche nuevo. Salieron provistos de un frasco de mermelada vacío para cazar un escorpión. Su padre escarbó junto a una roca y allí estaba, gordo y amarillo, alzando suplicante las pinzas hacia ellos. El utilizó el pie para empujarlo hacia el frasco mientras Stephen permanecía alerta con la tapa perforada. Se echaron a reír —Stephen algo inseguro— cuando su madre dijo que no podría dormir por las noches por miedo a que se escapase y merodease por la casa en la oscuridad. Más tarde lo llevaron al taller y lo conservaron en formol.

Cada mañana, antes de ir a la escuela, su padre le llevaba al cuarto de baño, hundía dos dedos profundamente en el bote de Brylcreem y los frotaba contra la cabeza de Stephen con fanático vigor. Entonces tomaba su peine de acero y, sujetando la mandíbula del niño con fuerza, peinaba los obedientes cabellos bien aplastados y trazaba una recta partición con precisión militar. Al cabo de una hora, esa construcción se había deshecho bajo el sol. Durante el verano, que duraba nueve meses, muchas tardes iban a la playa, donde los oficiales y sus familias se instalaban en un extremo y los aviadores, incluidos los sargentos y los suboficiales, en el opuesto. Su padre solía meterse en el agua hasta el pecho y contaba lentamente mientras Stephen se aguantaba solo sobre sus hombros hasta que la risa o la deslizante brillantina bajo sus pies le hacían caer. La cuenta quedaba interrumpida cuando una ola cubría la cabeza de su padre. El récord quedó en cuarenta y tres al terminar el juego, no mucho antes de que Stephen se fuese al internado.

Africa del Norte fue un idilio de cinco años. Ya no le despertaron de sus sueños voces airadas. Sus días se dividían entre la escuela, que terminaba al mediodía, y la playa, donde encontraba a sus amigos, todos hijos de colegas de su padre, hombres que habían ido ascendiendo en el escalafón. Allí se reunía su madre con sus amigas, las esposas de esos mismos hombres. Así como su pequeña familia le incluía a él, con su fiero y posesivo amor, la RAF incluía a toda la familia, eligiendo y seleccionando amigos, diversiones, médicos y dentistas, escuelas y maestros, la casa, los muebles, e incluso la cubertería y la ropa de cama. Cuando Stephen iba a pasar la noche a casa de unos amigos, dormía en sábanas familiares. Era un mundo seguro y ordenado, jerárquico y protector. Los niños debían conocer su lugar y aceptar, igual que lo hacían sus padres, las exigencias y limitaciones de la vida militar. A Stephen y sus amigos —pero no a sus hermanas— se les incitaba para que llamasen «Señor» a los compañeros de sus padres, como los chicos americanos de la base aérea. Se les enseñaba a ceder el paso a las señoras en las puertas. Pero estaba generosamente permitido, recomendado, casi obligado, divertirse. Después de todo, sus padres habían crecido durante la Depresión, así que ahora no iba a haber carestía de limonada, helados, tortillas de queso y patatas fritas. En la terraza del Beach Club sus padres se sentaban a las mesas metálicas atestadas de jarras de cerveza, asombrándose por las diferencias entre su vida pasada y la presente, y entre su infancia y la de sus hijos.

El primer año de Stephen en el internado representó una confusión de ritos complejos, brutalidades y líos continuos, pero no fue particularmente triste. Era demasiado callado y observador para que lo tomaran como cabeza de turco. En realidad, apenas si llamó la atención. En su corazón continuaba formando parte de su pequeño grupo familiar, y se programó los noventa y un días que faltaban para las vacaciones de Navidad determinado a sobrevivir. Una vez en casa de nuevo, con la brillante luz y la vista desde la ventana de su dormitorio de palmeras datileras que se inclinaban sobre el pálido cielo azul invernal, recobró fácilmente su puesto en el triángulo. Sólo cuando llegó el momento de volver a Inglaterra, la víspera de su duodécimo cumpleaños, para empezar de nuevo al pie de otra montaña de días, sintió una cierta ternura hacia lo que estaba a punto de abandonar. Un rápido cálculo matemático le demostró que, a partir de aquel momento, las tres cuartas partes de su vida transcurrirían fuera. De hecho, ya se había ido de casa. Sus padres debían de haber hecho los mismos cálculos, pues mientras circulaban por entre la maleza del desierto hacia el aeropuerto, la conversación sonaba extrañamente alegre, con planes para las próximas vacaciones, y se producían largos silencios que no podían romper sin repetir los comentarios.

En el avión, una anciana le dejó amablemente su asiento para que pudiera decir adiós a sus padres a través de la ventanilla. El podía verlos más claramente que ellos a él. Estaban a un centenar de metros del extremo del ala, tomados del brazo justo donde la pista se convertía en arena. Sonreían y agitaban los brazos, y luego los dejaban descansar para volverlos a agitar. Las hélices de su lado empezaron a girar. El vio que su madre se volvía y se secaba los ojos. Su padre se metió las manos en los bolsillos y volvió a sacarlas. Stephen era lo bastante mayor como para saber que había acabado un período de su vida, un tiempo de afinidades sin ambigüedades. Apretó el rostro contra la ventanilla y se echó a llorar. El cristal se llenó de brillantina. Cuando trató de limpiarla, sus padres malinterpretaron el gesto y volvieron a saludar. El avión se puso en movimiento y de repente ellos desaparecieron de su vista. Al volverse hacia la cabina, se confirmaron sus peores sospechas: la anciana había estado observándole y también lloraba.

La presencia de un extraño en la estancia, un joven demacrado que al parecer había rechazado la oferta de una silla, despertó a Stephen de sus ensoñaciones. El hombre ya llevaba hablando media hora. Permanecía encorvado como un penitente, con sus dedos azulados entrelazados. Tenía las mandíbulas y el labio superior cubiertos por una barba corta que le daba la triste y honesta apariencia de un chimpancé, una apariencia reforzada por unos grandes ojos castaños y una negra mata de pelo pectoral, tan espesa como vello púbico y visible a través de la fina camisa blanca de nailon ya que surgía irreverente por entre los botones. A Stephen le parecía que mantenía quietas las manos al hablar para no mostrar la anormal longitud de sus brazos, cuyos codos quedaban varios centímetros más abajo de donde deberían. Tenía una forzada voz de tenor, pronunciaba las palabras con precisión y precaución, como si el lenguaje, un arma peligrosa, hubiese sido una adquisición reciente y pudiese explotar en la cara del usuario. Aturdido por la introspección, Stephen estaba tan sorprendido por el aspecto del hombre que todavía no había entendido nada de lo que decía. El resto del comité permanecía en silencio, atento en apariencia y con los rostros inexpresivos. Rachael Murray y uno de los académicos tomaban notas. Para ayudarse a concentrarse, lord Parmenter había cerrado los ojos y respiraba lenta y rítmicamente por la nariz.

Tras advertir el aspecto del hombre, Stephen captó una agitación en los miembros del comité, una inquietud que no podía achacarse al aburrimiento y al calor. Las cabezas se volvían hacia él. Las miradas que chocaban con la suya se apartaban, y aquí y allí –Rachael Murray, Tessa Spankey– se producían sonrisas contenidas. Incluso lord Parmenter había cambiado de postura y ahora inclinaba su cabeza correosa en dirección a Stephen. ¿Esperaban que dijera algo? ¿Le habrían formulado alguna pregunta? Fijó su divagante e incontrolada atención en el tono tensamente monocorde pero forzado y plañidero que sonaba a seguramente, sí, seguramente estarán de acuerdo en que es así. Se encontró a sí mismo mirando a los honrados ojos castaños. ¿Esperaban que interviniera? Asintió levemente y esbozó una vaga sonrisa para mostrar una total comprensión y al mismo tiempo una razonable y razonada reticencia.

–Ha quedado demostrado, sin el menor lugar a dudas –y por favor, parecían decir los ojos, no hagamos una cuestión de ello–, que utilizamos sólo una fracción de este recurso intelectual ilimitado, emocional e intuitivo. Muy recientemente ha salido a la luz el caso de un joven que obtuvo con brillantez un título universitario y se descubrió que virtualmente carecía de cerebro, apenas una finísima capa de neocórtex recubriendo la bóveda craneana. Es evidente que nos las arreglamos con muy poco, y la consecuencia de esta infrautilización es que estamos divididos, profundamente escindidos, de la naturaleza y de sus miríadas de procesos, y de nuestro universo. Miembros del comité, hemos desaprovechado nuestra capacidad de participar enérgica y mágicamente en la creación, estamos alienados y al mismo tiempo disminuidos por la abstracción, apartados de la aprehensión inmediata y profunda, que es el rasgo de la persona completa; diferenciados de la danzante interpretación de lo físico y lo psíquico, de su inseparabilidad última.

El hombre que parecía un mono se detuvo y estudió a sus oyentes con ojos brillantes. Se tiró de la oreja.

–Si tales son las punitivas consecuencias, ¿cuál es entonces la causa, qué impide a la mente que se está formando alcanzar la culminación? Como hemos visto, el cerebro, en cuanto órgano físico, tiene un esquema de desarrollo perfectamente definible. Tanto él como las muelas y las características sexuales secundarias, aparecen aproximadamente de forma simultánea en la vida del individuo. El cerebro tiene sus aceleraciones en el crecimiento, y no cabe la menor duda de que éstas, a su vez, están asociadas con cotas perfectamente definibles en el desarrollo mental y en la capacidad. Al forzar la alfabetización de los niños entre cinco y siete años introducimos un grado de abstracción que rompe la unidad de concepto que tiene el niño acerca del mundo, lo cual provoca un abismo fatal entre la palabra y aquello que la palabra nombra. Porque, como hemos visto, el cerebro humano todavía no ha desarrollado a esa edad sus más altas posibilidades lógicas para manejar de forma fácil y lúdica el sistema cerrado del lenguaje escrito. No se debería alfabetizar a un niño hasta que no haya realizado por sí mismo, paralelamente a la programación genética del desarrollo cerebral, la vital diferenciación entre el yo y el mundo. Por esa razón, señor presidente, recomiendo que no se enseñe a leer al niño hasta los once o doce años, cuando su cerebro y su mente llevan a cabo la importante tarea de desarrollo que hace posible tal distinción.

Stephen se enderezó, quizá un viejo truco de los mamíferos para parecer más altos. Se suponía que debía justificarse en tanto que escritor de libros infantiles, un aniquilador de frágiles universos.

El orador había juntado las manos de nuevo y los nudillos le blanqueaban.

—Danza y movimientos de toda clase —dijo—, la exploración sensual del mundo, la música (porque, sorprendentemente, los símbolos musicales no son tanto abstracciones como precisas instrucciones para movimientos físicos), la pintura, el descubrimiento a través de la manipulación de cómo funcionan las cosas, las matemáticas, que son más lógicas que abstractas, y todas las formas de juego simbólico, son actividades adecuadas y esenciales para el niño, que permiten a su mente permanecer en armonía y fluir con la fuerza de la creación. Forzar la alfabetización a esa edad, disolver la mágica identificación de palabra y objeto y, a través de ello, del yo y el mundo, es provocar una autoconciencia prematura, un árido aislamiento que a nosotros nos gusta presentar como individualidad.

»Eso es, señor presidente, nada menos que una exclusión del Edén, pues los efectos son para toda la vida. La alfabetización prematura crea adultos en los que una empatía natural e inteligente con el mundo de la naturaleza, con sus semejantes y con los procesos sociales, ha quedado atrofiada, unos adultos para quienes la aprehensión de la unidad de la creación será un concepto difícil y evasivo, superficialmente comprendido, en el mejor de los casos, mediante el estudio de los textos sagrados. Mientras que —y aquí el invitado bajó la voz y dirigió de nuevo su mirada a Stephen—, mientras que dicha aprehensión es un regalo que se nos hace en la infancia. No debemos desvirtuarlo en nuestros niños con áridos y entrometidos libros.

Al final de esos comentarios había sonrisas en torno a la mesa. El comité se estaba divirtiendo a costa de quien ya estaba claro que era un chiflado. Canham, que era el responsable de investigar las credenciales de quienes intervenían, parecía incómodo mientras garrapateaba en un cuaderno. Uno de los académicos, no Morley, se sonaba con un pañuelo de papel para ocultar la sonrisa. El coronel Jack Tackle tenía cruzados los brazos sobre el pecho e inclinaba la cabeza. Vibraba ligeramente. Esos signos furtivos despertaron la simpatía de Stephen por el orador. Ahora que había terminado su exposición, parecía lamentar haber rechazado un asiento. Permanecía torpemente a la cabecera de la gran mesa, con los brazos colgando y aguardando a ser interrogado o despedido. No debía de saber que el gobierno no deseaba probar una ciudadanía mágica. Sus ojos habían perdido el aire de desafío y contemplaban un punto situado por encima de la cabeza del presidente. Stephen deseaba estrecharle la mano. En plena contradicción, quería proporcionarle apoyo. Pero ahora tenía su propio terreno que defender. Lord Parmenter había gargarizado significativamente su nombre.

—Sólo los cínicos —dijo Stephen mirando alrededor— discutirían la conveniencia de alcanzar lo máximo tal y como se ha descrito, o de culminar todo el potencial que tenemos. La cuestión es, seguramente, cómo lograrlo. —Hizo una pausa, aguardando otro pensamiento, y empezó de nuevo, inseguro de lo que iba a decir—: No soy un filósofo, pero me parece... que existen varios problemas a considerar. —Se detuvo de nuevo y luego prosiguió rápidamente con un suspiro de alivio—: Se podría describir la escritura en términos muy parecidos a como ha presentado usted los símbolos musicales; en este caso un conjunto de instrucciones acerca de cómo usar los labios, la lengua, la garganta y la voz. Sólo más tarde los niños aprenden la lectura silenciosa. Pero no estoy seguro de que cualquiera de las dos descripciones, ya sea la musical o la escrita, sea correcta. Ambas actividades parecen muy abstractas, y precisamente un cierto tipo de abstracción es lo que mejor hacemos en nuestros primeros días. El problema surge cuando tratamos de reflexionar sobre el proceso y definirlo. Una canción posee algún tipo de significado. Resulta difícil decir cuál es, pero un niño no tiene dificultad en percibirla. La lectura y la escritura son actividades abstractas, pero sólo en la medida en que lo es el lenguaje hablado. El niño de dos años que empieza a utilizar frases completas está haciendo uso de un conjunto de reglas fantásticamente complejo.

»Recuerdo a Kate, mi hija... pero no... la palabra escrita puede ser la auténtica conexión entre el yo y el mundo, ésta es la razón por la cual la mejor literatura infantil tiene en sí misma la cualidad de la invisibilidad, de llevar directamente a través de las cosas que nombra, y por medio de metáforas e imágenes, evocar sentimientos, olores e impresiones para los que no hay palabras. Un niño de nueve años puede experimentar esto con mucha intensidad. La palabra escrita forma parte de lo nombrado tanto como la palabra hablada: piensen en los hechizos escritos en torno al mortero del nigromante, en las plegarias grabadas en las tumbas de los muertos, el impulso que sienten algunas personas de escribir obscenidades en lugares públicos, y la tendencia de otras a prohibir libros que contienen obscenidades y a escribir siempre con mayúscula la palabra Dios, y la especial importancia que ostenta la firma escrita. ¿Por qué mantener a los niños fuera de todo eso?

Stephen sostuvo la mirada del hombre de pie. Lord Parmenter había cerrado los ojos otra vez. Canham estaba de pie, hablando en murmullos a través de la puerta abierta con alguien en el pasillo.

–La palabra escrita es una parte del mundo en la que uno quisiera disolver el yo infantil. Aunque describe el mundo, no es algo separado de él. Piense en el placer con que un niño de cinco años lee carteles por la calle, o la absoluta entrega de un niño de diez años ante una novela de aventuras. Lo que él ve no son palabras, o signos de puntuación y reglas gramaticales, sino el barco, la isla y la figura sospechosa detrás de la palmera.

Parpadeó para expulsar una imagen de su hija, mayor de lo que él la había conocido, sentada en la cama y absorta en una novela. Volvía una página, se estremecía y volvía atrás. Tomó una decisión, después ésta desapareció y continuó:

–El niño alfabetizado lee y oye una voz en su cabeza. Es inmediata e íntima, alimenta su vida fantástica y la libera de los deseos e inclinaciones de los adultos, de su disposición o su falta de disposición de leer para él.

Stephen estaba sentado en el borde de la cama de Kate, leyendo para ella. No estaba seguro de cuál de las dos imágenes prefería. Ni siquiera estaba seguro... en realidad debía ser fantástico pasar los once primeros años de la vida tocando el acordeón, bailando, desmontando viejos relojes y escuchando cuentos. Al final no debía haber diferencia entre una vía u otra, de la misma manera que no había forma de decirlo. Era el viejo problema de la teorización: se adoptaba una postura, se plantaba la bandera de la identidad y la autoestima, y se combatía a muerte a todos los oponentes. Cuando no había pruebas para presentar, todo era cuestión de agilidad mental y perseverancia.

Y no había campo más rico para la especulación, asertivamente presentada como hechos, que la educación. Había leído el material y los extractos recopilados por el departamento de Canham. Durante trescientos años, generaciones de expertos, sacerdotes, moralistas, sociólogos y doctores —en su mayoría hombres—, habían estado vertiendo instrucciones y pruebas siempre cambiantes en beneficio de las madres. Ninguno dudaba de la absoluta verdad de sus juicios, y cada generación sabía encontrarse en el pináculo del sentido común y del conocimiento científico, a los que sus predecesores únicamente habían aspirado.

El había leído solemnes recomendaciones sobre la necesidad de atar los miembros de un recién nacido a una madera para evitar los movimientos y las autolesiones, sobre los peligros de dar el pecho y también sobre su necesidad física y superioridad moral; de cómo el afecto o los estímulos corrompen a un niño; de la importancia de purgas y enemas, castigos físicos severos, baños de agua fría y, a principios del presente siglo, de la renovación constante del aire, pese a sus desventajas; de la conveniencia de intervalos científicamente controlados entre comidas y, por el contrario, de alimentar al bebé cuando tuviera hambre; de los peligros de coger en brazos a un niño cada vez que llora —eso le hace sentirse peligrosamente poderoso— y de no cogerle cuando llora —peligrosamente impotente—; de la importancia de mover los intestinos regularmente, de enseñar al niño a utilizar el orinal a los tres meses, de los constantes cuidados maternos, día y noche durante todo el año, y también la necesidad de amas de cría, niñeras o guarderías para todo el día; de las graves consecuencias de respirar por la boca, tocarse la nariz, chuparse el dedo o separarse de la madre; de no parir a tu hijo con ayuda de manos expertas y bajo luces brillantes, de no tener el valor de tenerlo en casa y en la bañera; de no circuncidarlo o de no extraerle las amígdalas; y más adelante, la despectiva demolición de todas estas modas: de cómo había que dejar a los niños hacer lo que quisieran para que floreciesen sus divinas naturalezas, y de cómo nunca es demasiado pronto para romper la voluntad de un niño; de la demencia y la ceguera provocadas por la masturbación, y del placer y consuelo que aporta a los niños en crecimiento; de cómo se puede enseñar el sexo haciendo referencia a los renacuajos, cigüeñas, flores y bellotas, o no poder mencionarlo en absoluto, o sólo con espeluznante y dolorosa franqueza; el trauma causado en los niños que ven desnudos a sus padres y la perturbación crónica alimentada por extrañas sospechas si sólo los ve vestidos; de cómo conseguir una ventaja para tu hijo de nueve meses enseñándole matemáticas.

Y aquí estaba Stephen ahora, un soldado raso en este ejército de expertos afirmando, tan enérgicamente como era capaz, que la edad adecuada para alfabetizar a los niños era entre los cinco y los siete años. ¿Por qué creía eso? Porque desde hacía tiempo era la práctica generalizada y porque su medio de vida dependía de que los niños de diez años leyesen libros. Argumentaba como un político, como un ministro del gobierno, apasionadamente y mostrándose inocente de interés particular. El desconocido escuchaba, con la cabeza cortésmente inclinada y acariciando la superficie de la mesa con la punta de los dedos de la mano derecha.

—El niño que puede leer —finalizó Stephen—, tiene poder y a través de éste adquiere autoconfianza.

Cuando así hablaba, y mientras una complicada voz le decía que su agnosticismo era sólo un aspecto más de su agotado estado de ánimo, Canham cruzó la estancia y le susurró algo al presidente. Ante ese gargarismo, Stephen se detuvo a mitad de frase y se volvió para ver cómo lord Parmenter alzaba fatigadamente un dedo.

—El primer ministro pasará por el pasillo antes de medio minuto y quiere entrar a saludar al comité. ¿Alguna objeción?

Canham se apoyaba alternativamente en uno y otro pie mientras mantenía la mano izquierda sobre el nudo de la corbata. Dio unos pasos por la habitación como para arreglar los muebles, pero luego cambió de idea y regresó a la puerta. Al final se oyeron una serie de noes ahogados en torno a la mesa. Naturalmente, no hubo objeciones. Los miembros del comité hacían pequeños arreglos en su atuendo, remetiendo camisas, ordenando cabellos, jugueteando con los cosméticos. El coronel Tackle se puso su chaqueta de tweed.

Dos hombres con chaquetas azules entraron en la habitación y repasaron los rostros con miradas neutrales mientras se dirigían hacia las ventanas. Allí tomaron posiciones de espaldas a la habitación y riñeron a un par de chóferes fuera de servicio que estaban almorzando y que se dieron media vuelta indiferentes para seguir fumando. Pasaron treinta segundos antes de que tres hombres con trajes arrugados entraran en la estancia y saludaran al comité. Inmediatamente después entró el primer ministro, y tras él más ayudantes, algunos de los cuales no encontraron sitio y se quedaron en el pasillo. En torno a la mesa hubo conatos de querer ponerse en pie, que lord Parmenter abortó con un gesto de la mano. Canham ofrecía silenciosa y solícitamente una silla pero se le ignoró. El primer ministro prefirió permanecer de pie y se situó a un lado del presidente, usurpando diestramente su posición.

Justo enfrente, en el extremo opuesto de la mesa, permanecía el hombre con aspecto de mono, cuya mirada expresaba una amistosa curiosidad. Su posición significaba para Canham una violación del protocolo. Hacía gestos y movía la boca en dirección al invitado para que se apartase o tomase asiento, pero de nuevo se le ignoró y lord Parmenter dio comienzo a las presentaciones.

Stephen tenía entendido que existía una convención entre los altos cargos de la administración a fin de no manifestar, mediante el uso de pronombres personales y otros recursos, ninguna opinión acerca del rango del primer ministro. La convención tenía sin duda sus orígenes en el insulto, pero al cabo de muchos años se había convertido en una señal de respeto, así como una prueba de habilidad verbal y de exhibición de buen gusto. Stephen tuvo la impresión de que lord Parmenter se atenía a la regla con sus impecables fórmulas de bienvenida, mediante las cuales rendía tributo al hecho de que los actuales análisis de las prácticas pedagógicas que se habían llevado a cabo por numerosos comités especializados se debían enteramente al interés personal demostrado en esos asuntos por el distinguido visitante, al cual seguramente quedarían agradecidas varias generaciones de padres y niños.

Después pasó a presentar a los miembros por turno, sin olvidar en ningún caso citar nombres y apellidos, títulos y méritos profesionales. Tras cada nombre, el primer ministro hacía una mínima inclinación. Stephen fue el último en ser presentado, y tuvo tiempo de advertir cómo Rachael Murray se ruborizaba cuando pronunciaron su nombre. El coronel Tackle se puso firmes en la silla. Stephen descubrió que el nombre del invitado era profesor Brody, del Instituto de Desarrollo; y que uno de los miembros, la señora Hermione Sleep, ya había sido presentada antes pero se les había olvidado. El abanico de tendones en torno al cuello de Emma Carew, una alegre y anoréxica maestra, se tensó como una sombrilla cuando su nombre se recordó y pronunció en voz alta.

Cada miembro del comité, por más mundano que fuera, parecía algo atemorizado. Durante años, Stephen sólo le había dirigido términos mordaces o burlescos, le había atribuido sólo las más cínicas intenciones y había demostrado en numerosas ocasiones sentimientos de puro odio. Pero la figura que ahora permanecía en pie frente a él, sin la iluminación de luces de estudio ni el marco de una pantalla de televisión, no era ni una institución ni una leyenda, y apenas si se parecía a las caricaturas de la prensa política. Incluso la nariz era como cualquier otra. Era una presencia pulcra e inmóvil, de sesenta y cinco años, con un rostro en pleno decaimiento y mirada cinematográfica, más cortés que autoritaria, y desconcertantemente vulnerable. Stephen hubiese querido disfrazarse. Su impulso le llevaba a mostrarse civilizado, a gustar, a proteger al primer ministro de sus opiniones críticas. Era el padre de la nación, al fin y al cabo, el depositario de la fantasía colectiva. Y así, cuando llegó el momento en que Parmenter pronunció su nombre, se encontró a sí mismo haciendo inclinaciones y sonriendo ávidamente, como si fuera un lord ayudante en una obra de Shakespeare. Debido a que fue el último en ser presentado, recibió el honor de que le preguntaran:

—¿Es usted el escritor de libros infantiles?

Se quedó sin habla y asintió.

—Los nietos del ministro de Asuntos Exteriores son ávidos lectores suyos.

Dio las gracias antes de caer en la cuenta de que no se le había hecho elogio alguno. El primer ministro dirigió al comité unas cuantas generalidades, recordando la importancia de la labor emprendida y de seguir llevándola a cabo.

Los tipos con chaquetas azules se apartaron de las ventanas y los ayudantes y dos de los hombres que vestían trajes arrugados se dirigieron a la puerta, que seguía estando abierta. Los miembros del comité escucharon los carraspeos y los movimientos de quienes se habían quedado fuera. El tercer hombre rodeó la mesa para llevar un mensaje a Stephen. El aliento del emisario olía a chocolate.

—El primer ministro quisiera hablar con usted en el pasillo, si no tiene inconveniente.

Observado por sus colegas, Stephen siguió al hombre. La mayor parte del séquito se dirigió a las escaleras situadas al final del pasillo. Los restantes permanecían en grupo varios pasos más allá, aguardando. Un tipo con aspecto de funcionario que presentaba un documento para que lo firmaran recibió una serie de instrucciones. Respondió con un susurro a cada una de ellas. Finalmente, el documento se firmó y desapareció. El consumidor de chocolate empujó a Stephen hacia adelante. No hubo estrechamiento de manos ni comentarios introductorios.

—Según tengo entendido, usted es íntimo amigo de Charles Darke.

—En efecto —dijo Stephen. Pero como sus palabras sonaron demasiado directas, añadió—: Le conozco desde cuando era editor.

Habían dado media vuelta y avanzaban por el pasillo a paso de rumiante. Los pasos de los guardaespaldas resonaban cercanos detrás de ellos.

La siguiente pregunta tardó en llegar.

—¿Y qué noticias tiene de él?

—Se ha ido al campo con su esposa. Han vendido su casa.

—Sí, sí. Pero ¿ha tenido una depresión, está enfermo?

Stephen reprimió el deseo de darse importancia contando lo poco que sabía.

—Su esposa me envió una postal invitándome a visitarles. Decía que eran felices.

—¿Fue su esposa quien le obligó a dimitir?

Llegaron al pie de las escaleras y se detuvieron flanqueados por los dos guardaespaldas, que contemplaron las amplias escalinatas de mármol.

Por un momento, Stephen miró directamente al primer ministro. No sabía si aquella conversación era importante o trivial.

—Charles ha pasado mucho tiempo en la vida pública —dijo, sacudiendo la cabeza.

—Mucho. Nadie dimite si no es por una buena razón.

De regreso a la sala del comité, el tono cambió:

—Me gusta Charles Darke. Más de lo que mucha gente imagina. Es un hombre de talento y había depositado muchas esperanzas en él.

Estaban cerca del radio de audición de los acompañantes y moderaron el paso.

—Las informaciones personales se suavizan antes de llegar a mí. ¿Entiende lo que quiero decir?

—¿Quiere persuadirle de que regrese?

El primer ministro alzó una mano, en uno de cuyos dedos había un anillo de oro. Un ayudante se destacó del grupo.

—¿Podría usted, tras su visita, contarme cómo se encuentra?

El ayudante había rebuscado en su portafolios y le entregó a Stephen una pequeña tarjeta de visita. El estaba a punto de decir que no podía prometer mucho, pero se le dio a entender por señas que la entrevista había terminado. Otro miembro del séquito se puso junto al primer ministro y abrió una agenda al tiempo que ambos, y los demás, se dirigían hacia las escaleras.

Stephen regresó a su asiento en medio de un gran silencio. Sólo lord Parmenter pareció genuinamente desinteresado, o incluso moderadamente irritado por la interrupción. Aguardó hasta que Stephen estuvo sentado y entonces sugirió que tal vez el profesor Brody tuviese algo más que decir. El lúgubre joven asintió y con un hábil y casi inconsciente movimiento de sus dedos remitió unos negros pelos por entre los botones de su camisa antes de entrelazar las manos al frente y anunciar que si el comité no tenía inconveniente, iría respondiendo a las cuestiones en el orden en que habían ido surgiendo.

Las restricciones en el uso de agua habían reducido a polvo los jardines frontales de West London. Las interminables alheñas estaban secas y parduzcas. Las únicas flores que vio Stephen durante el largo paseo desde la estación del metro –la última de la línea– fueron subrepticios geranios en el alféizar de las ventanas. Los pequeños cuadros de césped eran tierra cocida de donde incluso las hierbas secas habían desaparecido. Algún guasón había plantado una hilera de cactus. Las imágenes pastoriles más verosímiles pertenecían a los jardines cementados y pintados de verde. Los hombrecillos de chaquetas rojas y mangas subidas que vendían molinos de viento estaban inmóviles, sofocados.

La calle donde vivían sus padres corría derecha y sin tiendas durante dos kilómetros; formaba parte de una urbanización de los años treinta que antaño fue despreciada por quienes preferían las construcciones victorianas y que ahora era muy buscada por quienes emigraban del centro de la ciudad. Eran casas achaparradas y renegridas que soñaban mares abiertos bajo los tejados calientes; y las ventanas superiores, enmarcadas en metal, pretendían sugerir el puente de un transatlántico. Avanzó lentamente por el nebuloso silencio camino del número setecientos sesenta y tres. Una caca de perro crujió bajo su pie. Se preguntó, como siempre que iba, cómo era posible tan escasa actividad en una calle donde había tantas casas apretujadas: no había niños jugando a la pelota o a rayuela en la acera, nadie desmontando una caja de cambios, ni siquiera gente que entrase o saliese de casa.

Veinte minutos después estaba en el patio sombreado con su padre, bebiendo una cerveza bien fría y sintiéndose en casa. Las ordenadas herramientas de jardinería se veían limpias y afiladas en su lugar correspondiente, las baldosas de color rosa recientemente fregadas y los rastrillos colgados de sus correspondientes perchas en la pared, la manguera limpia y correctamente enrollada en su tambor y la inútil boca de riego con la rosca de cobre pulida, detalles que le habían deprimido de adolescente y que ahora despejaban su mente manteniéndola en orden para asuntos más importantes. Tanto fuera como dentro de casa reinaba una ordenada preocupación por los objetos, por su limpieza y colocación que él ya no tomaba como la exacta antítesis de todo lo que consideraba humano, creativo y fértil, palabras clave en sus furiosos diarios de adolescencia. Desde donde estaban sentados, se veía un panorama de jardines igualmente ordenados, céspedes de color pardo, vallas blancas y tejados anaranjados, y justo encima, contra el cielo, los dos brazos de una torre de conducción eléctrica cuyo cuerpo quedaba fuera de la vista, pero cuyas patas se asentaban a ambos lados de la casa vecina.

La mente quedaba libre para hablar del tiempo.

—Hijo —dijo su padre, inclinándose en su silla plegable para echar un chorro de cerveza en el vaso de Stephen—, no recuerdo un verano tan cálido como éste en setenta y cuatro años. Hace calor. En realidad, yo diría que hace demasiado calor.

Stephen alegó que eso era mejor que si fuera demasiado húmedo, y su padre estuvo de acuerdo.

—Lo prefiero así, por mucho que digan acerca de los depósitos de agua o de lo que le ha ocurrido al césped. Puedes sentarte a la fresca. De acuerdo en que hay que hacerlo a la sombra, pero puedes estar fuera de casa y no dentro. Cuando uno tiene cierta edad, como la de tu madre y la mía, aquellos veranos húmedos de antes sólo sirven para que te duelan los huesos. A mí dame calor en cualquier época.

Stephen fue a decir algo, pero su padre continuó, un tanto irritado:

—El hecho es que la gente nunca está contenta. Hace demasiado calor, demasiado frío, demasiada humedad o demasiada sequía. Nunca están contentos. No saben lo que quieren. No, a mí ya me va bien esto. Nosotros nunca nos quejábamos del tiempo en aquel entonces, ¿verdad? Ibamos todos los días a nadar a la playa, con aquella agua tan limpia.

Permanecieron unos minutos en un silencio hogareño y cómodo. Desde la cocina, donde su madre estaba haciendo un asado, llegaban los sonidos cantarines del horno al ser abierto y cerrado, y el tintineo de un cucharón contra la salsera. Más tarde, y por insistencia de su padre, ella se les unió para beber un jerez. Se quitó el delantal antes de tomar asiento y lo dobló sobre el regazo. Las pequeñas preocupaciones de preparar una comida para tres animaban su rostro. Mantenía la cabeza inclinada en dirección a la ventana de la cocina, atenta a las verduras.

Se reanudó la conversación acerca del tiempo, ahora en relación a sus efectos sobre el jardín, su principal amor.

—Es una vergüenza —dijo ella—. Teníamos muchísimas plantas, ¿sabes? Se iba a poner precioso.

El padre de Stephen sacudió la cabeza.

—Ahora mismo se lo estaba diciendo a Stephen. Es mejor que estar sentado todo el día dentro de casa mirando cómo pasan las horas y diciéndote a ti mismo que mañana tal vez mejore. Pero nunca mejora.

—Ya lo sé —respondió ella—. Pero me gusta ver crecer las plantas. Y no me gusta verlas morir. —Se acabó el jerez y dijo—: ¿Cuánto rato vais a tardar?

El padre de Stephen le echó una ojeada al reloj.

—Nos tomamos otra cerveza.

—¿Puedo servir a la media?

El padre asintió.

Estremeciéndose debido a una punzada de dolor al levantarse de la silla, la madre añadió:

101

—De acuerdo. Suponiendo que para entonces sepa lo que me hago.

Acarició la rodilla de su hijo y se dirigió rápidamente al interior. Su padre la siguió y regresó con dos nuevas latas de cerveza. Los graves gemidos que emitió una vez aposentado de nuevo en una silla fueron menos una expresión de dolor que de burla hacia sí mismo. Apoyó ambas latas en los brazos de la silla y se dejó caer hacia atrás sonriendo, simulando estar destrozado por la excursión. Cuando ambos hubieron llenado de nuevo los vasos, le preguntó a Stephen acerca del comité y escuchó con paciencia la descripción de las reuniones.

No le impresionó la entrevista de Stephen con el primer ministro.

—Todos van a la suya, hijo. Ya te lo he dicho otras veces, y estás perdiendo el tiempo allí. El informe ya ha sido escrito en secreto y todo ese asunto es un simple montón de basura. Esos comités, desde mi punto de vista, sólo sirven para darse coba. Profesor Fulano, lord Mengano. Sirven para que la gente se crea el informe cuando lo lea y la mayoría son tan estúpidos que probablemente se lo creerán. Si lord Mengano ha prestado su nombre, tiene que ser cierto. ¿Y quién es ese lord? Un don nadie que toda su vida ha dicho lo que tenía que decir, que nunca ha hecho mal a nadie y que ha conseguido un poco de dinero. La palabra adecuada en el oído adecuado y ya está en la lista de honor, y de pronto es un dios y su palabra es ley. Es un dios. Lord Mengano dijo esto y lord Mengano piensa aquello. Ese es el problema de este país, demasiadas reverencias y palmaditas, todo el mundo es lord o caballero, ¡nadie piensa en sí mismo! No, yo en tu lugar lo dejaría, hijo. Estás perdiendo el tiempo allí. Márchate y escribe un libro. Ya es hora de que lo hagas. Kate no volverá. Julie se ha ido. Y tú deberías seguir adelante.

El discurso no estaba planeado y dejó sorprendidos a los dos. Stephen sacudió la cabeza pero no encontró nada que decir. El señor Lewis volvió a retreparse en el asiento. Los dos levantaron sus vasos y bebieron un buen trago.

Durante un par de minutos, justo antes de cenar, Stephen se quedó solo. Su padre había ido a la cocina para echar una mano. La sala iba desde la parte trasera hasta el frente de la casa, con la mesa de comer en un extremo y el tresillo en el opuesto. Era la última casa de sus padres y la primera que habían podido amueblar a su gusto. Por todas partes se veían objetos de diferentes procedencias, cosas metidas en cajas y almacenadas durante años «hasta que tengamos nuestra propia casa», una frase que él recordaba desde su más tierna infancia. El cenicero con sus abrazaderas de cuero estaba en su lugar, y las palmeras silueteadas y los cacharros de cobre del norte de Africa. En el aparador habían colocado la colección de su madre de animales de vidrio y cristal tallado, finamente representados, angulosos y pesados al tacto. Stephen sopesó en la palma de la mano un ratón con cuentas de cristal por ojos y bigotes de nailon.

En la mesa de comer había copas de vino con largos pies verdes. Solía imaginarlas como señoras con largos guantes. El mantel lucía la insignia de la RAF y las cucharitas de café mostraban los escudos de ciudades que Stephen había visitado: Vancouver, Ankara, Varsovia. Era curiosa la facilidad con que podía reunirse un largo pasado en una sola habitación, situada fuera del tiempo y unificada por un puñado de olores familiares: abrillantador a la lavanda, cigarrillos, aroma de jabón o carne asada. Esos objetos, o este perfume en particular... sus resoluciones, o la importancia precisa de sus investigaciones, empezaban ya a escapársele. Había determinadas cuestiones y preguntas que le gustaría formular, pero se sentía cómodamente difuso después de tres latas de cerveza, y también hambriento, y su madre pasaba ahora a través de la ventana de servicio los cuencos de verduras, que debían colocar sobre los calientaplatos; su padre había sacado una botella de su vino —hecho en casa en cuatro semanas mediante un artilugio especial—, y estaba llenando las copas hasta arriba según su costumbre; el primer plato estaba en su lugar, cada raja de melón con su tono rosa brillante. Tomó asiento agradecido, los tres levantaron las copas y su madre dijo:

—Bienvenido a casa, hijo.

Cuando Stephen contemplaba los rostros de sus padres no eran tanto los efectos de la edad lo que veía en ellos como los estragos de la desaparición de Kate. Ahora la mencionaban raras veces, y fue eso lo que le había sorprendido antes. La pérdida de su única nieta había blanqueado los cabellos de su padre en dos meses, y convertido los ojos de su madre en arrugadas simas. Habían construido sus años de retiro en torno a su nieta, para la cual esta habitación había sido un paraíso de objetos prohibidos. Podía pasar sola media hora, con la barbilla aplastada contra el aparador, perdiéndose en oscuros diálogos en los que ella, con agudos chillidos, hacía las voces de los animales de cristal. Aparte de las huellas físicas, Stephen no había visto ningún otro signo de dolor en sus padres. No habían querido aumentar su carga. Era normal, dentro de la clase de relación que mantenían los tres, que no hubiesen podido lamentar juntos la pérdida de Kate, y el hecho de que pronunciar su nombre, como su padre acababa de hacer, representara la transgresión de una regla tácita.

Hacia el final de la comida Stephen planteó el tema de las bicicletas. Tenía un recuerdo, les dijo, y no podía situarlo. Describió el asiento de niño, el camino hacia la playa, el talud de grava y el mar atronador detrás de aquél. Su padre sacudía la cabeza desafiante, como hacía a menudo cuando debía enfrentarse con el pasado. Pero la señora Lewis fue rápida:

—Eso fue en Old Romney, en Kent. Una vez pasamos una semana allí. —Rozó el antebrazo de su marido—: ¿No lo recuerdas? Le pedimos prestadas las bicicletas a Stan. ¡Qué cacharros tan viejos! Estuvimos una semana y no llovió un solo día.

—No he estado en Old Romney en toda mi vida —dijo el padre de Stephen, pero dudaba y esperaba que le convenciera.

—Tú debías participar en una carrera, y te dieron una semana de permiso. Estuvimos en un hotelito. No puedo recordar ahora su nombre, pero era muy limpio y bonito.

—Y pedisteis prestadas las bicicletas —dijo Stephen.

104

—Exacto. Las compramos nuevas, las tuvimos durante años y se las regalamos a tu tío Sam cuando nos destinaron a ultramar.

Esta vez, su padre se mostró seguro:

—Tuvimos toda clase de bicicletas, pero nunca nuevas. No hubiéramos podido permitírnoslas. Al menos entonces.

—Pues te lo digo yo, las compramos a plazos, se las regalamos a Stan y volvimos a pedírselas para ir a Old Romney.

Su certeza acerca de las bicicletas había reforzado la resistencia del señor Lewis contra Old Romney:

—Nunca he estado en ese lugar. Ni siquiera por allí cerca.

Para ocultar su fastidio, la madre de Stephen se levantó y empezó a recoger los platos. Y añadió en voz baja y airada:

—Tú olvidas lo que te conviene.

El señor Lewis llenó las copas y dirigió a Stephen una cómica mirada que venía a decir: «Mira en la que me he metido ahora.»

El buen humor volvió fácilmente a la hora del café, cuando la conversación giró en torno al funeral de un anciano pariente a quien habían enterrado la semana anterior. Un niño, biznieto del difunto, había arrojado un osito de peluche en la tumba durante el servicio y allí se quedó, tirado de espaldas sobre el ataúd. El niño armó un verdadero escándalo en medio del murmullo del vicario. Hubo estallidos de risas y miradas airadas por parte de la familia. Pero nadie quiso bajar a buscar el osito, de manera que lo enterraron con el muerto.

—Y lo lloraron más que a él —dijo el padre de Stephen, que había vuelto a escuchar la historia con una ancha sonrisa.

Cuando los tres procedieron a recoger y lavar los platos, siguieron la vieja rutina. Su madre se puso frente a la fregadera mientras Stephen y su padre recogían la mesa. Cuando hubo bastantes platos y fuentes que secar, Stephen se quedó en la cocina. Y cuando su padre acabó de quitar la mesa, la limpió con un trapo húmedo. Luego se unió a los otros y se puso a secar y guardar. La señora Lewis siempre echaba a los hombres de la cocina para lavar y secar los moldes de hornear y asar. La operación tenía algo de danza, ritual y maniobra militar. Ahora que sus propias costumbres eran tan caóticas, Stephen encontró el proceso relajante, pese a que en el pasado le había exasperado. Durante la segunda fase, mientras su padre frotaba con energía la mesa del comedor, Stephen se encontró a solas con su madre en la cocina y volvió a preguntarle sobre las bicicletas. ¿Cuándo las habían comprado?

Ella no mostró curiosidad acerca de por qué lo quería saber. Manteniendo las manos enguantadas bajo la espuma, ladeó la cabeza pensativa.

—Antes de que nacieras. Antes de casarnos, puesto que solíamos ir a pasear en ellas de novios. Eran bonitas, negras con letras doradas, y pesaban una tonelada.

—¿Conoces el pub La Campana, cerca de Otford, en Kent?

—¿Está cerca de Old Romney? —dijo ella denegando con la cabeza al tiempo que el señor Lewis entraba en la cocina. El deseo de lograr que la tarde transcurriera tranquilamente y de no provocar peleas, por insignificantes que fuesen, hizo que Stephen se abstuviera de formular más preguntas.

Cuando todo estuvo lavado y colocado en su lugar, volvieron a sentarse a charlar hasta que se hizo la hora de marcharse para tomar el último tren. Se detuvieron en el umbral de la puerta de entrada, bajo el aire cálido, para despedirse. Una tristeza familiar embargó a sus padres y sus voces se hicieron opacas pese a que las palabras sonaban alegres. Se debía en parte, pensó, al hecho de que él volvía para marcharse de casa, como tantas veces había hecho en treinta años, y cada vez era una repetición, no admitida como tal, de la primera; y en parte porque se iba solo, sin esposa e hija, o sin nuera y nieta. Cualquiera que fuera la causa, no la mencionarían. Como siempre, permanecieron en el camino delantero mientras él se alejaba en el crepúsculo, saludando, dejando inertes las manos y luego saludando de nuevo, tal y como habían hecho en la desértica pista de aterrizaje, hasta que una ligera curvatura de la calle les hizo desaparecer de su vista. Parecía como si quisieran convencerse por sí mismos de que no iba a cambiar de opinión, dar media vuelta y volver a casa.

5

No siempre se ha dado la circunstancia de que una gran minoría que comprende a los miembros más débiles de la sociedad haya sido vestida con ropas especiales, liberada de las rutinas del trabajo y de muchas obligaciones en su comportamiento y haya disfrutado de la posibilidad de dedicar la mayor parte de su tiempo a jugar. Debería recordarse que la infancia no es un hecho natural. Hubo un tiempo en que los niños eran tratados como adultos pequeños. La infancia es un invento, un montaje social que se ha hecho posible a medida que la sociedad incrementaba su sofisticación y sus recursos. Por encima de todo, la infancia es un privilegio. A ningún niño, mientras crece, debería permitírsele olvidar que sus padres, como parte de la sociedad, son quienes garantizan dicho privilegio a su propia costa.

Manual autorizado de educación, HMSO

Stephen conducía un coche alquilado por una desierta carretera comarcal en dirección al este de Suffolk. Llevaba abierta la luneta del techo. Se había cansado de buscar música tolerable en la radio y se contentaba con el chorro de aire cálido y la novedad de conducir por primera vez en casi un año. La postal que había escrito a Julie seguía en su bolsillo trasero. Ella parecía desear que la dejaran sola. Y él no estaba seguro de si debía echarla al correo. El sol lucía alto a su espalda y ofrecía una visibilidad de luminosa claridad. La carretera estaba flanqueada por canales de riego cementados y trazaba amplias curvas a través de kilómetros de coníferas repobladas a partir de una ancha banda de tocones y helechos secos. La noche anterior había dormido bien, como más tarde recordaría. Estaba relajado, pero razonablemente alerta. Avanzaba a unos cien o ciento diez kilómetros hora, y aminoró sólo un poco cuando se puso detrás de un gran camión.

A partir de entonces, la rapidez de los acontecimientos quedó reajustada por la retención del tiempo. Estaba a punto de adelantarlo cuando algo ocurrió —él no llegó a verlo del todo— a la altura de las ruedas del camión, un vacío, una nube de polvo, y a continuación algo negro y alargado serpenteó hacia él a unos trescientos metros de distancia. Golpeó contra el parabrisas, permaneció allí un momento y desapareció antes de que Stephen entendiera de qué se trataba. Entonces —¿o bien ocurrió al mismo tiempo?– la trasera del camión trazó una complicada serie de movimientos, dando saltos y trallazos, y después un largo derrapaje en medio de una estela de chispas, que brillaban incluso a la luz del sol. Algo curvo y metálico voló hacia un lado. Para entonces Stephen había tenido tiempo de dirigir el pie hacia el freno y de advertir un candado en un fleje suelto y un «Lávame por favor» garrapateado sobre la mugre. Se produjo un chirrido por roce metálico y surgieron más chispas, lo bastante densas como para formar una blanca llamarada que pareció impulsar la trasera del camión hacia lo alto. El estaba aplicando la primera presión a los frenos cuando vio las ruedas sucias y rotantes, la oleaginosa protuberancia del diferencial, la transmisión y después, a la altura de los ojos, la base de la caja de cambios. El empinado camión dio un salto, o quizá dos, sobre el morro y luego, exhibiendo ante Stephen la invertida calandra del radiador, el fogonazo del parabrisas del revés y un golpe atronador cuando el techo chocó con la carretera; se alzó nuevamente unos centímetros y se plantó delante de él sobre un lecho de llamas. Entonces giró sobre sí mismo, bloqueando la carretera; cayó de costado y se detuvo con brusquedad mientras Stephen se precipitaba contra él desde una distancia no superior a cincuenta metros y a una velocidad que él, con una especie de despreocupación, calculó en unos ochenta kilómetros hora.

Ahora, en plena retención temporal, tuvo la sensación de empezar de nuevo. Había entrado en un período mucho más tardío en el que todos los términos y condiciones habían cambiado. Así que ésas eran las nuevas reglas, y experimentó algo parecido al temor, como si estuviese paseando solo por una gran ciudad de un planeta recién descubierto. Había sitio incluso para un pequeño toque de remordimiento, una genuina nostalgia por los viejos tiempos del espectáculo, cuando el camión se catapultaba de forma impresionante frente al testigo impasible. Ahora había llegado el momento de un esfuerzo y concentración más exigente. Estaba enfilando el coche hacia un hueco de apenas dos metros formado por una señal de tráfico y el parachoques delantero del camión inmóvil. Había sacado el pie del freno pensando –y era como si en aquel instante hubiese acabado una extensa monografía al respecto– que el freno empujaba el coche hacia un lado, interfiriendo con su propósito. En lugar de ello, reducía marchas y empuñaba el volante con ambas manos, pero no demasiado rígidamente, listo para llevárselas al rostro si fallaba. Irradiaba mensajes, o más bien los mensajes irradiaban de él, para Julie y Kate, simples pulsiones de alarma y terror. Había otros que debería mandar, lo sabía, pero tenía poco tiempo, menos de medio segundo, y afortunadamente no le vinieron a la mente para perturbarle. Mientras metía la segunda y el utilitario lanzaba un aullido de protesta, tenía claro que no debía pensar mucho, que debía confiar en un pensamiento relajado y distendido, y que debía imaginarse a sí mismo en el estrecho hueco. Al tiempo de resonar esa palabra precisa, que él mismo debió de pronunciar en voz alta, se escuchó un agudo crujido metálico y de cristales, pasó por el hueco y se detuvo, con la manecilla de su puerta y el retrovisor esparcidos por la carretera una quincena de metros a su espalda.

Antes del alivio y del shock, experimentó la intensa esperanza de que el conductor del camión hubiese presenciado su proeza al volante. Stephen permaneció sentado, inmóvil, todavía sujetando el volante, viéndose a sí mismo a través de los ojos del conductor del vehículo de atrás. Y si no el conductor, un peatón le servía, o un campesino quizá, alguien que supiese de conducción y tuviera una idea exacta de su hazaña. Quería aplausos, quería un pasajero en el asiento de al lado que se volviera hacia él con los ojos brillantes. En realidad, quería a Julie. Se echó a reír y gritó: «¿Has visto eso? ¿Has visto eso?», y luego: «¡Lo conseguiste! ¡Lo conseguiste!» La experiencia entera no había durado más de cinco segundos; Julie hubiese sabido apreciar lo que le había pasado al tiempo y cómo la duración se había conformado en torno a la intensidad del momento. Ahora hablarían de ello, asombrados de seguir vivos, curiosos por averiguar lo que significaba, o qué implicaba todo ello de cara al futuro. Rió de nuevo, más fuerte, y gritó. Se besarían, tomarían una de las botellas de champán del asiento trasero, empezarían a desnudarse el uno al otro y celebrarían su supervivencia en medio del polvo que se posaba. ¡Qué rato hubieran pasado! Se llevó las manos al rostro y lloró breve y confusamente. Se sonó la nariz con fuerza en el trapo de polvo suministrado por la empresa de alquiler y salió del coche.

Para haber visto a Stephen, el conductor del camión tendría que haber recortado un agujero en el techo de su cabina. Stephen no fue consciente de inmediato, mientras caminaba por la carretera en dirección al camión. La parte delantera estaba tan abollada y retorcida que al principio resultaba difícil adivinar hacia dónde debería mirar de haber estado intacta. Diligentemente, apartó con el pie la arrancada manija y el retrovisor hacia la cuneta. Delante de él, el aire parecía deformado por la evaporación del combustible diesel. Los cristales rascaban de forma desagradable bajo sus pies. Se le ocurrió que el conductor podría estar muerto. Se acercó con cautela a la cabina, tratando de averiguar dónde podría estar la puerta o cualquier otro tipo de abertura. Pero la estructura se había replegado sobre sí misma; parecía un puño fuertemente cerrado o una boca desdentada con los labios apretados. Colocó un pie sobre la ruina y se aupó hasta quedar al nivel del parabrisas. Este se había convertido en una superficie lechosa y opaca. Cuando trepó más y encontró una ventana lateral, lo único que vio fue el acolchado del techo apresionado contra el vidrio. La carretera había sido tan limpiamente construida que tuvo que saltar por encima de la acequia de riego y buscar por entre los helechos antes de encontrar una piedra grande. Regresó con ella y golpeó el armazón.

Se aclaró la garganta y gritó absurdamente al silencio: «¿Oiga? ¿Puede oírme?», y luego, más fuerte: «¿Oiga?»

Se produjo un ruido muy adentro de la cabina, luego un corto silencio y a continuación una voz de hombre articuló dos palabras, dos monosílabos ahogados. Fue una acústica amortiguada, el murmullo de una voz en una habitación repleta de muebles.

Llamó de nuevo y se calló de inmediato. Había gritado por encima de la voz mientas ésta repetía las palabras. Esta vez aguardó varios segundos y miró por entre el revoltijo de cromados y metales, buscando una grieta. Cuando llamó, la voz respondió con dos palabras de longitud similar. ¿Estoy aquí? ¿Necesito ayuda? Rodeó la cabina tratando de evitar la alarma en su voz.

—No entiendo lo que dice. Estoy intentando encontrarle.

Volvió a su posición original. Se produjo una pausa durante la cual, según imaginó Stephen, el hombre estaría recuperando el aliento.

Oyó una profunda inspiración y luego una voz que decía con toda claridad:

—Mire hacia abajo.

Había una cabeza a los pies de Stephen. Sobresalía de una grieta vertical en el acero. Había asimismo un brazo desnudo, doblado bajo la cabeza, apretando fuertemente el rostro y tapando la boca. Stephen se arrodilló. No tuvo reservas en tocar la cabeza del extraño. Su cabello era castaño oscuro y espeso. En la coronilla tenía una calva del tamaño de una moneda grande. El hombre tenía el rostro contra la carretera, pero Stephen pudo ver que al menos uno de los ojos estaba cerrado.

La grieta era en realidad una hendidura entre dos arrugadas planchas de fino metal. Podía ver en la penumbra la parte superior del hombro y los cuadros rojos y negros de su camisa de trabajo. Golpeó con suavidad el rostro del hombre y los ojos se abrieron.

—¿Le duele mucho? —le preguntó Stephen—. ¿Puede aguantar mientras busco ayuda?

El hombre trataba de hablar, pero el antebrazo atrapado bajo la mandíbula obstruía sus palabras. Stephen le alzó la cabeza con ambas manos y liberó el antebrazo con el pie.

El hombre gruñó y cerró los ojos. Cuando los abrió, dijo:

—¿Tienes papel y lápiz aquí, tío? Quiero que escribas algo por mí.

Tenía acento londinense, ronco y amistoso. Stephen llevaba cuaderno y lápiz en el bolsillo, pero no los sacó:

—Tenemos que sacarle de aquí. Puede usted estar perdiendo sangre. Y hay gasolina por todas partes.

El hombre dijo razonadamente:

—No creo que salga de ésta. Hágame el favor de tomarme un par de mensajes. Si después logra rescatarme, no se habrá perdido nada, ¿no cree?

Stephen era tan sensible como cualquiera ante la necesidad de enviar mensajes terminales.

—Este es para Jane Field, Tebbit House, número dos-tres-uno-seis, Anzio Road, South West 9.

—Cae cerca de mi casa.

—Querida Jane, te quiero... —El hombre cerró los ojos pensativo—. Anoche soñé contigo. Siempre pensé en volver. Lo sabes, ¿verdad? Sabía que algo así ocurriría. Tuyo, Joey. Ah, sí, y añada amor para los niños. El segundo es para Pete Tap, trescientos nueve Brixton Road, South West 2. Querido Pete: Bueno, viejo amigo, me ha pasado a mí primero. No podré ir el sábado. Y ponga un par de, ya sabe, un par de exclamaciones. Todavía te debo esos cien pavos. Pídeselos a Jane. Quiero que te quedes con Bessie. Hay que darle una lata entera cada día, hacia las seis, mezclada con unas cuantas galletas y un vaso de leche. Y nada de chocolate. Abrazos, Joey. Ah, sí, y ponga en el primero una posdata: Le debo a Pete cien pavos.

Stephen giró la página de su cuaderno y aguardó.

El hombre contemplaba la superficie de la carretera. Finalmente dijo como entre sueños:

—Este es para el señor Corner, director de la escuela de Stockwell Manor, South West 9. Querido señor Corner: Supongo que no me recordará. Acabé hace unos catorce años. Usted me echó de su clase y dijo que yo nunca llegaría a nada. Pues bien, ahora tengo mi propio negocio, y un camión que he pagado casi del todo, un Fahrschnell de veinte toneladas. He pensado mucho en aquello que usted dijo y quería que lo supiese. Atentamente, Joseph Fergusson, de veintiocho años de edad. El siguiente es para Wendy McGuire, Fox's Road 13, Ipswich. Querida mía...

Stephen cerró el cuaderno y dijo:

—Se acabó.

Se puso en pie y se dirigió rápidamente hacia el coche. Abrió el maletero y refunfuñó irritado hasta que dio con el gato, que estaba sujeto mediante un instrumento magnético.

—Oiga una cosa —dijo el hombre cuando Stephen regresó y trató de meter el gato de costado por la hendidura—. No siento nada desde el cuello hacia abajo. Y no quiero verlo.

Al parecer no había ningún punto de apoyo a lo largo de la grieta. Sin embargo, la idea de seguir tomando recados acicateó a Stephen y al final el gato quedó en posición y empezó a accionar la palanca.

Estaba arrodillado en la carretera, con la cabeza entre las rodillas. El hombre apoyaba la mejilla en el asfalto. El gato estaba colocado a unos cuarenta centímetros por encima del cuello y calzado por uno de los extremos. En cuanto encontró apoyo, la parte baja empezó a apartar la fina plancha, abriendo la grieta un poco a cada vuelta de la manivela. La parte superior estaba fija contra algo que era demasiado duro para moverse y ello proporcionaba un sólido punto de apoyo. Cuando la grieta se abrió ocho o diez centímetros, Stephen pudo colocar de nuevo el gato, esta vez verticalmente, con la base muy cerca de la garganta del herido. Con un sonido chirriante similar al que hace una uña al rascar contra la pizarra, una parte del camión empezó a levantarse limpiamente. Se movió una decena de centímetros hasta quedar atrancada contra algo más pesado. Stephen miró al interior de la cámara oscura donde yacía el cuerpo acurrucado del hombre. No había sangre ni evidencia alguna de heridas. Con cuidado para no tocar el gato, asió al hombre por el hombro con una mano, pasó la otra bajo el rostro y estiró. El hombre gimió.

—Va a tener que ayudarme —dijo Stephen—. Levante la cabeza para que pueda meter la mano bajo su barbilla.

Esta vez hubo movimiento, casi un un par de centímetros.

113

Cuando lo repitieron varias veces, el hombre recuperó el uso de su brazo libre para ayudarse, y Stephen pudo sujetarle por ambos brazos y sacarlo de allí.

Mientras caminaba hacia el coche, el hombre se frotaba la muñeca:

—Creo que está rota —dijo con tristeza—. Tenía que jugar un torneo de *snooker* el sábado.

Stephen, que ahora temblaba y sentía las piernas inseguras, decidió que el hombre se encontraba en estado de shock. Le ayudó a sentarse en el asiento del pasajero y le envolvió con una manta. Pero la puerta del conductor no quiso abrirse sin la manija y Stephen tuvo que sacar al hombre del coche mientras él se deslizaba tras el volante. Cuando finalmente ambos estuvieron sentados permanecieron en silencio unos segundos. El ritual de insertar la llave de contacto, mover la palanca del cambio y sujetar el volante tranquilizó a Stephen. Se volvió hacia el hombre, que miraba a través del parabrisas temblando.

—Oiga, Joe, es un milagro que siga vivo.

Joe pasó la lengua por los labios y dijo:

—Tengo sed.

Stephen alcanzó una botella del asiento trasero.

—Pues sólo tengo champán.

El tapón salió despedido, chocó contra el salpicadero y golpeó a Joe en una oreja. Este hizo una mueca mientras cogía la botella. Puso los labios contra el cuello espumante y cerró los ojos. Se fueron pasando la botella sin hablar hasta que la vaciaron. Y cuando hubieron terminado, Joe eructó y le preguntó a Stephen cómo se llamaba.

—Has estado brillante, Stephen. Cojonudamente brillante. A mí no se me hubiera ocurrido lo del gato. —Se miró pensativo la muñeca y dijo asombrado—: Sigo vivo. Y ni siquiera estoy malherido.

Se echaron a reír y Stephen contó la historia del hueco de dos metros, de cómo el tiempo se había vuelto lento y de cómo el poste había arrancado el retrovisor y la manija de la puerta. «Brillante», murmuraba Joe una y otra vez, «Cojonudamente brillante», cuando Stephen alcanzó la segunda botella. Se pusieron a reconstruir el accidente según sus respectivos puntos de vista. Joe dijo que era como si un gigante hubiera cogido el camión y lo hubiese lanzado al aire. Recordaba la superficie de la carretera que iba hacia él, luego la visión invertida del coche de atrás y después cómo se retorcía todo a su alrededor. Había sido un milagro, repitieron, un jodido milagro. En algún momento, hacia al final de la segunda botella, brindaron y berrearon, y a falta de algo mejor cantaron «Es un muchacho excelente» señalándose mutuamente.

Cuando se alejaban, Stephen recordó el gato y pensó que debía dejarlo allí. Se dirigieron a la primera población y discutieron si Joe debía ir primero al hospital o a la comisaría de policía. Joe insistió en ir primero a la policía:

—Quiero dejarlo todo listo para la compañía de seguros.

Iban a ciento treinta por hora cuando Stephen recordó que estaba casi borracho y redujo la velocidad. Joe permaneció en silencio y sólo murmuró, cuando habían llegado ya a las afueras de la ciudad:

—Una vez conocí a una chiquilla que vivía por aquí cerca.

Y cuando estaban en el centro, buscando la comisaría, dijo:

—¿Cuánto tiempo estuve allí? ¿Dos horas? ¿Tres?

—Diez minutos. O menos.

Joe seguía murmurando lo increíble que le parecía todo cuando Stephen encontró la comisaría y paró.

—¿Qué piensa acerca de eso del tiempo? —preguntó Stephen.

Joe estaba mirando a través del parabrisas a tres policías armados que entraban en un coche patrulla.

—No lo sé. Una vez estuve encerrado durante casi dos años. No había nada que hacer, no ocurría nada y cada puñetero día era igual. ¿Y sabes una cosa? La condena pasó como un suspiro. Antes de que llegara a enterarme de que estaba dentro, ya había acabado. Por eso me parece lógico: si pasan un montón de cosas en un instante, éste tiene que parecer un tiempo muy largo.

Salieron del coche y se detuvieron en la acera. La celebración había terminado.

—Estás vivo —dijo Stephen quizá por décima vez en la última hora—. ¿Qué crees que significa? ¿Qué diferencia hay?

Joe lo había estado pensando y tenía preparada la respuesta:

—Significa que vuelvo con Jane y los niños y que dejo a Wendy McGuire. Significa que me voy a comprar dos camiones de segunda mano con el dinero del seguro.

Eso le recordó los asuntos importantes que debía resolver y dio media vuelta para dirigirse a la comisaría, todavía demasiado aturdido, según supuso Stephen, para recordar las formalidades relativas al agradecimiento y las despedidas. Mientras Joe se echaba a un lado para dejar salir a dos policías antes de desaparecer tras las puertas batientes, Stephen recordó los mensajes en su cuaderno y se sintió incómodo. Arrancó las páginas y, sacando la postal de su bolsillo trasero, se inclinó hacia una alcantarilla y las echó dentro.

Quizá fuera la influencia del ministro lo que mantuvo la plantación de abetos y las máquinas excavadoras lejos de Ogbourne St. Felix. Ese bosque de quinientos acres, que ya había crecido antes de los normandos y que se citaba en el Domesday Book, se alzaba en un terreno visitado por los fotógrafos comerciales y los directores de cine debido a su parecido con lo que generalmente se conoce como la campiña inglesa. El bosque pertenecía nominalmente a una institución benéfica. Pero, de hecho, estaba en posesión del propietario de la única casa del terreno, que estaba obligado a costear su mantenimiento. Un grupo de tres casas de leñadores había sido ampliado para hacer la mansión que se alzaba en el centro de un claro situado en la parte sur del bosque. El acceso a la casa se hacía a través de una carreterita, y luego por un sendero lleno de baches y flanqueado de serbales y limeros. Sólo el visitante experimentado sabía que la espesa alfombra de hierbas era el salvaje sendero de los Darke, y que en verano había que rebuscar por entre la maraña de arbustos para dar con la portilla que se abría sobre un túnel de verdor y, a través de un arco de rosales, sobre el jardín de Thelma.

Stephen se había detenido en la población más cercana para comprar más champán. Sentía los miembros pesados mientras cruzaba con las compras una placita cuadrada camino del mejor hotel de la localidad. Quería lavarse y tomar un buen scotch. No estaba preparado para encontrar un grupo de mendigos apelotonados en la puerta. Parecían menos maltrechos que sus colegas londinenses, y más saludables y confiados. Se oyó una carcajada mientras se aproximaba, y un anciano musculoso con una camiseta de hilo escupió en la acera y se frotó las manos. Ninguna de las regulaciones habituales parecían regir aquí. Según la ley, los mendigos ni siquiera podían trabajar en parejas. Se suponía que debían estar moviéndose continuamente a lo largo de determinados recorridos autorizados. Y, desde luego, se suponía que no debían amontonarse delante de entradas como ésa, apostados para importunar al público. Aquí, ni siquiera los brazaletes se mostraban como era debido. Los llevaban atados en torno a los antebrazos morenos y musculosos o, en el caso de un par de chicas, reconvertidos en cintas multicolores anudadas en la frente. Un gigante lo llevaba como parche en un ojo. Un joven con la cabeza rapada y tatuada se lo había anudado al pendiente.

Mientras se acercaba, Stephen era consciente del tintineo de las botellas en su bolsa y de la forma provocativa en que los corchos forrados con papel dorado sobresalían a la luz del sol. Ahora todos le miraban y era imposible dar media vuelta. La culpa la tenían el gobierno y su vil legislación, pensó. En cualquier caso, aquella situación no se toleraría en Londres y buscó un policía con la mirada. Había moderado el paso y ahora estaba en medio de todos ellos. Oyó una voz que decía: «¿No tendrás una moneda de diez?», pero él siguió caminando. Miraba al frente, sin fijarse en nadie. Le pareció ver una edición de bolsillo de Shelley en las manos de una chica. Alguien le dio un tirón a la bolsa y él la asió con fuerza contra sí. Otra voz imitó un acento elegante: «¡Hum, Bollinger, qué idea tan deliciosamente horrible!» Estalló una carcajada mientras se abría paso con el hombro por entre el olor a sudor y el aroma a pachulí.

Más que el accidente, lo que preocupaba a Stephen mientras metía el coche por la bacheada carreterita de los Darke era aquel encuentro. Se sentía culpable de traición. Aquí estaba el hombre pálido con camisa blanca de seda y allí los gitanos en la puerta. Durante años, él se había convencido a sí mismo de que en el fondo pertenecía a los desheredados, que tener dinero era un feliz accidente y que cualquier día podía volver a los caminos con todas sus posesiones en una bolsa. Pero el tiempo le había atado a un lugar. Se había convertido en el tipo que busca un policía a la vista de un pobre harapiento. Ahora estaba del otro lado. De lo contrario, ¿por qué había fingido que ellos no estaban allí? ¿Por qué no aceptar que ellos eran más, mirarles a los ojos, como hubiera hecho en otro tiempo, y darles algo de su dinero felizmente accidental? Había aparcado el coche y avanzaba por un sendero de hierba crecida camino del portillo. El pachulí le había sobresaltado. Era el aroma de una chica soñadoramente autodestructiva que había conocido en Kandahar, de caóticos apartamentos compartidos en el West London y de un concierto al aire libre en Montana. Se sentía desconcertado por el tópico de la irreversibilidad del tiempo. En otra época se había sentido libre de ataduras. Solía pensar que su vida era una aventura de final abierto, acostumbraba tirar sus cosas, le divertía que lo inesperado se introdujera en su vida y que las coincidencias benévolas fueran las que marcaran el rumbo. ¿Cuándo había cesado todo eso? ¿Cuándo, por ejemplo, había empezado a pensar que las cosas que poseía eran suyas, inalienablemente suyas? No lograba recordarlo.

Se detuvo en la penumbra del túnel de arbustos veraniegos, soltó su maletín de fin de semana y el champán y se preparó para encontrarse con sus amigos. Sus manos relucían blanquecinas en la oscuridad. Se cubrió los ojos con ellas. Se sentía enfermizamente saturado de su pasado reciente, como un hombre resfriado. Sólo con que pudiera vivir en el presente, podría respirar libremente. Pero no me gusta el presente, pensó, y recogió sus cosas. Mientras se incorporaba vio una figura que se recortaba contra el cielo enmarcado por rosas colgantes. Thelma le había estado observando.

–¿Cuánto rato llevas escondido ahí? –le preguntó mientras se besaban.

No consiguió parecer despreocupado cuando dijo: «Años.» En compensación, mostró las botellas, que ya estaban frías, y sugirió descorchar una allí mismo, lo cual era lo último que le hubiera gustado hacer.

Thelma le precedió camino de casa. La puerta y las ventanas estaban abiertas de par en par a la luz del atardecer. Entraron en un comedor cuyo suelo de piedra emanaba una frialdad acuosa. Stephen aguardó allí mientras Thelma iba en busca de las copas adecuadas. En las estanterías había pájaros disecados en cajas abovedadas dispuestos en sus hábitats. Un búho leonado tenía sus garras hondamente hincadas en un ratón disecado. En una pecera cuadrada, una nutria cerraba las mandíbulas en torno a un pez en descomposición. Stephen apoyó los codos en una mesa redonda e inestable y se regocijó. A su lado había una botella de borgoña recién descorchada. El olor a carne asada y a ajo se mezclaba con el de la madreselva que corría a lo largo del alféizar de la ventana, a su espalda. En la cocina, Thelma estaba llenando de hielo un cubo y desde el jardín llegaba una cacofonía de cantos de pájaro.

Tomaron asiento bajo un peral, en torno a una mesa de hierro dispuesta sobre un pedazo de césped sin segar y rodeados de amapolas gigantes, dragones y lo que Stephen tomó por altramuces hasta que Thelma los llamó espuelas de caballero.

Ella dispuso las copas junto al cubo de hielo y las llenó.

–Charles está en el bosque. Tendrás que ir a buscarlo.

Stephen se estremeció a causa de la acidez de la bebida y pensó en el vino tinto que aguardaba en la casa. Otro scotch le serviría igual. Debido a que tenían demasiadas cosas de que hablar, se centraron en el jardín. Es decir, Thelma explicaba y Stephen asentía con aire de comprensión. Sólo cuando señaló hacia una mata de acianos y preguntó qué clase de flores eran dio muestras de su total ignorancia. Ella le explicó que los límites exteriores del jardín habían sido diseñados para mezclarse con la flora salvaje del bosque de forma que no hubiera una apreciable barrera entre ambos, y que incluso había estado cultivando flores silvestres para obtener semillas que pensaba guardar con vistas a lo que ella llamaba el «banco» de genes.

—Incluso las prímulas están desapareciendo. Los próximos serán los ranúnculos.

—Todo va a peor —dijo Stephen—. ¿Hay algo que esté mejorando?

—Tú eres quien está en el mundo. Dímelo tú.

—Están repoblando de coníferas las colinas de Sussex —dijo tras pensarlo mucho—. Seremos autosuficientes en madera dentro de veinte años.

Brindaron por ello y a continuación Stephen preguntó por el libro. Evitaban hablar de Charles. El trabajo iba bien, dijo Thelma; llevaba escrita una cuarta parte del libro y otra cuarta estaba ya preparada. Ella se interesó por lo que ocurría en el comité, cosa que le dio a Stephen ocasión de contar su conversación con el primer ministro. Thelma no se mostró sorprendida.

—Indudablemente, Charles recibió ayudas. Se mantenía en secreto, por alguna razón que nunca supe con certeza. Quizá para evitar celos. Y había también algo de ternura y deseo.

—¿Deseo?

El primer ministro no había dicho eso.

—Pasan cosas extrañas. En la política, Charles pasaba por joven, un muchacho.

—¿Por eso querías tenerlo aquí?

Thelma negó con la cabeza:

—No voy a decir nada hasta que lo veas.

—Pero ¿es feliz?

—Ve a verlo por ti mismo. Sigue el sendero desde la cocina. Donde se cruza con el camino principal, tuerce a la derecha. Antes o después lo encontrarás.

Veinte minutos después se puso en camino. Un ancho sendero de hierba corría justo en los límites del bosque, trazando un óvalo irregular que, según Thelma, se tardaba una hora en recorrer. Había tramos en los que se veían los campos a través de los árboles. En otros lugares el sendero se adentraba profundamente en el bosque y se estrechaba hasta convertirse en poco más que una trocha. Allí la luz era escasa y la hierba dejaba paso a una hiedra que Stephen procuraba no pisar porque las hojas se desintegraban bajo las suelas con un desagradable chasquido. La última vez que había paseado por esos bosques todo parecía descarnado y puro. Los cambios estacionales eran lo bastante lentos como para que las transformaciones resultasen sorprendentes. Pero esto difícilmente parecía el mismo lugar. El estiaje no había llegado hasta allí. Su ignorancia sobre los nombres de los árboles y plantas incrementaba la impresión de profusión. El bosque había estallado y estaba sumido en tal caos de vegetación que corría el peligro de ahogarse en la abundancia.

Donde el sendero atravesaba un arroyo, una losa de piedra —resto de una antigua pared— albergaba un Amazonas en miniatura, con su jungla de musgo, el liquen fluorescente y árboles microscópicos. De lo alto colgaban enredaderas gruesas como una soga que filtraban la luz. Por el suelo se veían berzas gigantes y ruibarbos, frondas de palma, hierbas dobladas por el peso de sus cabezas. En un lugar a cielo abierto se veía una extravagante acumulación de flores púrpura, y de otro, más oscuro, le llegó una bocanada de olor a ajo, un recordatorio de la comida.

Necesito un niño, pensó Stephen sucumbiendo a lo inevitable. Kate podría ignorar el coche que estaba media milla atrás, o el perímetro del bosque y todo lo que se extendía más allá: carreteras, opiniones, gobiernos. El bosque, esta araña girando en su tela, ese escarabajo trepando con dificultad por las hojas de hierba... podría serlo todo, el momento podría ser total. Necesitaba su benéfica influencia, que le enseñara a celebrar lo específico; cómo llenar el presente y ser llenado por él hasta el punto en que la identidad se disolvía en la nada. El siempre estaba un poco en otra parte, nunca prestaba total atención, nunca era del todo serio. ¿La idea de Nietzsche sobre la madurez no era alcanzar la seriedad de un niño que juega?

Una vez, Julie y él habían llevado a Kate a Cornualles. Fueron unas cortas vacaciones para celebrar el primer concierto público del cuarteto de cuerda. Se llegaba a la playa por un sendero de tres kilómetros. Al final de la mañana empezaron a construir un castillo de arena al borde del agua. Kate estaba excitada. Estaba en esa edad en que todo tiene que ser perfecto. Las paredes debían formar ángulos rectos, tenía que haber ventanas, debían incrustar conchas a espacios regulares y conseguir que el área cerrada por la muralla fuera cómoda poniendo algas resecas. Stephen y Julie se habían propuesto divertir a su hija hasta que fuera la hora de marchar. Ya se habían bañado y habían comido. Pero muy pronto, y sin ni siquiera ser conscientes de lo que estaba ocurriendo, se encontraron absorbidos, impulsados por la urgencia de la niña y trabajando ajenos a todo lo que no fuera el imperativo de la marea creciente. Los tres trabajaban en ruidosa armonía, se daban órdenes unos a otros sin complejos, aplaudían o ridiculizaban las respectivas elecciones de una concha o del diseño de una ventana y corrían —nunca caminaban— por toda la playa buscando nuevos materiales.

Cuando todo estuvo en su sitio y acabaron de dar vueltas en torno a su obra, se metieron entre las murallas y tomaron asiento en espera de la marea. Kate estaba convencida de que su castillo era invulnerable y que lograría resistir al mar. Stephen y Julie le siguieron la corriente, burlándose del agua cuando ésta sólo alcanzó a lamer las paredes o maldiciendo cuando logró derribar un muro. Mientras aguardaban su destrucción final, Kate, que estaba acuclillada entre ellos, pidió quedarse en el castillo. Quería que lo convirtieran en su hogar. Podrían abandonar sus existencias londinenses y vivir para siempre en la playa, continuando ese juego. Fue más o menos entonces cuando los adultos cayeron en la cuenta y empezaron a mirar sus relojes y a hablar de la cena y de las restantes obligaciones. Hicieron ver a Kate que debían volver a casa en busca de los pijamas y los cepillos de dientes, cosa que a ella le pareció una idea deliciosa y razonable y se dejó llevar a lo largo del sendero hasta el coche. Durante muchos días después, hasta que el asunto quedó olvidado, ella estuvo preguntando cuándo volverían a sus nuevas vidas en el castillo de arena. Hablaba en serio. Stephen pensó que si él lograra hacerlo todo con la intensidad y la entrega con que había ayudado a Kate a construir el castillo, sería un hombre feliz y con extraordinarios poderes.

Llegó a un punto en que el sendero giraba en ángulo recto en dirección al corazón del bosque e iniciaba un suave descenso hacia una hondonada. Los árboles alargaban sus ramas sobre el sendero y formaban un dosel a través del cual el sol de la tarde dibujaba formas anaranjadas sobre la hierba oscura. Donde el sendero se nivelaba, había un roble muerto, un simple pilar de madera podrida. Stephen estaba a unos diez metros de ese árbol cuando por detrás de éste surgió un muchacho que se quedó quieto mirando. Stephen también se detuvo. Los claroscuros se removieron cuando sopló el viento. Resultaba difícil ver con claridad, pero supo que era la clase de chico que solía fascinarle y aterrorizarle en la escuela. Tenía el rostro pálido y enmarcado por el pelo color arena. Su mirada era demasiado autoconfiada y engreída. Tenía un aspecto anticuado: una camisa gris de franela con las mangas arremangadas y los faldones sueltos, anchos pantalones grises sujetos por un cinturón elástico a rayas y con una serpiente plateada por hebilla, bolsillos abultados de los que sobresalía un mango y rodillas costrosas y con rastros de sangre. A Stephen le recordó las fotografías de evacuados de la Segunda Guerra Mundial alineados con sus profesores en el andén de una estación de Londres.

—Hola —saludó Stephen amistosamente mientras avanzaba—. ¿Qué estás haciendo?

El chico se apoyó en el árbol, levantó una pierna y se rascó la corva con la punta de su estropeado zapato.

—No sé. Esperando.

—¿A quién?

—A ti, idiota.

—¡Charles!

Mientras Stephen se acercaba y tendía la mano, no estaba seguro de que se la fuera a estrechar. Sin embargo, así fue, y luego Charles le pasó los brazos en torno al cuello y le abrazó. Olía a regaliz y, por debajo de este aroma, sentía otro a tierra húmeda.

Charles le soltó y cruzó el sendero.

—¿Quieres ver mi casa? —dijo con sencillez, y echó a andar por un sendero flanqueado de altos helechos.

Stephen le siguió de cerca, fijando la atención en el tirachinas que sobresalía del bolsillo de su amigo. El pedazo de cuero colgaba peligrosamente del extremo de las tiras de goma. Cruzaron un claro en el que crecía maíz salvaje por entre los tocones y volvieron a entrar en el bosque de árboles gigantes. Caminaban rápidos y Stephen tenía que correr a veces para no quedarse atrás. Charles hablaba entrecortadamente, con frases deshilvanadas y sin volver la cabeza. Stephen no lograba entenderle del todo. Charles parecía hablar para sí mismo.

—Es realmente buena... todo el verano trabajando... yo mismo... mi casa.

Stephen se dio cuenta de que su amigo, en realidad, no se había encogido como le había parecido al principio. Era más ligero y suave de movimientos. Se había dejado crecer el flequillo y llevaba el pelo muy corto detrás de las orejas. Era su comportamiento abierto, la forma rápida de hablar y la intensidad de su mirada, su impulsivo y desinhibido contoneo, la forma en que sus pies y codos se disparaban cuando torcía un recodo o tomaba un sendero aún más estrecho, y el abandono del ritual y la formalidad de los saludos entre adultos lo que recordaban al chico de diez años.

Habían llegado a un segundo claro, más pequeño, en el centro del cual se alzaba un árbol de impresionantes dimensiones.

Charles rebuscó en la hierba hasta dar con una piedra.

—¿Ves esto? ¿Ves esto? —No quiso seguir hasta que Stephen dijo que sí—. Pues es lo que utilicé para clavarlos —dijo señalando un clavo de unos quince centímetros inserto en el tronco a medio metro del suelo, y luego otro clavado a cincuenta centímetros por encima del anterior. Habría una docena trazando una línea curvada en el tronco que llegaba hasta la primera rama, situada a unos diez metros del suelo. Arrastró a Stephen por el codo hasta un pedazo pisoteado de hierba al pie del árbol—. ¡Allá arriba! —gritó—. ¡Mira, mira!

Stephen echó la cabeza hacia atrás y no vio nada salvo un mareante laberinto de ramas que se dividían y subdividían. No se veía la copa del árbol.

—No, no —exclamó Charles. Tomó a Stephen por la cabeza con ambas manos y le dobló aún más hacia atrás. Entre las ramas superiores se escondía un punto negro.

—¿Qué es? —dijo Stephen—. ¿Un nido?

Era lo que parecía lógico decir. Charles dio un salto.

—No es un nido, estúpido. Es mi casa. ¡Mi casa!

—Increíble —dijo Stephen.

Charles hincó más profundamente el tirachinas en el bolsillo.

—¿Listo?

Colocó el pie izquierdo en el primer clavo, subió el derecho hasta el segundo y se quedó en equilibrio, con la mano izquierda sujetando el tercer clavo al tiempo que con la derecha hacía señas a Stephen

—Es muy fácil. No tienes más que imitarme.

Stephen pasó la mano por la corteza del árbol. Buscó una excusa.

—¿Qué... hmm... clase de árbol es?

—Un haya, por supuesto. ¿No lo sabías? Es un gigante de cincuenta metros, calculo.

Trepó hasta unos diez metros y luego miró hacia abajo.

125

—Estaba deseando enseñártelo.

El antiguo hombre de negocios y político era ahora un feliz preadolescente.

Stephen cargó todo su peso contra el primer clavo. Quería preguntarle a su amigo qué le había ocurrido, pero Charles estaba demasiado inmerso en su nuevo ser y demasiado lejos de cualquier apariencia de comprensión o conciencia de lo absurdo de su transformación, y Stephen no estaba seguro de cómo abordar el tema. Tal vez Charles estaba en un estado agudo de psicosis y debía ser tratado con cuidado. Por otra parte, Stephen no podía evitar sentirse afectado por la emoción y el reto que se respiraba, y por la importancia que su amigo atribuía al momento. Y no deseaba parecer un aguafiestas. Nunca había sido muy bueno trepando a los árboles, pero también era cierto que no lo había intentado. Se impulsó hacia arriba y se encontró con ambos pies colocados en el segundo clavo. Había sido fácil, pero cuando miró hacia abajo comprobó alarmado que estaba bastante alto.

—No estoy seguro de que pueda hacerlo —empezó a decir, pero Charles, que para entonces estaba ya en la primera rama con las manos profundamente hundidas en los bolsillos, empezó a gritarle instrucciones:

—Pon la mano en el clavo que hay justo encima de tu cabeza, sube el pie y alcanza el clavo siguiente con la otra...

Stephen alargó las manos hasta que encontró el clavo. Dos metros no eran mucha altura para una caída, pero la gente se rompía el cuello al caer de sillas que medían la mitad.

Unos minutos después reposaba boca abajo en la primera rama. Era casi tan sólida como el suelo, y apretó el cuerpo contra ella. Unos centímetros más allá, una chinche de bosque iba a lo suyo. Estaba en su casa. Charles trataba de enseñarle el camino a seguir, pero Stephen no se atrevía a mirar hacia arriba, aunque tampoco deseaba mirar hacia abajo. Fijó la mirada en la chinche.

—Creo que subiré poco a poco —fue cuanto alcanzó a decir. Charles le ofreció un caramelo, lanzó uno al aire para sí mismo, lo atrapó con la boca y siguió hacia arriba.

Lo difícil, ahora, era ponerse de pie y abandonar la rama. Se apretó contra el tronco a medida que se fue enderezando. La tarea siguiente fue levantar una pierna lo bastante como para colocar el pie en el ángulo que formaba la siguiente rama. Pero una vez hecho eso, las cosas fueron más sencillas. Había tantas ramas surgiendo del tronco, que era como ascender por una escalera de caracol. Lo único que tuvo que hacer fue proceder con cautela y no mirar hacia abajo. Los quince minutos siguientes transcurrieron satisfactoriamente. Era algo que podía hacer, algo que se había perdido en la infancia, y ahora entendió por qué otros niños disfrutaban tanto. Se detuvo a descansar y miró hacia el horizonte, que surgía por encima de las copas de los árboles. A lo lejos veía el campanario de una iglesia y más cerca, quizás a kilómetro y medio de distancia, el tejado rojo de la casa de los Darke. Se agarró con más fuerza al tronco y miró hacia abajo. Sintió una contracción del estómago, pero no ocurrió nada grave. Vio el suelo a través de un arco abierto y no se asustó. Envalentonado, inspiró profundamente, se agarró con más fuerza y dobló la cabeza hacia atrás. Esperaba ver la base del refugio arbóreo no mucho más arriba. Su campo de visión giró en torno a un punto fijo y algo cálido y frío le bajó desde el estómago a los intestinos. Apoyó la mejilla contra el tronco y cerró los ojos. No, eso tampoco serviría de nada. Los abrió de nuevo y se quedó mirando la corteza. Había visto —y no se atrevía a revivir la imagen— el mismo vertiginoso enramado sin fin que ya viera desde el suelo y, lejos, muy lejos, el destello de las rodillas desnudas de Charles; más allá de éstas, hojas y ramas contra la oscuridad, pero ni rastro de la plataforma.

Pasó un buen rato tranquilizándose. Decidió que lo mejor sería regresar al suelo. Quería complacer a su amigo, pero no tenía sentido, al fin y al cabo, arriesgar su vida. Sólo que ahí se le planteó otro problema. Para encontrar el escalón inferior debía mirar hacia abajo, y ya no tenía arrestos para ello.

—Dios mío —le susurró al árbol—, ¿qué voy a hacer?

No hizo nada. Aguzó el oído en busca de un sonido tranquilizador que procediera del suelo. Incluso el canto de un pájaro le hubiera servido. Pero allí arriba no había nada, ni siquiera viento. Tuvo la fugaz ocurrencia de que había sido enteramente absorbido por el instante. En pocas palabras, si permitía que algún otro pensamiento le distrajera, se caería del árbol. Entonces pensó: ya no quiero hacer esto. Quiero hacer cualquier otra cosa. Sácame de aquí, detén esto.

Se oyó un ruido encima de él pero no miró hacia arriba. Charles había bajado a buscarle.

—Ven, Stephen —le dijo—, la vista es todavía mejor desde arriba.

Stephen habló con reserva, por si la fuerza de sus palabras le hacía salir disparado hacia atrás:

—Estoy atrapado —masculló contra la corteza y entre los dientes.

—Cielo santo —exclamó Charles cuando apareció a su lado—. Estás sudando.

—No te muevas tanto —susurró Stephen.

—Este árbol es perfectamente seguro. He subido y bajado docenas de veces, cargando con tablones y otras cosas, e incluso un par de sillas.

Stephen sufrió una sacudida y Charles le sujetó por el brazo. El olor a regaliz no resultaba tranquilizador.

—Mira esta rama. Pon la mano aquí y levántate lo suficiente como para que puedas mover el pie, apoya entonces el peso sobre la rodilla y ayúdate con este saliente...

Las instrucciones continuaron. Stephen sabía que no tenía más remedio que obedecer al pie de la letra. Inútil decir que él deseaba bajar, porque cualquier discusión significaría su fin. Así que se abrió paso hacia lo alto, colocando pies y manos exactamente donde se le decía, y centrando toda su atención en detectar cualquier ambigüedad peligrosa. En varias ocasiones se aseguró:

—Charles, ¿has dicho mi mano izquierda o la derecha?

—La izquierda, estúpido.

Fijó su vista en agarraderos y salientes. Nunca estaba seguro de dónde estaba Charles, y no deseaba buscarlo. Pero siempre había una voz despreocupada, en algún lugar por encima de su cabeza, dictando instrucciones en tono irónico.

—Cielo santo, la mano no, el pie, tarugo.

Hubo momentos durante la ascensión en que Stephen se dijo a sí mismo: Esto no durará siempre. Algún día haré otra cosa. Pero no estaba del todo seguro. Sabía que, por ahora, todo cuanto debía hacer era trepar y dejar que las circunstancias se solucionaran por sí mismas. Algún día volvería, o quizá no, a sus viejas costumbres. Había otra cosa, tan grande y asombrosa, que no lograba captarla. Llegó un momento en que por fin pasó a través de un orificio circular y se encontró en una desvencijada plataforma cuadrada hecha de leños. Tendría unos tres metros y medio de lado y carecía de paredes. Al principio lo único que pudo hacer fue yacer boca abajo y reprimir el sollozo que le subía por la garganta.

—Bien, ¿qué te parece? —preguntó Charles, y añadió—: ¿Te apetece un poco de limonada?

Cuando se hubo recobrado, Stephen levantó la cabeza lentamente, como para no impulsar la plataforma fuera del árbol, y miró alrededor. Mantuvo las manos apretadas contra las planchas. El bosque se extendía debajo de ellos y, más allá, a unos seis kilómetros campo a través, vio la ciudad donde se había detenido. Hacia el oeste el sol se ponía con toda magnificencia, con el torbellino de colores petrificado contra el polvo del valle del Támesis a lo ancho de cien kilómetros. Charles estaba repantigado en una silla de cocina, observando orgulloso mientras Stephen apreciaba la vista. La botella de limonada que balanceaba entre el índice y el pulgar estaba casi vacía. A su lado había una caja de embalar naranjas donde se veían un par de gemelos, una vela con su palmatoria y una caja de cerillas. En la caja de embalaje había una hilera de libros, dos de ellos para la identificación de pájaros, varios de aventuras juveniles, algunos de Guillermo Brown, y, según advirtió Stephen sin sentir un especial placer, su propia novela. Charles le indicó por señas la segunda silla, pero Stephen no quiso aumentar más la altura. En lugar de ello, se puso cómodo lejos del agujero por el que había accedido a la plataforma.

Como su amigo le miraba expectante, Stephen dijo finalmente:

—Está muy bien, muy bien hecha.

Charles le pasó la botella y Stephen, que estaba dispuesto a mostrarse como una especie de invitado complaciente, bebió un largo trago. La boca se le llenó de un líquido salado y uniforme que sabía como sangre, sólo que más frío y espeso. El sentido común le dijo que debía escupirlo. Sin embargo se obligó a tragarlo, cuidando de no tener náuseas porque acababa de detectar con el pie una madera suelta.

Charles se acabó el resto.

—La he hecho yo mismo —dijo mientras guardaba la botella entre los libros—. ¿Quieres saber lo que he puesto?

El pensamiento que ya había intimidado a Stephen durante la ascensión regresó ahora. Era la bajada.

—Dime —dijo rápidamente, en un tono de voz muy alto debido al miedo y la náusea—, ¿por qué te comportas como un niño? ¿Qué estamos haciendo aquí arriba?

Por un momento, Charles permaneció inclinado sobre la caja de naranjas, quizá ordenando los libros. Stephen no podía ver bien. ¿Había dicho algo inconveniente? Dependía de la ayuda de Charles y era importante no decir nada que le ofendiera, al menos hasta que se encontrasen en el suelo. Charles se acercó y se arrodilló junto a él. Sonreía.

—¿Quieres ver lo que llevo en los bolsillos?

Primero sacó el tirachinas y se lo puso a Stephen en las manos. «Es de nogal. Lo mejor.» Después siguieron, una lupa, un hueso de cordero y una navaja con una docena de adminículos. Mientras Charles los fue abriendo uno a uno y explicaba su finalidad, Stephen observó detenidamente a su amigo, tratando de encontrar pistas sobre su estado de ánimo y su autoconciencia,

130

así como rastros del adulto. Pero su voz sonaba tranquila y tenía el rostro concentrado en cada detalle. Llevaba unos viejos caramelos de menta pegados al fondo de una bolsa de papel, una concha de caracol inusualmente grande, un tritón disecado y canicas. La que Charles le puso a Stephen en la mano era gruesa y lechosa.

Para demostrar interés, Stephen preguntó:

—¿Dónde has conseguido ésta?

La respuesta fue rápida y desafiante —«¡La gané!»— y Stephen no quiso averiguar cómo. Había un cojinete, un compás de juguete, un pedazo de cuerda y dos cartuchos vacíos, un anzuelo clavado en un corcho, una pluma y dos guijarros ovalados.

Mirando esos objetos expuestos frente a él sobre las tablas, y no muy seguro de lo que iba a decir, Stephen se quedó impresionado por lo que parecía una cuidadosa investigación. Era como si su amigo hubiese consultado en bibliotecas y acudido con diligencia a las autoridades para averiguar qué era exactamente lo que una determinada clase de niño llevaría en los bolsillos. Era demasiado exacto para resultar convincente, no lo bastante personal y quizá incluso fraudulento. Por un instante, la confusión sustituyó al vértigo.

Por otra parte, ¿qué niño se ofrecía a vaciar sus bolsillos? Stephen lanzó una ojeada hacia el oeste. La claridad se desvanecía en el horizonte y la luz se enturbiaba. Las hojas de las pocas ramas que tenían encima se removían. Se quedó en blanco y sin nada que decir. No podía seguir entreteniendo a ese escolar de cuarenta y nueve años y no se atrevía a irritarle. Al final dijo:

—Charles, ¿eres feliz?

Charles estaba volviendo a meter sus objetos en los bolsillos más o menos en el mismo orden en que los había sacado. Acabó, se puso en pie rápidamente e hizo un gesto amplio con el brazo. Stephen se agarró temeroso a los bordes tratando de estabilizarlos con las manos.

—¡Mira! Es fantástico. No lo entiendes, ¡es fantástico!

—¿Te refieres a la vista?

—No, estúpido, mira...

Había sacado el tirachinas y estaba metiendo una piedra en la badana.

—Mira.

Se puso de cara a la puesta del sol y estiró de la badana hacia atrás, hasta que las tiras de goma alcanzaron la longitud de ambos brazos. Permaneció unos segundos en esa postura, probablemente por el efecto. El aire a su alrededor se hizo más ligero y Stephen tuvo dificultades para respirar. Entonces, con un golpe de cuero contra madera y un gemido breve y agudo, la piedra salió disparada de la plataforma y se elevó mientras se alejaba de ellos, dibujando durante un instante una nítida forma negra contra el cielo rojo. Incluso antes de empezar a caer, desapareció de su vista. Stephen calculó que habría sobrepasado el bosque para ir a parar a campo abierto, un cuarto de kilómetro más allá.

—Buen tiro —dijo con entusiasmo. Se preguntó si debería mencionar que se estaba haciendo de noche.

Charles tenía las manos en las caderas y estaba mirando aún en dirección a la trayectoria de la piedra cuando por entre los árboles les llegó el lejano sonido de una campana de mano.

—La cena —exclamó Charles, y, dirigiéndose al agujero, se dejó caer. Cuando volvió a hablar ya sólo sobresalía su cabeza por el reborde de la plataforma. Resultaba difícil decir si aquel comportamiento era una laboriosa falsificación o si se trataba ya de un hábito—: Sólo... bueno, es cuestión de dejarse llevar...

Stephen estaba tan distraído y mareado por el miedo mientras gateaba hacia el agujero que dedujo que su amigo hablaba de la técnica del tirachinas. Alcanzó el agujero y se agachó sintiéndose muy desgraciado. Le temblaban las manos y por la garganta le subía la limonada. Charles descendió un poco más y se detuvo. Casi no podía controlar la risa. Al final se calmó, se limpió los ojos, miró a Stephen y se echó a reír de nuevo.

—Ahora, o haces lo que yo te diga o morirás.

Al final de un día en el que casi había estrellado un coche, había visto a un hombre mortalmente aplastado, se había sentido cercado por unos mendigos y a punto había estado de caerse de un árbol, Stephen sintió la necesidad de tomar un baño caliente. Thelma dijo tener cosas que leer y que no le importaba retrasar la cena. Se sumergió en una bañera victoriana encajada bajo el techo inclinado del cuarto de baño de los invitados. Se sentía vacío de especulaciones o recuerdos. Sólo pensaba en las ondas que se formaban en el agua, causadas por los latidos de su corazón. Sus rodillas sobresalían frente a él como promontorios entre la niebla marina. Cerró los ojos y se quedó medio dormido, incorporándose de cuando en cuando para abrir el grifo del agua caliente con el pie.

Cuando finalmente apareció en el piso de abajo, Thelma estaba leyendo una revista de física. Tenía los codos apoyados en la mesa del comedor, en la que sólo se veían dos servicios. La puerta y las ventanas seguían abiertas, ahora a la espesa oscuridad y al sonido de los grillos. Mientras traía la comida desde la cocina explicó que Charles ya había cenado y se había ido a la cama, y que por lo general se acostaba a las nueve.

—Hoy ha trasnochado por ti.

Este comentario debería ser la clave para una serie de preguntas por parte de Stephen y para una conversación acerca de la regresión de Charles. Sin embargo, se sintió aliviado cuando Thelma le pasó el cuchillo de trinchar y le pidió que trocease la carne. Charlaron acerca de la mejor forma de cocinar el cordero. Thelma estaba de buen humor. Semanas de aire campestre, de largas tardes cuidando el jardín, y la oportunidad de poder trabajar en lo que ella quería la habían puesto eufórica. Sus pies desnudos producían un agradable sonido deslizante sobre el suelo empedrado mientras se movía entre la cocina y el comedor, llevando ensaladas y patatas y vinagreras de cristal. Vestía una camisa masculina sin cuello embutida en una amplia falda. Llevaba al cuello un collar de cuentas de madera pintada que podía provenir de una juguetería. Todavía lucía el apretado moño de físico

133

en lo alto de la nuca. Quedaba un resto del viejo espíritu conspirador entre ellos. Era bueno vivir en la remota campiña y recibir la visita de un amigo. Más aún, se sentían emocionados y liberados por el comportamiento de Charles. Thelma ya no tenía que vivir enforzándose por guardar el secreto para sí sola. Ella sirvió borgoña en ambos vasos. Había una salvaje generosidad en el aire y mientras Stephen bebía un largo sorbo de vino, que estaba caliente debido a su prolongada permanencia en el exterior, lamentó su cautelosa actitud. Sólo con que supiera lo que quería, lo que deseaba ser, sería libre de asumirlo.

Cuando hacía un cuarto de hora que estaban cenando, Stephen cumplió una promesa que se había hecho varias semanas antes y describió su experiencia en la campiña de Kent. Hacia el final de su relato él se situó a sí mismo en un sillón frente al fuego en la casita de Julie. Thelma se había irritado por su separación y hubiera querido entrechocarles las cabezas, como decía ella. No quiso provocarla con la descripción de una intimidad temporal e irresponsable. Por lo demás, describió fielmente los detalles, la sensación de intrusión en un nuevo día, la familiaridad del lugar, las bicicletas apoyadas juntas a la entrada del pub —y se extendió largamente sobre lo anticuadas que eran—, su reconocimiento de la joven pareja a la mesa, los gestos habituales de su padre, la forma en que su madre había mirado hacia él atravesándolo con la mirada, como si él no estuviera allí, y la sensación de caída mientras regresaba a la carretera, como si se precipitase por una especie de canal.

Thelma comió reposadamente mientras escuchaba, y cuando él acabó fue a guardar su plato antes de preguntarle qué había pasado antes y después de la experiencia, y qué había atravesado por su mente. El describió el viaje en tren, que recordaba con dificultad, y dijo que creía haber estado pensando en el comité. ¿Y después? Lo que había pasado después no era asunto de Thelma. El y Julie habían hablado deshilvanada-

mente, dijo, habían bebido un par de tazas de té y comido el bizcocho que Julie había hecho. Después regresó a la estación para
volver a casa en tren y cenar con unos amigos.

—¿Qué conclusiones sacas de todo ello? —preguntó Thelma
mientras servía vino.

Stephen se encogió de hombros y dijo que se había enterado
de que sus padres habían tenido una vez bicicletas nuevas.

—¿Recuerdan ellos el pub?

—Mi madre, no. Y mi padre ni siquiera se acuerda de sus bicicletas.

—Y no les describiste a ellos lo que pasó.

—No. No quise. Era como si hubiera estado espiando una
conversación muy importante.

—Quizá hablaban acerca de ti.

—Quizá.

—Pero sigues sin decirme qué piensas tú de ello —dijo Thelma.

—No lo sé. Desde luego, tiene relación con el tiempo, con ver
algo fuera del tiempo. Y puesto que tú tienes todas esas teorías...

Thelma dio una palmada.

—Sales al campo y sufres una visión, una alucinación o lo que
sea y ¿qué haces? ¡Consultar a un experto, naturalmente! A un
científico, nada menos. Vienes con el sombrero en la mano al
santuario que desprecias en secreto. ¿Por qué no vas a preguntár-
selo a uno de esos modernos?

Pero Stephen ya estaba acostumbrado a eso.

—Venga, Thelma. Reconoce que te mueres de ganas por ex-
plicármelo. Echas de menos a tus alumnos, incluso a los más
tontos. Oigámoslo. ¿Cuál es la última acerca del tiempo?

A pesar de su buen humor, Thelma no parecía dispuesta a
darle la lección acostumbrada. Quizá sospechaba la pereza mental de Stephen, o quizá estuviese reservando sus ideas para el libro. Al principio, al menos, su tono fue despectivo y habló rápidamente. Sólo más tarde se hizo más amistoso.

—Hay todo un supermercado de teorías en la actualidad. Puedes escoger. Están todas puestas por escrito en libros del tipo «A

135

que no sabía usted que». Una de las ofertas supone que el mundo divide cada fracción infinitesimal en un número infinito de versiones que continuamente se dividen y se subdividen, y la conciencia elige limpiamente entre todas ellas para crear la ilusión de una realidad estable.

—Ya me lo explicaste en otra ocasión —dijo Stephen—. Y he pensado mucho acerca de ello.

—En mi opinión, lo mismo podrías ir a buscar un señor de luengas barbas en el cielo. Por otra parte están los físicos, que creen adecuado describir el tiempo como una especie de sustancia, o una efervescencia de partículas indetectables. Hay docenas de teorías más, todas ellas disparatadas. Su intención es planchar unas cuantas arrugas en algún rincón de la teoría cuántica. Las matemáticas son bastante razonables en un sistema local, pero el resto, las grandes teorías, son como palos de ciego. Lo que dicen es poco elegante y perverso. Pero en cualquier caso, la versión cotidiana y de sentido común del tiempo lo desea lineal, regular, absoluto, fluyendo de izquierda a derecha, desde el pasado hacia el futuro a través del presente, lo cual es un sinsentido o bien una minúscula fracción de la verdad. Lo sabemos a partir de nuestra propia experiencia. Una hora puede parecernos cinco minutos o una semana. El tiempo es variable. Lo sabemos por Einstein, que continúa siendo nuestro fundamento. En la teoría de la relatividad, el tiempo depende de la velocidad del observador. Lo que para una persona pueden ser acontecimientos simultáneos, a otra pueden parecerle secuenciales. No existe un «ahora» absoluto y generalmente reconocible. Pero tú ya sabes todo esto...

—Cada vez me parece más claro.

—En los cuerpos densos con campos gravitatorios colosales, los agujeros negros, el tiempo puede pulverizarse hasta detenerse por completo. La breve aparición de partículas en la cámara de niebla sólo puede explicarse por el movimiento hacia atrás del tiempo. En la teoría del *big bang*, se piensa que el tiempo se creó al mismo tiempo que la materia y que es inseparable de ésta. Lo cual forma parte del problema: para considerar el tiempo como una entidad debemos separarlo del espacio y de la materia, tenemos que distorsionarlo para analizarlo. He oído argumentar que la propia constitución de nuestro cerebro limita la comprensión del tiempo, de la misma forma que limita nuestra percepción a sólo tres dimensiones. Lo cual me suena a vulgar materialismo. Y también a pesimismo. Pero debemos atenernos a los modelos: tiempo como líquido, tiempo como envoltura con puntos de contacto entre diversos momentos.

Stephen recordó de su bachillerato:

«El tiempo presente y el tiempo pasado
Están tal vez presentes en el tiempo futuro
Y el tiempo futuro contenido en el tiempo pasado.»

—Aquí, como ves, tus modernos pueden ser útiles después de todo. No puedo ayudarte en tus alucinaciones, Stephen. La física, desde luego, no. Continúa siendo un tema discutido. Los pilares gemelos son la relatividad y la teoría cuántica. Una describe un mundo causal y continuo, la otra un mundo no causal y discontinuo. ¿Es posible reconciliarlas? Einstein fracasó con su teoría del campo unificado. Yo me inclino por los optimistas como mi colega David Bohm, que vaticina un orden teórico superior.

A partir de aquí, Thelma se animó y Stephen empezó a entender menos. La perspectiva era tan exasperante como siempre: una lúcida exposición de lo que algunas de las mejores mentes actuales pensaba acerca de la escurridiza y cotidiana cuestión del tiempo, y lo que estaban demostrando en laboratorios y gigantescos aceleradores. Era la promesa de paradojas atormentadoras y de intuiciones personales confirmadas y declaradas oficiales. Lo que traicionaba la promesa era la pura dificultad, la indignidad de topar con las limitaciones de los propios logros intelectuales.

Al principio Thelma se mostró paciente con él, y él se esforzó mucho. Luego, poco a poco, ella empezó a dejarlo atrás y habló de la función de Green, del álgebra fermiónica y de Clifford, de matrices y cuaterniones. Y no tardó en abandonar cualquier pretensión de comunicación. Ella se dirigía a un colega, a un alma gemela inexistente. Sus ojos dejaron de mirarle y quedaron fijos en algún punto varios centímetros a la izquierda y sus palabras se convirtieron en un torrente ininterrumpido. Hablaba en beneficio propio, como una posesa. Hablaba de funciones de Eigen y de operadores hermíticos, del movimiento browniano, del potencial cuántico, del coeficiente de Poisson y de la desigualdad de Schwarz. ¿Estaba siguiendo el mismo camino que Charles? Stephen la observó alarmado, sin decidirse a inclinarse y sacudirla para obligarla a volver en sí misma. Pero comprendió que ella necesitaba sacar todo eso, contar la historia de los fermiones, el desorden y el flujo. De hecho, volvió en sí al cabo de un cuarto de hora y pareció tomar conciencia otra vez de su presencia. La voz perdió su monótona intensidad y no tardó en tratar de nuevo sobre generalidades que él podía entender.

Ella quería compartir su emoción mientras predecía que en el plazo de cien o cincuenta años, o incluso menos, se desarrollaría una teoría, o una serie de teorías, donde la relatividad y los cuantos serían casos especiales y limitados. La nueva teoría se referiría a un orden de realidad más elevado, la base para todo lo que es, un todo indiviso en el que materia, espacio, tiempo e incluso la conciencia misma serían encarnaciones complejamente relacionadas, intrusiones que fabricarían la realidad que comprendemos. No era del todo fantasioso imaginar que un día habría descripciones matemáticas y físicas de experiencias como la que Stephen había contado. Las diferentes clases de tiempo, y no simplemente el tiempo lineal y secuencial del sentido común, podrían proyectarse a través de la conciencia de un campo común más elevado, a partir del cual la conciencia misma sería una función, un caso límite e inseparable de la materia que se transformaba, o del espacio en el que ello ocurriría...

Thelma escanció en el vaso de Stephen el resto del vino. Si la ciencia encontraba un lenguaje matemático, podría empezar a abandonar la ilusión de objetividad tomándose en serio la indivisibilidad del universo entero, y cuando eso ocurriese, empezaría a tener en cuenta la experiencia subjetiva, momento en el que el chico listo estaría en camino de convertirse en la mujer sabia.

—Piensa en lo humanos y asequibles que serían los científicos si pudieran unirse en conversaciones realmente importantes acerca del tiempo y no estuvieran convencidos de tener la última palabra: la mística experiencia de la supresión del tiempo, el caótico desarrollo del tiempo en los sueños, el momento cristiano de la culminación y la redención, el tiempo aniquilado del sueño profundo, los elaborados esquemas temporales de poetas, novelistas y soñadores, o el tiempo infinito e incambiable de la infancia.

Stephen sabía que estaba escuchando una parte de su libro. «El tiempo que se vuelve lento durante el pánico», añadió a la lista de ella, y le contó el accidente con el camión y cómo había liberado al conductor. A partir de ahí la conversación discurrió cansinamente, y sólo cuando la tarde estaba a punto de acabar Thelma volvió sobre la alucinación de Stephen, que era como habían acordado denominarla.

—Tendrás que perdonar mi pedantería. Es lo que ocurre cuando vives en el campo con las ideas por única compañía. No necesitas la física para explicar lo que ocurrió. Niels Bohr tenía probablemente toda la razón cuando decía que los científicos no deberían empeñarse en describir la realidad. Su trabajo es construir modelos que den cuenta de sus observaciones.

Thelma se movía por la estancia apagando luces y cerrando ventanas. Stephen la observó atentamente. La palabra «única» tardó largo rato en desvanecerse. Encendió las intensas luces del piso de arriba. Parecía cansada y un poco encorvada.

—Pero ¿no es eso lo que todos hacemos? —preguntó Stephen mientras subían por las escaleras—. ¿No es eso la realidad?

Ella le besó levemente. Sintió sus labios resecos contra la mejilla. Y el calor de su rostro. Dio media vuelta y recorrió el crujiente pasillo hasta su habitación, la cual, según comprobó Stephen desde su puerta, no era la misma que la de Charles.

A la mañana siguiente se despertó tarde en medio de la inusual algarabía de los pájaros. Permaneció tumbado durante media hora y decidió regresar a Londres. Habían pasado dos años y medio y todavía le inquietaba la posibilidad de estar fuera cuando Kate, o alguien que supiese dónde estaba su hija, llamase a su casa. Tampoco le apetecía pasar el día en los bosques con Charles. Ya habían sucedido suficientes cosas en un solo día. Ahora quería estar en el sofá frente a la tele y rodeado de su caos cotidiano.

Bajó al piso inferior y salió a la deslumbrante claridad del jardín. Thelma estaba leyendo un libro sentada a la sombra. Charles se había ido temprano al bosque y le esperaba cerca de la cabaña en el árbol. Cuando Stephen anunció sus planes, ella no trató de presionarle para que se quedase. Se tomaron un café juntos y después Thelma le precedió por el túnel de verdor y estuvo un rato mirando la manija y el retrovisor arrancados. Stephen abrió la puerta del pasajero, pero no entró. En torno a ellos, en las ortigas de los alrededores, se escuchaba un airado zumbido de insectos.

Thelma rodeó el coche hasta el lado del conductor. Le sonrió a través de la luneta del techo.

—Está bien, ya puedes decirlo: está completamente loco.

—Cuéntame qué le pasa.

—Hubiera sido peor de habernos quedado, ¿sabes? No ha sido algo repentino. Hace años que ocurre. ¿Por qué crees que estuvo tan entusiasmado con tu primera novela?

Stephen se encogió de hombros. Llevaba un traje limpio de lino y una camisa blanca. Tenía las llaves del coche en la mano y llevaba la cartera en el bolsillo interior... el equipo de los adultos. La perspectiva de un viaje en solitario le atraía. Lo que anoche había parecido salvaje y liberador en torno a las fantasías de Charles ahora parecía una simple estupidez, algo que debía decirse tal cual. La correa metálica del reloj le estaba pillando los pelos de la muñeca. Stephen la ajustó y empezó a subir al coche.

—No te vayas a poner educado conmigo ahora —dijo Thelma, alzando un dedo en un gesto admonitorio.

Stephen se deslizó por el asiento del pasajero y metió la llave en el arranque.

—Es feliz —dijo Thelma a través de la ventanilla abierta.

—Ya lo veo. Pero ¿y tú?

—Yo estoy trabajando.

—Sola.

Thelma apretó los labios y desvió la mirada. Stephen estaba anonadado por sus amigos. Siempre se las habían arreglado para resultar interesantes y mostrarse sensatos al mismo tiempo. Ahora parecían estar estropeando las cosas. Thelma alargó la mano y le tocó el brazo:

—Stephen, ten cuidado...

Stephen asintió bruscamente y arrancó el coche.

6

Los que encuentran antinatural y opresivo ejercer la autoridad sobre sus hijos deberían considerar la posibilidad del uso sistemático del premio y el castigo. Prometer chocolate a cambio de, por ejemplo, portarse bien a la hora de irse a la cama compensa, en definitiva, el pequeño daño que pueda causar a unos dientes que de todas formas no tardarán en caerse. En el pasado se ha exigido demasiado a unos padres que eran exhortados a inculcar el altruismo a toda costa en sus hijos. Los incentivos, al fin y al cabo, constituyen la base de nuestra estructura económica y configuran inevitablemente nuestra moral; no hay razón alguna por la cual un niño que se porta bien no pueda tener una motivación ulterior.

Manual autorizado de educación, HMSO

Las lluvias llegaron por fin a últimos de septiembre, empujadas por tormentas que arrancaron las hojas de los árboles en menos de una semana. Las hojas atoraron las alcantarillas, algunas calles se convirtieron en ríos navegables, parejas de ancianos tuvieron que ser evacuadas por la policía en barrios periféricos y se produjo un sentimiento general de crisis y agitación, al menos en la televisión. Los expertos en meteorología tuvieron que explicar por qué no había otoño o por qué si la semana pasada era verano ahora llegaba el invierno. No faltaron teorías tranquilizadoras: llegada de una nueva glaciación, fusión de los casquetes polares, el agujero de ozono provocado por los fluocarbonos o el sol en sus estertores finales. De cuarteles urbanos cuya existencia nadie conocía surgieron soldados portando grandes bombas de agua. Un helicóptero militar fue televisado rescatando a un niño aislado en la copa de un árbol, y en otros programas salían jefes de policía y militares señalando mapas con sus bastones de mando. El ministro del Interior, el antiguo jefe de Charles, aparecía visitando las áreas más afectadas. Según la oficina de prensa del primer ministro, éste se sentía muy preocupado. La opinión pública estaba de acuerdo en que el tiempo favorecía al gobierno, pues aunque de momento no sabían cómo detener las lluvias, al menos tenían la oportunidad de que les vieran haciendo cosas. Llovió diariamente durante cincuenta días. Luego cesó la lluvia, se reanudó la vida normal y ya era casi Navidad.

El tiempo apenas si tuvo efecto en la apatía de Stephen. Los Juegos Olímpicos le habían enviciado con la televisión matutina y vespertina. Acababa de inaugurarse un canal de emisión continua financiado por el gobierno, especializado en concursos y entrevistas, anuncios y llamadas telefónicas. Stephen, repantigado en el sofá con un scotch, en pijama y un grueso abrigo, miraba los concursos con la petrificada paciencia del adicto. En una esquina de la habitación un cubo recibía las goteras del techo. Los presentadores de los diferentes programas se parecían tanto entre sí que les cogió afecto. Eran gente profesional y aplicada, que trabajaba claramente en favor de un orden convencional cuyas limitaciones formales ellos solían recalcar con cínicos comentarios. Y le gustaban las parejas dulces y vulnerables que subían al escenario y nunca se soltaban las manos, las extravagantes fanfarrias y trompetas que acogían la aparición de una nevera y las azafatas casi desnudas con sus alentadoras y fijas sonrisas.

Los espectadores, sin embargo, le provocaban ataques de misantropía delirante debido a su perruna predisposición a complacer al presentador y a que éste los complaciera, su facilidad para aplaudir y jalear a voluntad y agitar banderitas de plástico con el anagrama del programa; la docilidad con que se dejaban manipular, empujados a que gritasen en un momento dado para luego ponerse serios y tranquilos; después se portaban mal, o se ponían un poco sentimentales y nostálgicos; o confusos y avergonzados porque el presentador los reprendía, y de nuevo alegres poco después. Los rostros que surgían de las luces del estudio eran de adultos, padres y trabajadores, pero las expresiones eran como de niños que miran a un prestidigitador de fiesta de cumpleaños. Parecían presa de lo que podría ser un fervor religioso cuando el presentador condescendía a pasear entre ellos, llamándoles por su nombre, regañándolos, halagándolos. ¿Te deja ella satisfecho, Henry? Me refiero a la comida, ¿eh? ¿Te da lo suficiente? Sé sincero: ¿tienes suficiente? Y allí estaba Henry, un hombre de cabe-

143

llos blancos y gafas bifocales, que con un traje mejor cortado hubiera podido pasar por un jefe de Estado, lanzando risitas y mirando intencionadamente a su esposa para luego ocultar el rostro entre las manos mientras a su alrededor todo eran gritos y aplausos. Resultaba sorprendente que el mundo se rigiese por las votaciones de esos retrasados de alma débil, ese «pueblo» —palabra muy utilizada por los presentadores—, esos niños que sólo ansiaban una indicación de cuándo debían reír. Stephen agitaba su botella, se echaba un buen trago y se sentía listo para desenmascararlos. Más aún, deseaba verlos castigados, duramente azotados, no, torturados. ¿Cómo se atrevían a ser niños? El estaba dispuesto a escuchar, pues no en vano era un hombre tolerante y razonable, qué objetivos tenía esa gente en la vida y qué motivos había para que se les permitiese seguir viviendo.

Para Stephen, esos ratos —una pornografía democrática— eran lo más placenteramente degradante que podía recordar. Y alcanzaron su máxima intensidad cuando decidió recordar que sus padres, en compañía de su tía materna Phyllida, el esposo de ésta, Frank, y su ya crecida hija Tracy, una vez habían formado parte de esa audiencia de estudio y se lo habían pasado en grande. Cada uno salió de allí con un medallón en el que se dibujaba el perfil del presentador con la frente orlada de laurel como un emperador y en el reverso unas manos firmemente estrechadas en señal de amistad.

Quizá fuera hora de levantarse a vaciar el cubo, hacerse un bocadillo o servirse otra bebida en la cocina, o de ir a mirar por la ventana abierta a la calle ahora inundada. Tenía una corta lista de obligaciones con que matar el tiempo, y la televisión a la que podía regresar cuando se cansaba de cumplir con ellas. El largo aplazamiento del Comité Permanente todavía duraría un mes más y Stephen descubrió anonadado que echaba de menos las reuniones semanales y la estructura que ésta imponía a sus pensamientos. Le preocupaba no saber nada de Julie y el no poder obligarse a sí mismo a escribirle sin resentimiento. Pese a intentarlo con ahínco, no había visitado de nuevo a sus padres. Sólo

144

pensaba en Charles con irritación. Pero más absorbente que todo ello resultaba el cumpleaños de Kate. La semana próxima, dondequiera que estuviese, cumpliría seis años.

Hacía semanas que deseaba visitar una juguetería situada a diez minutos de su casa. El pensamiento era ridículo. Representaba una parodia de duelo. Ese pathos voluntarista le hacía gemir sordamente. Era una representación, una apariencia de locura que no sentía de verdad. Pero el deseo se hizo insistente. Podía darse un paseo en esa dirección e imaginar las cosas que hubiera comprado. Era una tontería, una debilidad, y le provocaría un dolor innecesario. Pero el deseo continuó creciendo y una mañana eligió en la papelería un rollo de papel de envolver y se lo entregó al empleado antes de tener tiempo de cambiar de opinión. Comprar un juguete era echar por la borda dos años de equilibrio, era irracional, algo falso y autodestructivo; y débil, sobre todo débil. Era esa debilidad la que le impedía mantener el contacto entre el mundo real y el mundo que él deseaba. No seas débil, se dijo a sí mismo, trata de sobrevivir. Tira ese papel, no hurgues en la fantasía, no prosigas en esa dirección. A lo mejor no vuelves nunca. No fue, pero no pudo impedirse a sí mismo desear ir. La soledad había hecho surgir en él pequeñas supersticiones, y una tendencia hacia el pensamiento mágico. Las supersticiones se habían adherido a sus ritos diarios, y en el constante silencio de su propia compañía se habían desarrollado. Siempre se afeitaba primero la parte izquierda de la cara, nunca empezaba a cepillarse los dientes hasta haber devuelto a su lugar el tapón del tubo, estiraba de la cadena con la mano izquierda pese a resultarle incómodo, y últimamente tenía cuidado de poner ambos pies en el suelo al mismo tiempo cuando se levantaba de la cama. El pensamiento mágico encontró formas de racionalizar un viaje hasta la tienda de juguetes.

Por encima de todo, sería un acto de fe en la continuidad de la existencia de su hija. Puesto que ella no estaría celebrando su cumpleaños ese día, sería una afirmación de su vida anterior y de su propia herencia, de la verdad acerca de su nacimiento: él imaginaba las mentiras que le habrían contado al respecto. La ritualización de un misterio desencadenaría inconcebibles configuraciones del tiempo y el azar, el número mágico de las fechas de nacimiento se activaría y se pondrían en movimiento hechos que de lo contrario no ocurrirían. Comprar un regalo demostraría que todavía no había sido derrotado y que podía hacer algo sorprendente y alegre. Compraría el regalo con alegría y no con tristeza, con espíritu de amorosa extravagancia, y al llevarlo a casa y envolverlo, haría una ofrenda al destino o plantearía un reto: «Mira, yo he comprado el regalo, ahora devuélveme a la niña.» Si la compra le costaba un dolor, ese dolor constituiría un sacrificio necesario. Dado que había agotado todas las posibilidades en el plano material —buscando por las calles, poniendo anuncios en los periódicos locales, ofreciendo una generosa recompensa a cambio de información, pegando fotografías ampliadas en paredes y autobuses—, ahora ya sólo tenía sentido moverse en el terreno de lo simbólico y lo misterioso para conjurar esas fuerzas desconocidas relacionadas con la probabilidad y que tan pronto distribuían los átomos para hacer que los objetos sólidos fuesen sólidos como desencadenaban los hechos físicos y, en definitiva, todos los destinos personales. ¿Y qué podía perder?

La juguetería ocupaba una planta en un almacén arreglado a tal fin y estaba montada como un supermercado. Tres espaciosos pasillos la recorrían de lado a lado bajo luces fluorescentes y junto a la puerta había una fila de cajas con carritos y cestas para la compra. El suelo estaba cubierto de goma negra esponjosa que exhalaba un olor deportivo y eficiente. En la pared había un cartel imitando un garabato infantil advirtiendo que los desperfectos debían ser abonados. De los altavoces colgados por detrás de las luces camufladas surgía una música adecuada para niños: un clarinete chillón, un pianoforte, un tambor. Era el cumpleaños de Kate. Como era lunes por la mañana y llovía con fuerza cuando llegó, la tienda estaba vacía. En la única caja abierta había una joven con los cabellos severamente cortados y un auricular negro, escribiendo en una agenda. Antes de pasar por la entrada, Stephen se detuvo para quitarse el impermeable y sacudir el paraguas.

La disposición era sencilla. Uno de los extremos de la tienda estaba dominado por el caqui de los trajes de combate, los vehículos de camuflaje y los ribetes plateados de naves espaciales fuertemente armadas; y el otro por los tonos pastel pálido de los vestidos infantiles y el blanco reluciente de los complementos para el hogar en miniatura. Con el impermeable húmedo doblado al brazo, Stephen recorrió de arriba abajo la tienda, desde la sección de matanzas a la de trabajos del hogar, y descubrió que lo más interesante estaba en el medio, donde la imitación del mundo adulto dejaba paso a la pura diversión: un gorila de cuerda que trepaba por el costado de un rascacielos para depositar una moneda, una máquina que lanzaba chorros de pintura, un almohadón que se pedorreaba, una masilla que enrojecía y crujía cuando la moldeaban o una pelota que botaba imprevisiblemente. Puso a prueba cada uno de ellos en las manos de una niña de seis años a la que conocía tan bien como a sí mismo. Era fantasiosa y soñadora, una amante de palabras de sonidos extraños, redactora de diarios secretos y acaparadora de objetos inexplicables. Sus primeras selecciones fueron seguras: un conjunto de rotuladores de colores y una caja de madera repleta de diminutos animales de granja. Ella prefería los juguetes blandos a las muñecas, y Stephen echó en su cesta un gato gris que parecía de verdad. A ella le g taba reírse y sentía debilidad por las bromas directas. Así que escogió el almohadón y una flor que escupía un chorro de agua. Con ambos podría atormentar a su madre. Se detuvo frente a los puzzles. No estaba loco, sabía cuál era la realidad. Sabía lo que hacía, era consciente de que ella había desaparecido. Lo tenía todo muy pensado y no se sentía decepcionado. Lo hacía para sí mismo, sin ilusiones. Así que prosiguió. A ella no le gustaba mucho lo abstracto, lo cual incluía el mundo de los puzzles. Su inteligencia crecía con el contacto humano y con las más cálidas complejidades de la fantasía y de la ficción. Le gustaba disfrazarse. Tomó un sombrero de bruja y volvió para cam-

147

biar el gato gris por uno negro. Ahora creyó haber encontrado el tema. Empezó a sacar cosas de las estanterías a toda velocidad. Escogió bolas mágicas que se convertían en flores en contacto con el agua, un libro de conjuros rimados y recetas para el caldero, una botella de tinta invisible, una copa de la que desaparecía el agua que se vertía en ella y un clavo que parecía traspasar la cabeza de quien lo lucía.

Se estaba adentrando en la sección de niños. Sin duda, era una criatura graciosa, pero se encontraba perdida frente a una pelota y aún no había aprendido a chutar. Tomó de la estantería un cilindro de plástico con pelotas de tenis. Pasó los dedos por un bate de criquet, bien adaptado para la talla de un niño y de auténtico sauce. ¿Transgrediría demasiado las reglas? Lo cogió de todas formas, porque le pareció útil para la playa. Ahora se había internado mucho en la sección de niños y pasaba junto a escopetas, cuchillos, lanzallamas, rayos mortíferos y esposas de juguete, hasta que finalmente dio con él —fue un reconocimiento instantáneo—, el regalo de Kate. Se trataba de un walkie-talkie de pilas, con dos canales, frecuencia modulada y onda corta. En la caja, un niño y una niña se comunicaban alegremente entre unas montañas que parecían la luna. De las antenas de sus aparatos surgían blancos arcos de luz, una representación de las ondas de radio y de la emoción.

Tomó la caja de una pila de unas cincuenta. No quedaba sitio para ella en la cesta. Mientras se dirigía a la caja sintió impaciencia por llegar a casa con sus regalos para sacarlos y enumerar una vez más la razón de cada uno. Habría sido todavía mejor que Julie hubiese podido escogerlos con él, porque aportaría sus propias ideas hasta completar un abanico de posibilidades más rico, una oferta mejor para el destino... Pero no ignoraba la realidad, pensó al tiempo de entregar una suma de dinero sorprendentemente elevada. Sabía que Julie estaría en su húmeda casita con las partituras, con sus cuadernos y sus afilados lápices, y que él cada vez estaba más alejado de su vida. En sus prisas se olvidó el paraguas en la entrada, pero sus ciegos impulsos se confirmaron cuando cesó de llover mientras cruzaba el vacío aparcamiento que había frente a la tienda.

En casa, lo último que desempaquetó fue el walkie-talkie. Mientras ponía las pilas cayó en su mano un rectángulo de papel. El máximo radio de acción, decía, cumple la legislación oficial. Colocó uno de los aparatos en el suelo, al extremo del largo pasillo, muy cerca de la entrada. Dio varios pasos hacia atrás, se llevó el otro aparato a la boca y apretó el botón de transmisión. Tenía intención de decir uno, dos, tres, pero como no había nadie que pudiera juzgarle, pues sabía exactamente lo que hacía y no estaba loco, se puso a cantar *Cumpleaños feliz* con una cascada voz de barítono mientras retrocedía por el pasillo. Lo que oía al otro lado era una burda representación de su voz, débil y chasqueante, con susurrantes consonantes y vocales ahogadas. Podía en efecto ser una emisión desde la Luna. Pero funcionaba y podía ser divertido. Cuando se encontraba a una docena de pasos de distancia y en la penúltima frase de la canción, la transmisión cesó. Dio un paso adelante y la transmisión se reanudó, así que se quedó allí, justo en el límite, hasta acabar la última frase. Era una máquina que estimulaba la proximidad. Estaba dentro del plan.

A primeras horas de la tarde, mientras estaba envolviendo los regalos, su entusiasmo empezó a desaparecer y sintió el primer ataque de incongruencia. Estaba silbando y se detuvo bruscamente con un largo cuchillo embadurnado de sangre falsa en la mano. El sentido de todo aquello escapaba a toda velocidad. No quiso dejar los regalos sin envolver. Se apresuró, pero con menos cuidado. La cola del gato negro sobresalía del papel traicionando su contenido. Fue a la cocina por una nueva botella de scotch y regresó al cuarto de estar. Más de quince paquetes mal envueltos en papel rojo yacían esparcidos por el suelo. Lo que más le acongojó fue la cantidad. Su intención había sido comprar un regalo, un solo objeto con el que protestar por su ausencia, afirmar su propio sentido lúdico y chantajear al destino. Ahora esa pila era una burla a su estupidez. Era una abundancia patética. Amontonó los paquetes sobre la mesa para que pareciesen menos.

149

Se encontró a sí mismo en su lugar habitual, junto a la ventana abierta. Lo lógico, en el cumpleaños de Kate, era visitar a Julie. De paso podría acercarse hasta La Campana, a ver si pasaba algo. Para mantenerse ocupado se pasó un cuarto de hora al teléfono comprobando horarios de trenes, se cambió de zapatos y cerró con llave la puerta trasera. Se metió un cuaderno y un bolígrafo en el bolsillo. Entonces regresó a la ventana. Tráfico, llovizna uniforme, gente aguardando pacientemente en el paso de cebra: resultaba sorprendente que pudiese haber tanto movimiento y tantos propósitos continuos. El no tenía ninguno. Sabía que no iba a ir. Sintió que el aire se le escapaba lentamente, sin un sonido, y que se le encogían el pecho y el espinazo. Casi tres años y seguía enganchado, seguía atrapado en la oscuridad, envuelto en su pérdida, configurado por ésta, perdido para las corrientes normales de sentimientos que se movían muy por encima de él y que pertenecían a otra gente. Rememoró a la niña de tres años, sus suaves caricias, cómo se amoldaba cómodamente a él, la pureza solemne de su voz, el rojo húmedo de su lengua y labios, el blanco de sus dientes y su confianza incondicional. Cada vez le resultaba más difícil recordarla. Ella se desvanecía y mientras su inútil amor le henchía, le abotargaba y le desfiguraba como si padeciese bocio. Pensó: Te quiero. Quiero que vuelvas. Quiero que te traigan ahora. No quiero nada más. Todo cuanto quiero es que vuelvas. Las frases se convirtieron en un conjuro cuyo ritmo se fue acelerando hasta convertirse en un latido, en un dolor físico, hasta que todo cuanto le precedía quedó sumido en una sola palabra: duele. Encorvado sobre el cristal vacío de la ventana, Stephen dejó que sus pensamientos se marchitasen en esa palabra.

Permaneció inmóvil, ajeno al paso del tiempo. Por un momento dejó de llover y luego empezó de nuevo una lluvia más fuerte. Finalmente oyó en otro apartamento el repicar de un reloj que daba las dos, lo cual le recordó algo que no quería perderse. Se apartó de la ventana, esquivando con la mirada el montón sobre la mesa, y encendió el televisor. De forma intermitente, antes que la visión llegó el sonido, el enérgico susurro de la voz de un conocido presentador. Se echó hacia atrás y alcanzó la botella.

Durante ese tiempo inerte, amigos que regresaban de las vacaciones por el extranjero telefonearon para saber cómo estaba Stephen y si le gustaría comer o cenar con ellos. Él solía permanecer junto al teléfono en pijama y se esforzaba por parecer totalmente despierto y amistoso, pero firme. Había empezado un libro, algo que significaba una ruptura con su anterior trayectoria y trabajaba día y noche decidido a no romper el ritmo. Contó esa mentira media docena de veces en quince días y acabó dándole una forma tan convincente que empezó a desear que fuera cierto. Sentirse obligado a un mínimo de palabras diarias, pasar las tardes a la luz de la lámpara garrapateando las hojas con tinta negra, pasarlas a limpio y, al día siguiente, insistir en la clave de algo conocido sólo a medias: casi se lo creía él mismo mientras se excusaba por teléfono. Pero era consciente de carecer de la energía y el optimismo esencial que hacía posible el esfuerzo de escribir. En cuanto a las ideas, la sola palabra le agotaba. Sus amigos se mostraban comprensivos y, cosa de agradecer, se alegraban por él, y eso le hacía avergonzarse un poco de su ficción y tratar de acabar la conversación lo más pronto posible. Lo cual se interpretaba como una necesidad de volver a su trabajo. Cuando regresaba al sofá, a la botella y a la televisión, podía estar distraído durante una hora o dos, incapaz de concentrarse.

Sin embargo, hubo una llamada diferente. Una voz que articulaba cautelosamente preguntó si hablaba con Stephen Lewis, y a continuación se presentó con un cargo tan complicado que sólo se entendieron las palabras clave: subsecretario, gobierno, departamento, protocolo. Cada tres meses, explicó el subsecretario, el primer ministro celebraba un almuerzo en Downing Street con unas pocas personas, no políticos, que destacasen en sus respectivos campos. Tales encuentros eran informales e íntimos, y no muy conocidos. Todo cuanto se comentaba allí debía considerarse *off the record*. Los periodistas no solían asistir. Los hombres debían vestir traje y corbata, pero sin estridencias. No se admitían zapatos de puntera metálica. Se podía fumar después de la comida, pero no antes. Los invitados, que sólo eran cuatro en cada ocasión, debían presentarse una hora antes de la comida en la Oficina del Gobierno en Whitehall, y darse a conocer en recepción. Tenían que mostrarse comprensivos y pacientes mientras permitían que les registrasen dos miembros de su propio sexo. Los equipos de grabación y filmación serían confiscados y destruidos. Objetos personales, tales como tijeras de uñas y limas, peines de metal, plumas metálicas, fundas de gafas y monedas sueltas serían retenidos y devueltos más tarde. Los invitados debían presentar en la recepción dos fotografías recientes tamaño carnet y en color firmadas al dorso. Una de ellas era para la tarjeta de seguridad que debía llevarse colgada de la solapa izquierda durante el almuerzo. La segunda fotografía era para el archivo y no se devolvería. Los almuerzos eran distendidos y no existía una lista de temas de conversación, pero por lo general se trataban temas amplios y de interés mutuo. Sin embargo, se esperaba que los temas siguientes no se plantearían, toda vez que el primer ministro ya los comentaba lo suficientemente en el Parlamento y en diversos discursos e intervenciones radiofónicas: defensa, desempleo, religión, la conducta privada de cualquiera de los ministros del gobierno o la fecha de las próximas elecciones generales. El almuerzo empezaría a la una y acabaría diez minutos después de servirse el café.

El subsecretario hizo una pausa. Stephen había estado preparando una excusa acerca de la obra recién empezada y del nuevo campo que él creía estar descubriendo, etcétera. Pero a medida que las limitaciones al acontecimiento proliferaban, su interés también fue incrementando perversamente.

—Deduzco que está usted invitándome —dijo finalmente.

—Bueno, no exactamente. Le llamo para saber cuál sería su actitud si, y sólo digo si, usted recibiera una invitación.

Stephen suspiró. Desde el cuarto de estar le llegaron risas y una fuerte ovación. Una pareja joven y particularmente indefensa estaba metida en cabinas separadas e insonorizadas y debían exponer las rarezas sexuales del otro. Se llevó el teléfono hacia la otra habitación pero justamente el día anterior había cambiado de sitio la televisión y le quedaba fuera del alcance de la vista.

El subsecretario no pareció conmovido por la timidez de Stephen y explicó, como si se dirigiese a un niño:

—Al primer ministro no le gusta que le rechacen y parte de mi trabajo consiste en asegurarme de que eso no ocurra. Sólo se envían invitaciones a aquellos que las van a aceptar. Sin embargo, no debe interpretar esta conversación como una invitación. Sólo quería saber cuál sería su actitud en caso de que recibiera una.

—Iría —dijo Stephen a tiempo que alcanzaba a ver una esquina de la pantalla más allá de la jamba de la puerta. La pareja había salido de las cabinas. El hombre sollozaba cubriéndose el rostro con las manos y quería salir del plato. Pero el presentador lo tenía firmemente sujeto por el codo.

—Quiere usted decirme que vendría si recibe una invitación.

—Exacto.

—En ese caso, puede que le enviemos una invitación, pero también puede que no —dijo el subsecretario antes de colgar. Stephen corrió al cuarto de estar.

Fue un placer que llegara finalmente la segunda quincena de octubre para poder reanudar el ruidoso paseo hasta Whitehall con el cuello subido y el paraguas asido bien alto. El aire era agradable y limpio de polvo, la multitud de la hora punta avanzaba rápida y decidida. El año corría a su fin más aprisa que nunca, después de haberse saltado una estación, y había un sentido anticipado de volver a empezar desde cero. Stephen caminaba aprisa, bajándose de la calzada cuando necesitaba adelantar. Tener un destino, un lugar donde te esperaban, un fragmento de identidad, era un auténtico alivio tras un mes de concursos televisivos y scotch. Mostrar el pase al guarda taciturno y habitual, atravesar el vestíbulo de mármol junto a gente bien vestida y con aires de importancia, adentrarse profundamente en el edificio sabiendo sin necesidad de pararse a pensarlo qué escaleras y pasillos debía tomar, llegar a la sala adecuada y charlar de trivialidades con colegas, beber café en vasos de plástico que llevaban el anagrama del ministerio y que se compraban en una máquina del pasillo de las que vierten sopa de cebolla por el mismo grifo: esas pequeñas repeticiones eran las que hacían a la gente conservar sus trabajos, por aburridos que fueran, y las que obligaban a Stephen a hacer todo lo posible para no ponerse a cantar.

En lugar de ello jugueteó con las llaves de casa en el bolsillo. Allí estaba Emma Carew, que se reía con todo cuanto él decía y cuyos tendones del cuello parecían a punto de estallar de alegría, y el coronel Tackle, que le dio a Stephen un viril apretón de manos para luego hablar del cultivo del tomate en un verano sin lluvias. Hermione Sleep, que llevaba un pañuelo de seda en torno a la cabeza y que todavía recordaba la entrevista de Stephen con el primer ministro, le tanteó de cara a una cena. Recibió una mirada inquisitiva por parte de Rachael Murray, que permanecía al otro lado de la estancia, muy lejos de las conversaciones. Todos se habían intercambiado los teléfonos al acabar la última reunión, pero ninguno había llamado. En plena felicidad, Stephen lo lamentó y decidió salir con ella. Cerca de las altas ventanas los tres académicos y algunos otros habían iniciado un ruidoso seminario privado. Entonces llegó lord Parmenter con un terno gris en cuya solapa lucía una diminuta rosa roja. Como si se reservara un momento para una oración privada, permaneció junto a la puerta con la cabeza inclinada, esplendorosamente bronceada. Sólo entonces gargarizó una orden general.

Hubo algunas formalidades iniciales. Al fin, Canham se aclaró sonoramente la garganta y se puso en pie para leer unas propuestas de borrador para el informe final, a lo cual siguieron veinte minutos de opaco y laberíntico disentimiento, hasta que intervino Parmenter. Esos asuntos podrían discutirse después porque ahora había que seguir tomando declaraciones y no debían hacer esperar a los invitados. Así que el comité escuchó nuevas declaraciones —las obtusas explicaciones de dos expertos— y Stephen se entregó una vez más al lujo de la ensoñación estructurada.

La desintegración del matrimonio moderno era el tema de docenas de novelas que él había leído en los últimos veinte años, de películas que no lograba recordar, de cotilleos fáciles y de vivos debates entre amigos afectados; él había bebido con los protagonistas, o les había tendido una mano mientras les escuchaba, o les había ofrecido una habitación. En una ocasión, cuando apenas si tendría veinte años, se había comprometido hasta el punto de entrar en la casa del esposo de su amante para robar, o recuperar, la lavadora: un alocado gesto de devoción. Había medio leído largos artículos en revistas y periódicos; el matrimonio era una institución moribunda porque se divorciaba más gente que nunca, o boyante porque muchísima gente se casaba varias veces; además, se exigía mucho más de él y la gente trataba de hacer las cosas bien. Ahora que Stephen se había sumado a la multitud, esperaba que con tanta lectura, tanta charla y tanto escuchar llegaría a ser un experto, como todo el mundo. Pero era como pretender escribir desde cero un libro que ya estuviese escrito. El campo estaba tan bien preparado y plantado con mitos y clichés, y la tradición estaba tan firmemente asentada, que él ya no podía pensar claramente acerca de su propia situación, de la misma forma que un pintor medieval no podía, sólo con la reflexión, inventar la perspectiva.

Por ejemplo, él dirigía mentalmente largos y elocuentes discursos a Julie, que al correr de los meses revisaba y prolongaba. Estaban fundados en la poco provechosa idea de una verdad final, una visión irrefutable que alcanzaba la categoría de veredicto, cuya claridad y evidencia —sólo con que ella las escuchase— por fuerza tendrían que convencer a Julie de que su entendimiento de la situación de ambos, y su comportamiento en respuesta a ello, eran profundamente defectuosos. Al parecer él había tomado ese hábito mental tras pasar tanto tiempo escuchando las protestas de las partes ofendidas. En cualquier otro asunto aceptaba con resignación el hecho de que la gente entendía las cosas de forma directamente relacionada con su personalidad, su formación y lo que deseaban; los trucos retóricos no podían transformarlos.

Había asimismo papeles preestablecidos que él podía adoptar por ambos, muchos de ellos contradictorios y excluyentes. Había veces, por ejemplo, en que creía que el problema de Julie era la debilidad: sencillamente, no tenía la fuerza de carácter para asumir un momento difícil con él. En este caso, ya le parecía bien que se hubiera ido. Había sufrido una prueba y fracasó. Pero no bastaba; quería decir a su esposa que era débil; más aún, él quería que ella lo supiera a su manera. De lo contrario seguiría comportándose como si fuese fuerte. Y había otras veces, cuando su ánimo andaba decaído, en que se consideraba a sí mismo una víctima inocente... no le gustaba utilizar aquí la palabra débil. Además le desagradaba la forma en que su propia vida se había encogido hasta la nada, mientras que la de ella seguía tan ricamente autosuficiente. Esto se debía a que ella le había utilizado, le había robado. Él había salido a la calle a buscar a su hija mientras ella permanecía en casa. Cuando no logró encontrarla, Julie le había echado la culpa a él, y se había marchado con la cabeza repleta de ideas acerca de la forma correcta de asumir el duelo. ¡La forma correcta! ¿Quién era ella para fijar las reglas del juego? De haber encontrado a Kate, nadie habría puesto sus métodos en duda, aunque Julie seguramente encontraría la forma de reclamar parte del mérito. «Gracias a mi inactividad —le parecía oírla— te obligué a llevar a cabo esfuerzos extenuantes.»

Esto estaba cerca de otro tema bien preparado, el argumento de la malicia. Julie había estado esperando una excusa para dejar el matrimonio, aunque su cobardía moral había sido demasiado grande para hacerlo sobre la base de sus propios agravios. Había utilizado la desaparición de Kate para llevar a cabo la suya. O, de forma más compleja, le quería fuera de su vida, Kate estaba viviendo con ella en secreto y el rapto en el supermercado había sido cuidadosa y cínicamente preparado, probablemente con ayuda de algún antiguo amante. O de uno nuevo. Aunque no creía una palabra de todo eso, pensarlo le proporcionaba una especie de placer autodestructivo y sentimental, y le ayudaba a acumular rabia para desarrollar uno de sus discursos preparados, uno de los veredictos finales que, y esto se haría súbitamente evidente, necesitaba un ajuste, palabras más fuertes y verdades más vigorosas

No podía contar con el apoyo de las leyendas y la simbología, las grandes y envolventes tradiciones de la ruptura matrimonial, porque, al igual que muchos antes que él, creía que su propio caso era único. Sus dificultades no surgían del interior, como les pasaba a otros, ni tenían su origen en algo tan banal como el aburrimiento sexual o las presiones económicas. Se había dado una intervención malévola y —él seguía regresando a ello— Julie se había ido. El seguía allí, en el mismo piso de siempre, y Julie se había ido.

Mucho más tarde habría de caer en la cuenta de que en realidad él nunca reflexionaba acerca de su situación, porque la reflexión implicaba algo activo y controlado; en lugar de ello, imágenes y argumentos desfilaban frente a él como una multitud burlona, maliciosa, paranoica, contradictoria y autocompasiva. Carecía de claridad y perspectiva y nunca buscaba una forma de ir más allá. No había objetivo en su divagación. Era la víctima y no el progenitor de sus pensamientos. Era más fácilmente anegado por ellos cuando les ofrecía una copa, o cuando estaba cansado, o al despertar de un sueño profundo. Había veces que le dejaban en paz durante días enteros, y cuando regresaban él se saturaba demasiado pronto para proponer una sencilla cuestión: ¿Cuánto vale esta preocupación? Cualquier borracho de bar podría haberle dicho a Stephen que seguía enamorado de su esposa, pero él era demasiado inteligente para eso y estaba demasiado enamorado de sus pensamientos.

Mientras un hombre de fino bigotillo a cepillo explicaba por qué los libros infantiles no debían ser ilustrados, Stephen contempló su propio regazo y se evadió. A cierto nivel, el deseo vigorizaba sus pensamientos, pero raras veces era ése un elemento consciente. Cuando recordaba su última visita a casa de Julie, lo único que recordaba era la bochornosa incomodidad final y la sensación de que ya lo habían puesto todo en juego. No se detenía en la intimidad y el placer, porque éstos no se correspondían con el caos autoprotector de sus preocupaciones. Pero puesto que era más feliz, aunque superficialmente, y puesto que se había producido una chispa de tensión —el más breve de los instantes— en la mirada que había intercambiado con Rachael Murray, hoy estaba predispuesto a corrientes más suaves de vagos anhelos y remordimientos. Oía la voz de Julie, no diciendo palabras y frases, sino su voz en abstracto, su tono, que era bajo, sus ritmos, la melodía de las frases. Cuando se volvía insistente o excitada, rompía el registro de forma dulce. Trató de hacer que esa voz le dijera algo, pero ninguna palabra sonaba como las suyas. Entonces fue aún más íntimo, porque no había palabras y era la mas pura expresión de su ser. Murmuraba y él lo oía como a través de una gruesa pared. El tono no era amoroso ni agresivo. Era Julie en su estado de ánimo especulativo, describiendo el camino que deberían tomar, algo que podrían hacer juntos. ¿Unas vacaciones, una nueva decoración para una habitación o un proyecto más ambicioso?

Se esforzó en oírla. La vio en su postura característica, sobre una butaca, con un pie en el suelo, la rodilla opuesta levantada para aguantar el peso de los brazos cruzados, que a su vez le aguantaban la barbilla. Ella proponía una tarea difícil. Parecía excitarse mientras planteaba la propuesta, pero su voz era uniforme y nítida. Ahora la hizo ponerse con las piernas plegadas debajo del cuerpo y las manos cruzadas sobre el vientre. Ella le miraba silenciosa y alegremente misteriosa. Llevaba unos viejos pantalones de pana remendados y una camisa suelta con solapas ondulantes y muchos pliegues. Era regordeta y confortable. La estaba recordando embarazada. Pensó en sus nalgas y en la suavidad de sus concavidades. Vio sus propias manos descansar allí y de pronto, inesperadamente, los pensamientos se desviaron y se encontró recordando a sus dos hermanos, ambos médicos, obsesionados con sus trabajos y sus familias numerosas. Después llegó el pequeño ejército de sobrinos y sobrinas, y los pequeños regalos que Julie y él les compraban en Navidad; luego vio a su severa y canosa suegra, que trabajaba en obras de caridad y tenía un pisito repleto de fotografías y recuerdos: viejos juguetes, muñecas rotas, colecciones de minerales, sellos y plumas, y en gruesos álbumes numerados por años, una fotografía de Julie con la banda de Alicia, y mostrando un conejo al que abrazaba apasionadamente, o de Julie con un pie en el hombro de cada hermano. Y del padre de Julie, muerto cuando sus hijos eran adolescentes, pero vivo en la mitología familiar y por el que Julie y su madre todavía lloraban ocasionalmente.

Un inventario ampliaba hacia atrás los más remotos límites de la familia de Julie: un tío arquitecto que había estado en la cárcel, las amigas de Julie, sus ex amantes –uno de los cuales le caía muy bien a él–, su trabajo, la familia francesa que la había adoptado cuando era una adolescente y que todavía la invitaba a su sombrío castillo; y más adentro, la almohadilla perfumada que guardaba en el cajón de los suéteres, su gusto por la ropa interior exótica y por los calcetines de lana de colores, las callosidades en sus talones y la piedra pómez que utilizaba, el fruncido circular en su mano debido a una antigua mordedura de perro, el café sin azúcar, el té con miel, su aversión por la remolacha, las huevas de pez, los cigarrillos y los seriales radiofónicos... Lo que más lamentaba era la inutilidad de todo este conocimiento. Había llegado a ser experto en un tema que ya no existía y sus conocimientos eran inútiles.

Miró a Rachael Murray a través de la mesa. Con una mano se pellizcaba la frente con el índice y el pulgar, y con la otra tomaba notas. De vez en cuando se apartaba el pelo de los ojos con un movimiento brusco e irritado. Oyó que se dirigían a él en el tono grandilocuente que adoptaban los titulares de periódicos cuando hablaban del declinar de la nación, una arenga vanidosa que había resonado durante toda su vida adulta. Todavía no se había encontrado un nuevo lugar en el mundo, el reto del futuro sería el dominio de nuevas formas de especialización, las viejas técnicas debían reemplazarse por otras nuevas, pues la alternativa era el paro perpetuo. ¿Estaba listo para esa tarea? Involuntariamente, denegó con la cabeza.

Vio su mano en el muslo de Julie justo antes de que ella se levantase de la cama y cruzase desnuda la habitación. Las tablas peladas crujían. Hacía frío y se veía su aliento mientras abría un cajón y sacaba una camisa. Ella permanecía al pie de la cama, mirándole mientras se ponía los zapatos. Se puso una gruesa falda de invierno por la cabeza y a tiempo de abrochársela a la cintura le dedicó una media sonrisa y dijo algo. Parecía importante.

Una tibia mañana, poco antes de Navidad, Stephen examinó en paños menores la colección de trajes en su armario, y con ánimo de desafío político —o infantil— elegió el más usado y sucio. De la chaqueta colgaban hilachas negras donde debería haber un botón y había una pequeña quemadura, un agujero nítido y ribeteado de marrón un poco por encima de la rodilla. Escogió una camisa blanca que desde hacía tres años tenía en la pechera una mancha de boloñesa en forma de hoz y desvaída. El abrigo, que era caro y relativamente nuevo, rompía el efecto, pero podía quitárselo al llegar. Se sentó en la cocina a beberse un café y a leer el periódico hasta que sonó el timbre de la puerta. Bajó y encontró a un chófer uniformado, pálido y rechoncho, mirando en torno a sí con disgusto.

—¿Esta es su casa? —preguntó el hombre, incrédulo. Stephen no respondió y ambos se pusieron en camino por el barro y sortearon los charcos llenos de basura hacia donde estaba aparcado el coche, con las cuatro ruedas sobre la acera y los cuatro intermitentes puestos. Era del mismo modelo baqueteado que iba a Eaton Square en busca de Charles.

160

Como venganza, Stephen le dijo por encima del techo al chófer, que hurgaba con las llaves:

—¿Este es el coche?

Subió al asiento delantero. Dado su grueso abrigo y la envergadura del otro, iban muy estrechos y se rozaban con los hombros.

El chófer resopló pesadamente cuando se inclinó en busca del contacto. Ahora su tono era casi de excusa.

—Todo está asignado, ¿sabe? Yo no tengo la culpa. Un día es un Rolls, otro un cacharro como éste. —El motor arrancó y añadió—: Todo depende de quién vayas a recoger, ¿comprende?

Se metieron en el flujo de tráfico, que se movía un poco más de prisa que si fueran paseando. Un chorro de aire muy caliente chocaba contra la pierna izquierda de Stephen esparciendo un cúmulo de olores. Se inclinó hacia adelante en el angosto espacio y estiró y empujó los controles de ventilación que se deslizaron hacia atrás y adelante libremente, ya que no estaban conectados a nada. «¡Bah!», dijo el chófer, sacudiendo la cabeza. Stephen bajó la ventanilla de su lado. Pero ahora el tráfico se había detenido del todo y la temperatura en el coche iba subiendo regularmente. Mientras Stephen gruñía tratando de quitarse el abrigo, el chófer se embarcó en una explicación relativa a clavijas rotas, tuercas perdidas y barras de interconexión, y para cuando su interlocutor, irritable y acalorado, arrojó el abrigo por encima del hombro sobre el asiento trasero, la explicación se había ampliado hasta abarcar las deficiencias en la gestión del parque automovilístico, las horas extra obligatorias y la explotación de algunos chóferes como él, que no falsificaban los recibos de gasolina, ni reclamaban viajes no realizados, ni vendían a los periódicos lo primero que oían.

Stephen acabó de bajar la ventanilla y se inclinó hacia el exterior apoyando ambos codos en el reborde. El chófer empezaba a suavizar su monólogo.

—Pongamos el caso de un tal Symes —dijo, y tamborileó sobre el volante con los dedos extendidos.

El tráfico volvía a moverse. Avanzaron lentamente entre semáforos hasta que en el punto de unión de dos ríos de automóviles se detuvieron otra vez. Estaban haciendo el recorrido matutino de Stephen hacia Whitehall. Debería haber ido andando. Avanzaron un poco más y llegaron a la altura de la escuela local de enseñanza primaria y secundaria.

—¿Sabe usted cuándo fue la última vez que llevó un coche? Intente adivinarlo.

Dado que llevaba la cabeza medio fuera de la ventanilla, la mitad de su rostro quedaba invisible, pero al grueso chófer no le importaba. Era la hora del recreo matutino y el patio se llenó a rebosar. Circularon a lo largo de un partido de fútbol con aproximadamente veinticinco por bando. Los de siete y ocho años jugaban con violenta rivalidad. Los movimientos continuos barrían un lado del asfalto y luego el otro, se disputaban en el aire los balones altos mientras resonaban apellidos y obscenidades gritadas en voz de falsete agudo, los centrocampistas servían a los delanteros y luego retrocedían.

—Mil novecientos ochenta y cinco. Como lo oye. No ha vuelto a hacer un viaje desde entonces. En el ochenta y cinco. ¿Y sabe usted a quién llevó entonces, porque ésa es la cuestión?

—No —dijo Stephen, sintiendo el aire más frío. En la puerta frente a la que se habían detenido se veía un grupo de chiquillas saltando a la comba al ritmo de una canción por encima de las cabezas de dos niñas, quienes bailaban en el interior con rápidos movimientos laterales, levantando los pies lo más tarde posible y el mínimo indispensable para dejar pasar la cuerda. A ellas se unió una tercera, luego una cuarta y el cántico se hizo más insistente, hasta que la cuerda se enredó y se produjo un lamento de bienintencionada decepción. Entre esos dos bulliciosos grupos —el de futbolistas y el de saltadoras— se veían figuras solitarias, una niña trazando una raya con la puntera de su zapato, y un poco más allá, un chico pelirrojo con algo que se movía en el interior de una bolsa de papel marrón.

—Al ministro de Asuntos Exteriores —concluyó el chófer—.

Nada menos. Y ni siquiera es de nuestro departamento. Symes tuvo un encargo especial. Y eso que en Exteriores tienen casi tantos conductores como nosotros.

Se habían detenido justo a la entrada de la escuela. Entre las niñas estalló una discusión. Era algo relativo a qué pareja debía hacer girar la cuerda, se la habían arrancado de las manos a una niña. Finalmente, su compañera del extremo opuesto dejó el puesto para ir a consolarla. Las reemplazaron dos niñas mayores.

–¿Y sabe usted adónde le llevó? Le juro por Dios que es la verdad. –Stephen denegó con la cabeza–. A un burdel cerca del aeropuerto de Northolt. Es un lugar para diplomáticos.

–¿De verdad?

La cuerda volteaba de nuevo y el cántico se reiniciaba. Se había formado una cola impaciente y la niña que estaba la primera fue empujada hacia adelante. Se situó justo a pocos centímetros del punto en que la cuerda golpeaba contra el suelo, agitando la cabeza al ritmo de la canción y siguiéndola con los pies. Las niñas cantaban al unísono, pero había algunas fuera de tono y los gallos ofendían el oído. La acentuación se enfatizaba con rudeza en cada descenso. «Papi, papi, me voy a morir, llama al médico y que me cure a mí.»

–Puede imaginárselo. Ocurrió algo. A cambio de un favor, quizás algo que no se sabe, una palabra al jefe del parque móvil, y Symes no vuelve a trabajar ni un solo día más. Con la paga entera. Vitalicia.

Stephen contempló a la niña que aguardaba. Esta sujetó el dobladillo de la falda, esbozó una finta y se metió saltando como un bailarín de las Highlands mientras se preparaba la niña siguiente. «Doctor, ¿me voy a morir? Sí, hijita, lo mismo que yo. ¿Cuántos coches tendré? Uno, dos, tres, cuatro...» Las dos permanecían cara a cara mientras saltaban. Y se palmeaban las manos, izquierda y derecha, derecha y derecha, las dos a la vez, ahora derecha e izquierda... La primera niña miraba en dirección contraria a Stephen. Este contemplaba la línea imprecisa de sus hombros en movimiento, la inclinación de su cabeza y las pálidas concavidades de sus rodillas. En el momento en que el canto saltarín llegó al final, las dos saltaron más alto, giraron en el aire y cayeron espalda contra espalda. El rostro de la primera saltadora quedó oculto por el tumulto de niñas cantando que se cerró en torno suyo. Stephen estaba medio incorporado en el asiento en su esfuerzo por ver. Por delante, el tráfico empezaba a moverse. Avanzaron unos diez metros antes de pararse, y de repente se despejó el campo de visión. Había cinco niñas en la cuerda, una línea compacta que subía y bajaba al ritmo de la canción. La primera niña estaba más cerca de Stephen. El espeso flequillo se le agitaba contra la blanca frente, tenía la barbilla levantada y un aspecto soñador. Estaba mirando a su hija. Sacudió la cabeza y abrió la boca sin emitir sonido alguno. Ella estaba a unos quince metros, inconfundible. El chófer despertó de sus reflexiones sobre la injusticia y movió la palanca de cambio hacia adelante.

Se movían de nuevo, adquiriendo velocidad. Stephen se giró en el asiento para mirar por la ventanilla trasera. La cuerda había vuelto a engancharse y había un gran revuelo alrededor que dificultaba la visión de los rostros. Perdió de vista a Kate, pero luego volvió a verla cuando se agachó para recoger algo del suelo.

–¡Pare el coche! –susurró, y tras aclararse la garganta repitió en tono más alto–: ¡Pare el coche!

Circulaban uniformemente a unos cincuenta kilómetros por hora. Delante de ellos el semáforo estaba verde, y la corriente de aire frío contra la sequedad de la calefacción estaba refrescando al chófer, generando en él un vivo optimismo.

–Pero no es tan malo, depués de todo. En realidad eres tu propio jefe. Y depende de ti lo que puedas conseguir con ello.

La escuela estaba ya a medio kilómetro de distancia.

–¡Pare el coche!

–¿Qué ocurre?

–¡Haga lo que le digo!

–¿Con todos ésos detrás?

Stephen giró el volante, y mientras el coche se vencía hacia la izquierda, el chófer no tuvo más remedio que frenar bruscamente. Avanzando a menos de diez kilómetros por hora, rascaron el costado de una furgoneta aparcada. Detrás de ellos se elevó un coro de bocinazos.

—Mire lo que ha hecho —gimió el chofer, pero Stephen estaba ya en la acera y corría.

Para cuando llegó, el patio estaba desierto. El aspecto de haber sido evacuado de cuerpos y clamores sólo un momento antes hacía más completa su desolación y los confines vallados más remotos. Un calor residual sobrenadaba en el asfalto. Los edificios de la escuela eran de estilo victoriano tardío, con ventanas alargadas y empinados tejados embreados y con muchos ángulos. De esos edificios surgía no tanto un sonido como una emanación de niños confinados en clases. Stephen permaneció inmóvil en la puerta, con todos los sentidos alerta. El tiempo mismo poseía una cualidad cerrada y prohibida; estaba experimentando el placer de la transgresión, el elevado significado que implicaba estar fuera de clase cuando no tocaba. Del otro lado del patio se aproximaba un hombre con un cubo de zinc, así que Stephen se dirigió decidido hacia una puerta de color rojo y la abrió. No tenía ningún plan en particular, pero estaba claro que si su hija estaba allí resultaría fácil dar con ella. No sentía excitación alguna, sólo una pacífica resolución.

Se detuvo junto a una manguera de incendios enrollada sobre un tambor rojo y situada en el arranque de un pasillo que acababa una veintena de metros más allá en unas puertas de vaivén. Le resultaba familiar debido a sus tiempos de escolar; el suelo era de baldosas rojas y las paredes de un tono crema para facilitar su limpieza. Echó a andar por el pasillo poco a poco. Podía registrar metódicamente el edificio entero, considerándolo no tanto una escuela como un conjunto de escondites. La primera puerta que daba sobre el pasillo estaba cerrada, la segunda pertenecía a un armario de escobas y la tercera a una sala de calderas en la que se veían tazas de té formando un cráter invertido. Las dos puertas siguientes estaban cerradas y a continuación venían las puertas de vaivén. Mientras las abría miró por encima del hombro y vio

165

entrar en el pasillo al hombre del cubo de zinc, que cerró a su espalda la puerta roja. Stephen desapareció a toda prisa.

Se encontró en una bien iluminada zona de recepción donde convergían otros dos pasillos, más anchos y sin puertas de vaivén. Había tiestos con flores sobre unas estanterías, y dibujos infantiles en las paredes. Un cartel que decía «Pagos e Información» colgaba de una puerta entreabierta. Más allá de ésta, alguien escribía lentamente a máquina. Olía a café y cigarrillos, y mientras pasaba frente a ella, tratando de no ser visto ni oído, una voz masculina exclamó: «¡Pero si los tritones no se han extinguido!», y una voz femenina murmuró en tono tranquilizador: «No, pero casi.»

Stephen prosiguió a lo largo de uno de los anchos pasillos, atraído por un golpeteo resonante y rítmico. A sus pies, las placas de linóleo estaban desgastadas hasta dejar al descubierto el cemento de debajo, formando una fisura que corría delante de él. Se detuvo ante una puerta provista de una ventana semicircular con cristales reforzados por una tela metálica. Escudriñó a través de ella, pero al no ver más que un suelo entarimado abrió la puerta y se encontró en un gimnasio en cuyo extremo opuesto una treintena de niños hacían cola en silencio para correr hacia un trampolín e impulsarse por encima de un potro de madera. Situado junto a una colchoneta de goma para recogerlos mientras caían, estaba un hombre mayor y de aspecto macizo, con las gafas colgadas al cuello por una cadena de plata. Cuando un niño saltaba del trampolín emitía un «¡Hop!» sincopado. Miró a Stephen sin interés, y éste se situó en el extremo opuesto del colchón para ver venir a los niños.

Los rostros en movimiento no tardaron en hacerse abstractos, pequeñas lunas y discos con un muestrario de expresiones que parecían de cómic: terror, indiferencia, determinación. Llevaba vista la mitad de la clase cuando cayó en la cuenta de cuál era la forma óptima del ejercicio. Se pretendía que los niños aterrizasen sobre la colchoneta con los pies juntos y perfectamente inmóviles, firmes durante uno o dos segundos antes de correr a reintegrarse en la cola. Y puesto que ninguno llegaba a conseguirlo, el maestro parecía haber optado por el mal menor: cada niño se ponía firmes, al modo militar, después de haber aterrizado sobre el colchón a trompicones. El maestro, que era una especie de director de circo, en ningún momento daba ánimos o instrucciones. Sus «¡Hop!» nunca cambiaban de tono. Y no parecía tener intención de hacer nada más, sobre todo porque no se veían más aparatos. Los niños corrían derechos desde el colchón hasta el final de la cola sin hablar ni tocarse. Resultaba difícil imaginar cómo se podría detener el proceso. Stephen se marchó cuando empezó a ver caras por segunda vez. Al recordarlo, todo el período de su búsqueda a través de la escuela transcurrió sobre un fondo de golpetazos contra el trampolín y los gritos regulares y ahogados del director de juegos.

Minutos más tarde estaba al fondo de una clase atestada, viendo a una maestra con aspecto de matrona dar en la pizarra los toques finales a su representación de una aldea medieval. Los caminos convergían para formar una zona triangular en torno a la cual se alzaban cabañas primitivas. Había una desproporcionada fuente comunal y a lo lejos, y dibujada con cierto cuidado, la casa señorial. Con un zumbido sordo, los niños empuñaron los lápices y empezaron sus propias versiones. La maestra indicó por señas a Stephen un puesto vacío situado hacia la mitad de la clase y desde allí, apretujado contra la mesa, repasó los rostros inclinados sobre los trabajos.

La maestra apareció a su lado y susurró exageradamente:

—Me encanta que pueda usted formar parte de la clase. Si no está seguro de algo no tiene más que levantar la mano y preguntar.

Solícitamente, extendió papeles frente a él y le ofreció un puñado de lápices. Stephen empezó a dibujar su pueblo. Recordaba esa distribución desde hacía treinta años. Era quizá la cuarta vez en su vida que representaba un pueblo medieval, y pudo trabajar con rapidez, aplicando a su fila de cabañas una perspectiva de la que nunca disfrutaron en los intentos previos, y dispuso en un

167

extremo del espacio abierto una fuente que no sobrepasaba la mitad de la altura de la cabaña más cercana. La casa señorial, que él imaginaba como mínimo a medio kilómetro de distancia, le dio más problemas y empezó a ir más despacio, de modo que levantó los ojos hasta la pizarra a fin de buscar soluciones arquitectónicas. Reproducir esas formas, sin embargo, significaba dibujar sin escala, y su dibujo empezó a adquirir los rasgos primitivos de todos sus anteriores intentos.

Mientras dibujaba miraba en torno a sí. Por fortuna todas las niñas estaban a un lado de la habitación, pero sólo alcanzaba a ver los rostros de las que estaban detrás de él o inmediatamente a su izquierda. Cuando se movía para mejorar su ángulo de visión, el pequeño pupitre de madera crujía sonoramente. La maestra dijo amenazadora, sin alzar la vista de su libro:

—Alguien está demasiado nervioso.

Stephen se agachó y continuó pintando. Se abrió la puerta y el hombre del cubo metió la cabeza, sonrió excusándose a la maestra, miró alrededor y desapareció. A la izquierda de Stephen había tres niñas morenas. Resultaba difícil verlas porque tenían los rostros muy pegados a las tareas. Se volvió a mirarlas, cuidando de no moverse demasiado deprisa en el asiento. La más cercana percibió su presencia e, inclinando la cabeza, le sonrió graciosa y furtivamente desde detrás del lápiz que mordía. Se produjo un movimiento al frente y el áspero chirrido de una silla. La maestra se dirigió a la clase en general:

—No hay necesidad de copiar del compañero. Lo tenéis todo en la pizarra.

Se puso a recorrer los pasillos con placentera autoridad, deteniéndose para murmurar algunas críticas o elogios. Estaba aproximadamente a cinco o seis metros a su espalda, pero a pesar de ello la nuca de Stephen registró su avance. Enderezó la hoja de papel en el pupitre y trató de mirar el dibujo con los ojos de la profesora. ¿Se quedaría impresionada por el detalle de su fuente, el espaciamiento irregular de las cabañas o la innovación del caballo que había situado junto a la casa señorial? Pudo oler su perfume poco antes de que llegase a su lado. Las uñas pintadas de su mano descansaron momentáneamente en la plaza de la aldea, y luego siguió adelante sin comentarios. La breve decepción le resultó familiar. Aprovechó que la tenía de espaldas para incorporarse y mirar los rostros de las niñas. En realidad, ahora había una relajación general, un removerse de jóvenes miembros forzados y un murmullo que fue ganando volumen. La maestra estaba en el extremo opuesto de la clase, absorta en el trabajo de un niño. Envalentonado, Stephen se dirigió rápidamente al frente de la clase. Las niñas no hacían caso de su minucioso escrutinio. El murmullo era ahora un alboroto que se aproximaba al nivel de una reunión social, pero nadie se había levantado. De momento, la maestra fingía que no oía nada.

Pero ahora se incorporó y pronunció con severidad la vieja fórmula:

—¿Le he dado permiso a alguien para hablar?

De inmediato se hizo un silencio resentido. Nadie tenía respuesta. Stephen permaneció en la parte delantera, cerca de la mesa de la maestra, y repasó los rostros por última vez.

La maestra le miró y dijo sin un ápice de humor:

—¿Acaso le he dicho que podía abandonar su asiento?

Se produjeron unas risitas al fondo. El tiempo que tardó Stephen en llegar hasta la puerta fue un momento de intenso placer; salir de la fantasía, dejar de enfrentarse a la autoridad de la maestra sólo con girarse y marcharse por su propio pie, seguro de su inmunidad... era su sueño de escolar, alimentado durante muchas horas muertas y realizado al fin con treinta años de retraso.

—Lamento haberla molestado —dijo civilizadamente desde la puerta, antes de salir al pasillo.

Con el retumbante resonar de zapatos contra una superficie dura y la energía contenida de la marea, Stephen vio venir hacia él una clase, o quizá dos, de niños que no se atrevían a correr, pero que tampoco lograban del todo caminar al paso. En parte corrían y en parte saltaban empujando por la espalda al compañero mientras avanzaban. Los rostros se estiraban hacia adelante

169

saboreando de antemano el placer. De algún lugar llegó una voz masculina que gritó con furia: «¡No corráis, he dicho que no corráis!» Llegaron en manada, tropezando, resbalando, dando codazos, y cuando alcanzaron a Stephen, que por razones propias mantuvo su posición en el centro del pasillo, se separaron y se unieron en torno a él como si fuese un simple obstáculo físico, una roca, un árbol, un adulto. Veía cabezas que se movían, en su mayoría de color castaño más o menos claro, y parejas apenas conscientes mientras se soltaban las manos para pasar a ambos lados. Exhalaban un olor cálido y nada desagradable. Cada niño producía un aflautado monólogo, porque allí no parecía haber oyentes. Por más cerca que pasasen de él, no llegaba a captar una sola frase inteligible en su cháchara. Había niños que miraban hacia arriba, como haría alguien al pasar bajo un arco de escaso interés arquitectónico, y había destellos hacia lo alto, tanto más vívidos debido a la oscuridad del cabello, un verde claro, un marrón sucio, un azul lechoso. Los colores de las canicas con las que juegan, pensó. ¿Había incluido canicas entre los regalos que compró? Mientras la pregunta cobraba forma, y en clara vindicación de sus locos y esperanzados impulsos, se encontró mirando a unos familiares ojos oscuros bajo un espeso flequillo, y se arrodilló para ponerse a su nivel, y colocó suavemente las manos sobre los hombros repitiendo su nombre al tiempo que los niños les rodeaban formando una espesa e inquisitiva pared nunca del todo inmóvil o silenciosa.

El cerco era cálido, húmedo y algo oscuro. Parecía haber dado con nuevas especies de inteligentes e inquisitivos animalillos. No eran inamistosos; una mano descansaba sobre su hombro y alguno le tocó el cabello. Les oía jadear y murmurar, y notaba sus respiraciones cuando preguntó:

—¿Sabes quién soy? ¿Reconoces mi cara?

La mirada de la niña era intensa, y con los ojos recorría el rostro de Stephen precavidamente. Su voz, en contraste, sonó impertinente, pero no hostil.

—No, no la reconozco. Además no me llamo Kate sino Ruth.

Trató de tomarla de las manos pero fue una osadía. Ella se las puso a la espalda.

—Antes me conocías muy bien —dijo en voz baja, y deseando estar solos—. Pero de eso hace tres años. Lo has olvidado, aunque volverás a acordarte.

Ella se esforzaba por recordar, o al menos simulaba hacerlo, dispuesta a colaborar.

—¿Viniste a comer un día con un perro rojo, muy grande?

El negó con la cabeza. Estudiaba el rostro de Kate, tratando de adivinar la clase de vida que había llevado. No había signos de malos tratos. Lo que más le chocaba era una muela marrón en lo alto de su mandíbula derecha. Los dientes estaban un poco torcidos, debería llevar un aparato; pediría hora en el dentista antes de que fuera demasiado tarde. Había demasiadas cosas que arreglar. Esta lamentable ex escuela pública, ¿era el lugar más adecuado para ella, por ejemplo? ¿Estaría tomando las clases de guitarra que ellos le habían prometido siempre? Kate permanecía indecisa y se mordía la uña del pulgar. De hecho, todas sus uñas estaban mordidas hasta la carne.

—¿Conoces a mi tío Pete? —preguntó ella al fin—. ¿El que se rompió la espalda?

Stephen hubiera querido gritar en el corredor para que todos los niños lo supieran: «Soy tu padre, tu auténtico padre. Eres mi hija, eres mía, ¡he venido para llevarte a casa!» La situación era delicada, sin embargo, y debía mantener el control. Por eso se limitó a murmurar:

—Has olvidado quién soy. Pero no importa.

Eso fue cuanto pudo hacer. Hubo una conmoción en el extremo opuesto de la multitud y a continuación una cabeza de adulto, redonda y de pelo encrespado, miró por encima del muro hacia la oscuridad.

—¿Puedo hacer algo por usted?

La desconfianza estrangulaba sus palabras.

—No te vayas —susurró Stephen confidencialmente. Kate asintió. Siempre le habían gustado los secretos. Stephen se abrió camino lentamente por entre los niños en dirección al profesor, que había retrocedido varios pasos. Todavía en un estado mental confiado y sincero, Stephen quiso tomarle por el codo y apartarle un poco más de los niños, pero el profesor se puso las manos a la cintura y rehusó moverse.

—¿Es usted un padre o un vigilante? —preguntó.

Era un hombre rechoncho y musculoso que ponía tiesa la espalda para afirmar el peso que le correspondía.

—Bueno, justamente ésa es la cuestión, ¿sabe? —empezó Stephen, pero vaciló al oír el excéntrico vigor de su voz. Lo intentó de nuevo, procurando ser claro—: Alguien robó, raptó a nuestra hija hace tres años. Y creo haberla encontrado. Esa niña que dice llamarse Ruth es mi hija. Ella no me reconoce, naturalmente.

—Estamos a punto de hacer una salida escolar —dijo el hombre cansinamente, por encima de las últimas palabras de Stephen—. Le acompañaré al director. El lo solucionará. Esto, en realidad, no es de mi competencia.

Mientras el resto de los niños iban a esperar en el patio, el maestro, Stephen y Kate se dirigieron por el pasillo hacia las macetas y los dibujos. Ella mantenía la distancia respecto a Stephen. Quizá temía que él tratara de cogerla de la mano otra vez. Pero estaba interesada, emocionada incluso, y hubo un momento en que sin dejar de caminar dio un saltito y miró rápidamente hacia arriba para ver si él lo había visto. Cuando Stephen sonrió, ella se volvió del otro lado. Se detuvieron ante la puerta de donde colgaba el cartel y el profesor les hizo un gesto para que esperasen mientras él entraba. Antes de empujar la puerta hizo una pausa y expulsó una bocanada de aire, cosa que rebajó varios centímetros su estatura. Stephen creyó que podría disponer de varios minutos a solas con su hija, pero el profesor salió casi inmediatamente, hizo un gesto con la cabeza para indicarles que entrasen y se fue por el pasillo sin corresponder a las gracias de Stephen.

Una de las paredes de la oficina del director era un panel de cristal manchado por el lodo y la lluvia, a través del cual podía verse un fragmento del patio y una banda de turbulento cielo gris. El resultado era una luz áspera y plana que negaba el volúmen y el color a los objetos, y hacía que el director, un hombre de aspecto militar situado tras la mesa, pareciese recortado en cartón grueso. Esa impresión quedó reforzada por su inmovilidad cuando entraron Stephen y la niña; tampoco pestañeó ni habló, limitándose a mirarlos a través del despacho. Stephen estaba a punto de presentarse cuando Kate se lo impidió poniéndole la mano en el antebrazo.

Aguardaron aproximadamente veinte segundos hasta que el director relajó sus facciones y dijo enérgicamente:

—Excúseme. Tenía algunas cosas que resolver. Ahora...

Stephen se presentó y se excusó por inmiscuirse en el valioso tiempo del director. Estaba a mitad de su discursito cuando cayó en la cuenta de que no deseaba seguir dando explicaciones estando Kate en la habitación. Cuando revelase su identidad quería poder hablar libremente y consolarla sin la presencia de un extraño. Sin duda, iba a ser un momento delicado. Así que se detuvo y pidió a la niña que esperase fuera un par de minutos. Mantuvo la puerta abierta para ella y la observó mientras se sentaba en una silla al otro lado del pasillo.

El director se mostró quejoso:

—Para empezar, no veo qué razón hay para haberla traído.

Stephen explicó que se sentía muy confuso.

—Pero al menos usted conoce a la niña de la que hablo —dijo, y repitió el corto y sencillo mensaje que ya había dado antes.

El director se levantó de la silla, se acercó a la ventana y cruzó los brazos. Era una figura grave y de movimientos lentos, que parecía haber padecido recientemente una seria enfermedad. Miraba críticamente el traje de Stephen, los botones que faltaban, la quemadura, los zapatos sin cepillar y la camisa manchada. Era un devoto de la apariencia externa.

—Dice usted que en un supermercado. —Pronunció la palabra con todas sus civiles y deshonestas resonancias—. Supongo que lo denunciaría a la policía.

Stephen trató de ocultar la ira en su voz mientras explicaba

173

que se había efectuado una búsqueda y que el caso había salido en los periódicos y la televisión.

El maestro regresó a la mesa y se inclinó hacia adelante apoyándose en los nudillos.

—Señor Lewis —dijo, resaltando el tratamiento para remarcar la falta de rango de Stephen—, he conocido a Ruth Lyle desde que era un bebé. Conozco a su padre, Jason Lyle, desde hace muchos años, y durante cierto tiempo fuimos socios. Formaba parte del grupo de importantes hombres de negocios de la localidad que compraron esta escuela a las autoridades educativas. El y su esposa tienen cinco hijos, y ni uno solo de ellos es robado, puedo asegurárselo.

Stephen ansiaba sentarse, pero el momento exigía que permaneciera en pie.

—Conozco muy bien a mi hija. Esa niña que está esperando ahí fuera es mi hija.

En respuesta a la silenciosa monotonía del tono de Stephen, la voz del director se suavizó.

—Dos años y medio son mucho tiempo. Ya sabe usted que los niños cambian. Y por encima de todo, usted desea que sea ella. La mente tiene sus trucos, al fin y al cabo.

Stephen denegó con la cabeza.

—La conocería en cualquier sitio. Se llama Kate.

El director retomó su actitud anterior. Se puso firme tras la mesa, con una mano descansando en el respaldo de la silla como si posase para una de esas fotografías que cuelgan en las cantinas de oficiales. Stephen advirtió aliviado unas manchas de grasa en la corbata reglamentaria.

—Mire usted, señor Lewis. A mí sólo se me ocurren dos posibilidades: o bien está usted cometiendo un lamentable error, o bien es usted uno de esos periodistas que pretenden crear problemas a la escuela otra vez.

Stephen miró en derredor buscando algo donde apoyarse. De haber estado solo se hubiera sentado en el suelo un par de minutos. Y habló con una cordura que estaba lejos de sentir.

—No creo que sea difícil resolver esto. La policía tiene sus huellas dactilares y existen además las pruebas de sangre, los cromosomas y todo eso...

—Ha dicho usted dos años y medio. Está bien —dijo chasqueando los dedos en dirección a la puerta—. Hágala entrar, por el amor de Dios. Tengo otras cosas que hacer esta mañana.

Stephen llegó hasta la puerta y la abrió. Ella estaba sentada donde la había dejado, escribiendo con tinta verde sobre el dorso de su mano. Hubiera querido hablarle y establecer algún tipo de vínculo antes de regresar al despacho. Necesitaba algo para contrarrestar la abrasiva convicción del director. Ella se levantó y se acercó. Su débil posición frente a la certeza del otro, la enormidad de su reclamación, la falta inmediata de pruebas y el hecho de que lamentase ir mal vestido se tradujeron en un efecto físico, que le debilitó las piernas y penetró por la superficie de la retina, justo hasta los mecanismos internos, porque la niña que cruzaba la recepción era más alta y angulosa, especialmente en los hombros, y de rasgos más afilados. Ella le miró neutramente. Eran los mismos ojos bajo el flequillo, la misma palidez. Se aferró a esos detalles y se concentró en ellos con tanta furia que fue incapaz de hablarle. Regresaron al despacho del director y se reanudó la investigación.

—Ruth —dijo el director—, dime tu nombre completo y tu edad.

—Ruth Elspeth Lyle, nueve años y medio.

—Señor.

—Señor.

—¿Cuánto tiempo llevas en esta escuela?

—Contando el parvulario, desde que tenía cuatro años, señor.

—¿Cuánto tiempo es eso exactamente?

—Cinco años.

—Señor.

—Señor.

Stephen sacudió la cabeza. La niña le estaba traicionando. Sus modales atrevidos y predispuestos y su deseo de agradar estaban empezando a irritarle. No se guardaba nada, no había secretos en ella. Desde donde estaba podía ver su nariz de perfil y era muy diferente, de una inexactitud total. Se le estaba escapando, le abandonaba.

El director miró hacia el fondo de la estancia, más allá de Stephen.

—Señora Briggs, sea tan amable de traer el registro escolar de hace cinco años, el correspondiente al parvulario.

Stephen vio por vez primera que a su espalda había otra mesa en un hueco, y sentada a ésta una mujer con un traje estampado de flores que abrió un cajón de un archivo metálico. El director tomó la carpeta y la abrió frente a Stephen. Este ni miraba ni escuchaba mientras el director sacaba una hoja mecanografiada con nombres y la recorría con el dedo.

—Lyle, Ruth Elspeth, admitida al curso de verano, justo después de su cuarto cumpleaños...

Stephen pensaba en el espíritu de Kate y en cómo éste debía de revolotear muy alto por encima de Londres hasta parecer una especie de libélula de brillantes colores, capaz de alcanzar velocidades inimaginables y sin embargo totalmente inmóvil mientras esperaba a descender sobre un patio de escuela o una esquina para habitar el cuerpo de una niña, e insuflarle su esencia, tan particular, antes de abandonarlo y dejar atrás la caracola vacía, la anfitriona.

El director pasaba páginas, aportando nuevas pruebas. La niña miraba, inmensamente complacida consigo misma. Las cuitas de Stephen se centraron ahora en aspectos más prácticos: cuánto tardaría en poder salir de la escuela, había dejado el abrigo en el coche, había faltado a la comida del primer ministro.

Minutos más tarde, mientras salía del despacho, oyó al director decirle a la niña en voz alta, sin duda en honor de Stephen, que debía ir a verle de inmediato si ese individuo intentaba hablar con ella otra vez. La niña asintió entusiásticamente. El hombre del cubo de zinc le acompañó hasta la puerta del recinto. Mientras cruzaban el patio, Stephen miró dentro del cubo. Estaba vacío.

–¿Podría decirme por qué carga con él?

El hombre, que estaba guiando a Stephen hacia la puerta de la escuela, sacudió la cabeza y esbozó una sonrisa para sugerir que era una pregunta estúpida, una de esas preguntas que él no pensaba molestarse en contestar.

A base de vivir como un demente el único hallazgo que le preocupaba de forma constante, Stephen empezó a sentir que si no había exorcizado su obsesión al menos la había embotado. Estaba empezando a encarar la difícil realidad de que Kate ya no era una presencia viva y que no era una niña invisible a su lado a quien conocía íntimamente; al recordar cómo se parecía y no se parecía Ruth Lyle a su hija, comprendió que había muchos caminos que Kate podía haber seguido, innumerables formas que podía haber adoptado en dos años y medio, y que no sabía nada acerca de ninguna de ellas. Había estado loco y ahora se sentía purificado.

Regresó a casa y durmió hasta primera horas de la tarde con un sueño profundo y sin pesadillas. Después se dedicó a reorganizar el piso. Corrió el sofá hasta la pared y devolvió el televisor a un rincón oscuro. Se dio un largo baño. Y después no pudo resistir la tentación de servirse un buen trago. Pero esta vez se lo llevó a su mesa, que limpió, y se puso a contestar cartas. Escribió una postal afectuosa y sin exigencias a Julie, diciendo que se había acordado de ella en el cumpleaños de Kate y que, sólo si ella consideraba oportuno el momento, debían ponerse en contacto. Sacó un cuaderno y apuntó unas cuantas ideas y entonces, envalentonado, le quitó la funda polvorienta a la máquina de escribir y estuvo tecleando un par de horas. A altas horas de la noche se tumbó a oscuras en la cama y tomó elaboradas resoluciones antes de sucumbir a un segundo sueño pacífico.

Cuando, a la mañana siguiente, sonó el teléfono y habló el subsecretario al otro lado de la línea, Stephen escuchó pacientemente, pero ya había tomado una decisión. El hombre empezó lamentando que Stephen hubiese saltado del coche que se le había enviado. Stephen explicó que había corrido en busca de alguien a quien tomó por su hija, largo tiempo perdida.

—Por cierto, ¿devolvió el chófer mi abrigo?

—No. Si usted lo dejó, él debería haberlo declarado, estoy seguro.

Por lo visto, nadie habría faltado a un almuerzo sin una buena excusa. La grosería era imperdonable, pero por alguna extraordinaria razón —y el subsecretario dejó bien claro que él estaba en contra—, a Stephen se le ofrecía una segunda oportunidad, otra invitación.

—Lo lamento —dijo Stephen—. No quiero otra invitación.

El subsecretario se mostró afable en su desdén:

—¡Qué tontería! ¿Se puede saber por qué?

—En primer lugar, tengo mucho trabajo. He empezado una nueva obra, algo que va a significar una ruptura con...

—Eso no le impide comer.

—En segundo lugar, y no hay nada personal en esto, estoy en contra de lo que el primer ministro ha estado haciendo con el país durante todos estos años. Es un caos, una desgracia.

—Entonces ¿por qué aceptó la primera vez?

—Yo también era un caos. Estaba deprimido. Ahora ya no.

Hubo una pausa mientras el subsecretario reajustaba su próximo ataque. Habló con tristeza, como si lamentase una irrefutable ley física:

—Me temo, señor Lewis, que no puedo hacer nada al respecto. El primer ministro insiste en verle.

—Está bien —dijo Stephen—, ya sabe dónde vivo. —Y colgó.

Fue a la cocina a hacerse un café y diez minutos más tarde, mientras atravesaba el vestíbulo con la taza, volvió a sonar el teléfono. Era el subsecretario, muy irritado.

—Por lo visto, hemos perdido su dirección.

Stephen se la dio, colgó el teléfono y corrió con su café hacia la mesa.

7

Los pedagogos de la posguerra ignoraron sentimentalmente que los niños son egoístas de corazón, cosa razonable porque están programados para sobrevivir.

Introducción al *Manual autorizado de educación*, HMSO

A lo largo de los primeros meses del año siguiente, el Comité Parmenter se acercó a un acuerdo sobre la redacción final de su informe. Donde antes hubo diferencias insuperables, el desgaste, el cansancio y la vaguedad de palabras allanaron el camino. Utiles inversiones de posturas, o el súbito abandono de excéntricos puntos de vista sin perder demasiado el orgullo fueron posibles gracias a la sugerencia de Canham de que debían reunirse sólo dos veces al mes, y a los placenteros almuerzos que Parmenter ofrecía individualmente a los miembros. Asimismo se sugirió al comité que, si se consideraba imposible ser el primer subcomité en entregar el informe completo a la Comisión, tampoco sería bueno ser el último.

Stephen hizo su contribución. Desarrolló lo que él creyó un argumento bien equilibrado, pidiendo por un lado algún grado de disciplina y la inculcación de ciertas reglas de juego —escribir era un acto social, un medio público— y, por otro lado, imaginación: la escritura ampliaba la vida privada y las idiosincrasias no debían ser eliminadas a costa suya. Tan inocuo argumento era fácilmente asimilable, al menos en su primera parte, y no fue invitado a almorzar con el presidente. La mañana en que Stephen habló, el comité estaba más interesado en evitar cualquier referencia al aprendizaje del alfabeto y en evitar que uno de los académicos leyera un trabajo de última hora, «Influencia social y gramática prescriptiva». A mediados de marzo, el informe del Subcomité Parmenter sobre Lectura y Escritura se presentó a la Comisión de Pedagogía. Muchos de sus miembros creían haber cumplido su misión al redactar un documento juicioso en su tono y autoritario en su postura. El presidente fue felicitado por la prensa. Se celebró una fiesta de despedida en un remoto y raras veces usado anexo del edificio del Ministerio, donde una alfombra floreada conservaba su mareante colorido a sus treinta y un años de edad, y que todavía era capaz de provocar un vigorizante shock eléctrico a quienes tocasen los marcos de las puertas o ventanas.

Stephen llegó tarde a la reunión y se marchó temprano. Desde Navidad, las reuniones del comité habían dejado de ser un refugio de tiempo organizado en un caos de días perdidos. Ahora las sesiones le aburrían y amenazaban su frágil rutina de trabajo, estudio y ejercicios físicos. Estaba aprendiendo árabe clásico con el señor Cromarty, un catedrático retirado que vivía solo en el piso de abajo. Cuatro mañanas a la semana bajaba a dar clases en el frío y austero estudio del señor Cromarty, donde la única fuente de calor era una vieja estufa de gas, cuyas débiles llamas amarillentas parecían exhalar aquellos humos narcotizantes a los que se referían los poemas que el anciano le traducía. Stephen no estaba interesado en el idioma, ni en su literatura. Si el señor Cromarty le hubiese ofrecido aprender griego o tagalo, Stephen habría estado igualmente satisfecho. La idea era despejarse aprendiendo algo difícil; quería reglas y excepciones, el inflexible ensimismamiento que exige la tarea memorística.

Pero resultó que de inmediato se sintió encantado con el alfabeto. Se compró un tintero y una pluma especial para practicar la caligrafía. Al cabo de un mes, se sentía intrigado por la gramática, por su orgullosa diferencia con el inglés, por el extraño predominio de los verbos y por la forma en que mínimas pinceladas provocaban sutiles gradaciones del significado; arrepentimiento (*nadam*) se convertía en compañero de copas (*nadim*); granada, en bomba de mano; vejez, en libertad.

Su profesor era de costumbres tranquilas y severas, y transmitía la impresión de que quedaría auténticamente decepcionado si su pupilo llegase algún día tarde o no cumpliese con las tareas de casa. Para las clases, el señor Cromarty vestía un traje oscuro de cuyo chaleco sacaba un reloj de bolsillo al que dirigía sus últimos comentarios. Su apartamento transmitía un aire de agria y trasnochada pobreza —suelos desnudos, paredes amarillentas con manchas de humedad, puertas y zócalos pintados de una escamosa pintura marrón, y una humeante estufa de parafina bajo una bombilla desnuda en el vestíbulo. No había adornos, pinturas o sillones cómodos, nada que evidenciara un pasado. Sus lujos residían en los versos sensuales y formales que él amaba y que citaba con profusión, primero en árabe y luego en inglés de Escocia, con los ojos cerrados y la cabeza erguida, como si recordase otra vida. «Era ligera de cintura, suavemente redondeados los tobillos, el vientre curvo y terso, en absoluto fláccido.» El señor Cromarty evitaba a Stephen en la calle y desaprobaba cualquier tipo de charla, antes o después de las clases. Stephen ignoraba su nombre de pila.

El otro compromiso de Stephen era el tenis tres veces por semana en una pista cubierta. Había jugado de forma mediocre durante veinte años, un lento declinar desde que a los diecimuchos años representó a su colegio sin destacar. La primera hora recibía instrucciones de su entrenador y la segunda jugaba con él, un fornido americano incipientemente calvo que le había hecho un crudo resumen de la tarea que le esperaba tras la primera lección. Las voleas y los reveses tenían que dejarse para más tarde y empezar desde cero. También el juego de pies precisaba un trabajo a fondo. Del saque podían olvidarse de momento. Sin embargo, ninguno de esos aspectos necesitaban una atención tan urgente como la actitud de Stephen. En ese momento permanecían uno a cada lado de la red. El no estaba seguro de qué expresión adoptar mientras escuchaba las enérgicas calumnias de un hombre cuyos elevados honorarios iban a cargo de él.

—Es usted pasivo. Está mentalmente debilitado. Espera a que

ocurran las cosas, y se queda quieto esperando que vengan a su favor. No se hace responsable de la pelota y no efectúa cálculos activos acerca de su próximo movimiento. Se queda inerte, sin nervio, está usted medio dormido y no se gusta a sí mismo. Su raqueta debe regresar antes y tiene que moverse despacio hacia el golpe, disfrutando del movimiento. Usted no está totalmente aquí. Incluso ahora, cuando le hablo, no está del todo aquí. ¿Acaso se cree demasiado bueno para este juego? ¡Despierte ya!

Y junto con el árabe y el tenis, Stephen tenía su trabajo, y cuando no trabajaba, leía indiscriminadamente novelas tamaño ladrillo, best-sellers internacionales, esa clase de novelas cuya auténtica finalidad es explicar cómo funcionan un submarino, una orquesta o un hotel. Empezaba a sentirse capaz de llevar por las noches una limitada vida social, pero se propuso ceñirse a amistades bien establecidas y sin compromisos con otros hombres. Antes de Navidad su madre había padecido una larga enfermedad. La visitó con frecuencia, primero en el hospital y luego en casa, y aunque ya estaba fuera de peligro, se encontraba demasiado débil para cualquier cosa que no fuera la más breve conversación. Si no fue exactamente feliz durante esos meses, tampoco estuvo catatónico. A ratos se sentía como si estuviese entrenándose para un acontecimiento secreto; esperaba un cambio –no tenía ni idea de qué clase–, quizá una sacudida, y permanecía alerta a los síntomas, a los pequeños indicios de que su vida estaba a punto de verse transformada. Los largos libros que leía le hacían pensar en términos de fórmulas útiles, como mareas crecientes, vientos frescos o sombras desvaneciéndose. No tenía duda, sin embargo, de que todavía estaba en las sombras; al fin y al cabo debía pagar por sus contactos humanos semanales más regulares.

Llegaron los cambios, pero no hubo advertencias previas ni detalles destacables que prefigurasen un esquema mayor. Lejos de ellos, se produjeron una serie de acontecimientos súbitos y en apariencia no relacionados, el primero de los cuales empezó sencillamente con dos cortos timbrazos a la puerta. Había acabado de cenar y se disponía a copiar a tinta un poema que debería leerle al señor Cromarty a la mañana siguiente. Había estado nevando ligeramente todo el día, y al volver del tenis Stephen encendió un fuego que ahora estaba en su plenitud. Las gruesas cortinas de terciopelo estaban corridas, se había servido un vasito de Armagnac –había reducido la dosis de alcohol a una única copa al día– y de la radio surgía tranquila una majestuosa música orquestal. Ya tenía dibujadas las letras a lápiz y mientras limpiaba la plumilla de oro con un algodón disfrutaba ante la perspectiva de trazar su primer signo, una línea curva debajo de un triángulo de puntos. Cuando sonó el timbre, chasqueó la lengua irritado y al tiempo de ponerse en pie se detuvo a tapar el tintero con el tapón. Y mientras lo hacía, se preguntó si con sus movimientos pausados y su horror a cualquier perturbación no estaría empezando a parecerse al propio Cromarty.

Lo primero que vio fue sangre, casi negra en la penumbra de la escalera, oscureciendo del todo el rostro de un hombre que sostenía una bolsa de papel marrón contra el pecho. No estaba claro el origen de la sangre. Parecía haber rezumado por los poros, ocultando los rasgos hasta el punto de que sólo las orejas seguían blancas. En la punta del mentón se le formaban goterones que caían sobre el paquete.

Durante su breve y asombrado silencio, el hombre habló rápido y con educada vacilación:

–Lamento mucho molestarle a estas horas. Yo... debería haber telefoneado antes...

La voz, que a Stephen le resultaba familiar, no manifestaba dolor.

El hombre le tendió una mano muy sucia:

–Harold Morley, ya sabe, del comité.

–Ah, sí –dijo Stephen abriendo la puerta del todo y echándose a un lado–. Será mejor que pase.

Sólo cuando cerró la puerta logró relacionar a Morley con el sujeto del alfabeto fonético, del cual había sido excluida incluso la más breve referencia en el informe final. Morley se miró la mano, se tocó suavemente la barbilla y se examinó la punta de los dedos.

—He tropezado en la escalera.

Stephen le precedió camino del cuarto de baño.

—No es usted el primero.

Morley se detuvo en el umbral mientras Stephen llenaba el lavabo y se subía las mangas.

—Creo que he perdido el sentido durante un momento.

—Está usted hecho una pena —dijo Stephen—. Déjeme echarle un vistazo.

—Recuerdo haber caído y haberme levantado —explicó Morley, pensativo—, pero en medio transcurrió un intervalo de tiempo, estoy seguro.

Stephen echó líquido antiséptico en el agua. El olor intensificó la consciencia de su propia eficacia. Morley se quitó la camisa. El corte estaba en lo alto de la frente, tendría apenas un par de centímetros de longitud y estaba empezando a cerrarse. Mientras Stephen le limpiaba el rostro y el cráneo con una esponja, Morley hablaba deshilvanadamente contra el agua cada vez más roja, repitiendo el relato de su caída. Y cuando Stephen acabó, la espalda estrecha y llena de manchas había empezado a temblar. Al incorporarse, perdió de inmediato el equilibrio. Stephen le hizo sentarse en el reborde de la bañera, le dio una toalla e improvisó una compresa. Ahora Morley temblaba a ojos vistas. Stephen le dio un jersey grueso, le envolvió en una manta, le condujo al estudio y le hizo sentarse en una butaca cerca del fuego. Llenó una taza con café cargado en el que echó media docena de cucharadas de azúcar. Pero Morley era incapaz de sostener la taza por sí mismo. Stephen se la aproximó y oyó el entrechocar de los dientes contra el borde. Diez minutos más tarde, Morley se había calmado y empezaba a ofrecer una elaborada excusa. Stephen le pidió que descansara. Cinco minutos después, su visitante se quedó dormido.

Stephen apuró su Armagnac de un solo trago, se sirvió otro y descubrió con sorpresa que era capaz de proseguir con sus preparativos para la clase del día siguiente. De cuando en cuando miraba a Morley. La rasgada compresa yacía cómicamente sobre su cabeza, sujeta sólo por la sangre seca. «Ella me muestra una cintura tan ligera y tenue como rienda de camello, y una pierna tan graciosa como la caña de un papiro doblado por la corriente...» Más tarde, contemplando su trabajo acabado, deseó saber si alguien aparte del señor Cromarty sería capaz de desentrañar el sentido de los diminutos círculos, guiones y arabescos que flotaban libremente por encima de las líneas con sus garabatos sutilmente crueles. ¿Sería un código privado, un juego enrevesado inventado por el anciano para pasar los años?

Tras un cuarto de hora de siesta, Harold Morley empezó a removerse. De pronto se puso tieso en la butaca con el rostro preñado de sospechas:

–¿Dónde está? –preguntó, y a continuación, transformándose completamente, cerró los ojos y se golpeó el rostro con una mano–. ¡Oh, Dios! El taxi. Me lo olvidé en el asiento.

Stephen fue al cuarto de baño y recogió del suelo la bolsa de papel marrón. Luego pasó por la cocina para recoger la cafetera. Para cuando regresó a la habitación, Morley había recuperado la memoria. Estaba de pie junto al fuego, examinando el lío de vendas que se había quitado de la herida.

–¡Vaya golpe! –exclamó admirado.

–Quizá necesitaría unos puntos –dijo Stephen–. Debería hacer algo al respecto esta noche, de veras.

Le entregó a Morley su paquete de papel. El invitado miraba en dirección a la bandeja de las bebidas.

–Abralo y échele una ojeada. Me vendría bien un scotch, si no le importa.

Stephen sirvió bebidas para ambos. Estrechamente vigilado por Morley, tomó asiento para examinar el libro que había sacado de la ensangrentada bolsa de papel. La cubierta lisa y blanda lucía la palabra «Prueba» y debajo de ésta una etiqueta pegada de cualquier modo anunciaba: «Lectura restringida. Código E-8. Copia Nº 5.» Las primeras páginas estaban en blanco. Stephen llegó a la introducción y leyó: «Los pedagogos de la posguerra ignoraron sentimentalmente que los niños son egoístas de corazón, cosa razonable porque están programados para sobrevivir.» Hojeó el libro de atrás hacia adelante y leyó los títulos de algunos capítulos: «La mente disciplinada», «Vivir la adolescencia», «Seguridad en la obediencia», «Niños y niñas, viva la diferencia», «Un buen tortazo ahorra nueve más». En este último capítulo leyó: «Los que razonan dogmáticamente en contra de todo castigo corporal se encuentran a sí mismos exigiendo diversas formas de represalias psicológicas contra los niños: denegación de felicitaciones o privilegios, la humillación de irse más temprano a la cama, etcétera. No hay pruebas que sugieran que esas prolongadas formas de castigo, que pueden hacer perder una buena cantidad de tiempo a los padres, provoquen a largo plazo menos daños que un buen tirón de orejas o unos azotes en el trasero. El sentido común sugiere lo contrario. ¡Levante la mano una sola vez y demuestre que va usted en serio! Lo más probable es que no tenga que volver a levantarla más.»

Morley aguardaba, y en un determinado momento se levantó para llenarse de nuevo el vaso. Stephen pasó más páginas. Un dibujo mostraba a dos niñas pequeñas jugando. Debajo, el pie decía: «No hay nada malo en esta plancha de juguete. ¡Dejen que las niñas afirmen su feminidad!» Finalmente, Stephen devolvió el libro a su funda y lo echó sobre la mesa. La Comisión estaba todavía recogiendo informes de los catorce subcomités y no estaba previsto que su trabajo acabase hasta cuatro meses más tarde. Su primer impulso fue llamar a su padre para felicitarle por su clarividencia. Pero ya lo haría cuando le viese unos días después.

—Debo contarle cómo llegó a mis manos —dijo Morley.

Un funcionario de rango medio, cuyo nombre ignoraba, le había llamado al trabajo y le había propuesto verse en un cercano café. El hombre resultó tener responsabilidades en las publicaciones gubernamentales. Pertenecía al tipo de funcionario civil desafecto; cada año, un par de ellos eran juzgados por traición y cosas así. Pero no era ésa su principal razón para entregar el libro, el verdadero motivo era que podía hacerlo con impunidad. La noche anterior había tenido lugar un robo en la oficina donde trabajaba. Los ladrones se interesaron mayormente por el equipo pesado de oficina. Se llevaron la máquina de hacer café y sopa. El hombre de Morley había sido el primero en llegar a la mañana siguiente. Se metió el libro en la cartera y lo denunció como uno de los objetos que estaban dentro de una pequeña caja fuerte que los ladrones se habían llevado.

El libro llegó a las imprentas gubernamentales tres meses antes, y había diez ejemplares encuadernados circulando entre los funcionarios de élite y tres o cuatro ministros. Cada ejemplar estaba numerado y se les trataba con el secreto normalmente asociado con los documentos de defensa. En realidad, el libro no se encontraba dentro de la caja robada únicamente debido a un error de la oficina. El funcionario de Morley creía que la intención era publicarlo uno o dos meses después de que la Comisión hubiese terminado su propio informe, y asegurar que el manual formaba parte del trabajo de la Comisión. No estaba claro por qué razón habían empezado a circular ejemplares tanto tiempo antes.

—Quizá —aventuró Morley— Downing Street necesitaba llevarse por delante a unos cuantos ministros por razones políticas.

—No entiendo por qué no confiaban en que la Comisión haría la clase de libros que ellos querían —dijo Stephen—. Ellos nombraron al presidente y a todos los presidentes de subcomité.

—No podían controlarlo todo —repuso Morley—. Aunque lo hubiesen intentado. No podían confiar en que los grandes expertos y las celebridades reunidas de cara al público propusieran exactamente el libro deseado. Los adultos se las saben todas. —Morley se tanteaba la herida con la punta de los dedos—. En cualquier caso, esto prueba con cuánta seriedad se lo toman. Estoy seguro de que habrá oído usted que la nación va a ser regenerada mediante prácticas educativas reformadas.

Dijo que empezaba a sentir latidos en la cabeza y que deseaba irse a casa. Explicó que había venido para discutir qué se podía hacer. No podía hablar con su esposa porque ella también era funcionaria —oficial médico— y no deseaba comprometerla.

—Ella me curará cuando vuelva.

Puesto que ellos apenas si podían hacer otra cosa que provocar un cierto revuelo, la cosa quedó rápidamente acordada. Se decidió que en cuanto Stephen hiciera una copia para un periódico, guardaría el libro en su casa, y que le arrancaría el número de identificación para proteger al funcionario. Stephen pidió un taxi por teléfono, y mientras esperaban a que llegase Morley habló de sus hijos. Tenía tres chicos. Amarlos, dijo, no sólo era una delicia sino una lección de vulnerabilidad. Durante la parte álgida de la crisis de los Juegos Olímpicos, su esposa y él se habían pasado la noche en blanco, mudos de terror por sus hijos y horrorizados ante su impotencia para protegerlos. Estuvieron tumbados uno junto al otro, incapaces de expresar sus pensamientos, reacios incluso a reconocer que estaban despiertos. Al amanecer, el más pequeño se había metido en la cama con ellos, como de costumbre, y entonces su mujer se echó a llorar tan desconsoladamente que Morley optó por llevarse al niño a su propia cama y dormir allí con él. Más tarde le contó que había sido la absoluta confianza del niño lo que la había derrumbado; el crío pensaba que estaba completamente a salvo bajo las mantas, acurrucado junto a su madre, y puesto que podía ser aniquilado en cuestión de minutos, ella sentía que le había traicionado. Recordando su propia despreocupación en aquel momento, Stephen sacudió la cabeza y no dijo nada.

En cuanto Morley se hubo ido, Stephen entró en la desnuda habitación de su hija y encendió la luz. Todavía había un cesto de la ropa sucia repleto de cosas suyas encima de la sencilla cama de madera. La habitación olía a humedad. Se arrodilló y giró la llave del radiador. Permaneció agachado un momento, verificando sus sentimientos; lo que ahora debía enfrentar no era la pérdida, sino un hecho como un muro. Pero inanimado, neutral. Un hecho. Pronunció la palabra en voz alta, como si fuera un conjuro. De vuelta al estudio ocupó la silla de Morley junto al fuego y reflexionó acerca de su historia. Los vio a los dos, marido y mujer, uno junto al otro boca arriba, como las figuras de piedra de una tumba medieval. La guerra nuclear. De pronto sintió un miedo infantil a desnudarse e irse a la cama. El mundo fuera de la habitación, e incluso más allá de sus ropas, le parecía irracionalmente amargo y áspero. El frágil equilibrio que había logrado se encontraba amenazado. Llevaba veinte minutos inmóvil y se estaba hundiendo. El silencio ganaba volumen. Hizo un gran esfuerzo para inclinarse hacia adelante y avivar el fuego. Se aclaró ruidosamente la garganta para escuchar su propia voz. Mientras las llamas prendían en el carbón recién puesto, se echó hacia atrás, y antes de quedarse dormido se prometió a sí mismo no rendirse. La clase era a las diez de la mañana y debía estar en la pista a las tres.

La madre de Stephen empezó su convalescencia en febrero. Tenía permiso para levantarse de la cama a última hora de la mañana y a primera hora de la tarde. En cuanto mejorase el tiempo se le permitiría dar un paseo de cuatrocientos metros hasta Correos. Había perdido diez kilos durante la enfermedad y gran parte de la visión de un ojo. Hacer punto, leer o mirar la televisión le producía grandes dolores en el ojo sano, así que sus mayores placeres eran ahora la radio y la conversación. Al igual que a muchas mujeres de su generación, no le gustaba mencionar ningún tipo de malestar. Cuando su padre tuvo que pasar fuera medio día para ir a visitar a su hermana, que también estaba enferma, le pidieron a Stephen que fuera a hacer compañía a su madre. El aceptó encantado. Le gustaba ver a sus padres por separado; resultaba más sencillo romper los moldes habituales y él se sentía menos limitado en su papel de hijo. Y existía la posibilidad de reanudar la conversación que habían mantenido en la cocina medio año atrás.

Le sorprendió que su madre le recibiera en la puerta y verla de nuevo con su ropa de calle en lugar del salto de cama, de un

189

rosa subido. La pérdida de peso le había estirado la piel del rostro confiriéndole una ilusoria apariencia juvenil que se veía reforzada por el travieso parche en el ojo. Tras un breve abrazo, y mientras la felicitaba por sus progresos y gastaba una broma pesada sobre piratas, ella le precedió camino del cuarto de estar.

Su madre se excusó por un caos que sólo ella veía. Una de las razones por las que tenía tantas ganas de recobrar las fuerzas, dijo, era porque deseaba empezar a poner en orden la casa. Pese a que no parecía haber un solo objeto fuera de lugar, Stephen dijo que era un buen síntoma que ella sintiese esa necesidad. Otro síntoma de lo muy débil que se sentía fue que, tras una protesta ritual, le permitió hacer un té para ambos en su propia cocina. Pero le estuvo dando instrucciones a través de la ventana de servicio y cuando él no miraba aprovechó para sacar el juego de mesitas y prepararlas para acoger la bandeja y las tazas. En la cocina, mientras esperaba a que hirviese el agua, Stephen estudió el contenido de una ristra de frascos de pastillas. La intensidad iridiscente de los rojos y los amarillos sugería una poderosa tecnología y una profunda intervención en el sistema. Un poco más allá, la innovación era la gran nota escrita por su padre junto al teléfono de pared con la lista de los números de emergencia del médico y los de algunas empresas de ambulancias privadas.

La señora Lewis llenó las tazas, aunque le temblaba la mano debido al peso de la tetera. Ambos fingieron que no veían los goterones que salpicaron la bandeja. Hablaron del tiempo; se preveía que antes de llegar los primeros síntomas de la primavera caerían grandes nevadas. La señora Lewis eludió hábilmente las preguntas de Stephen acerca de la última visita del médico. En lugar de ello hablaron de la enfermedad de la tía de Stephen y de si el señor Lewis estaría a salvo al cruzar el West London en los transportes públicos. Debatieron sobre la calidad de los libros de grandes tiradas. Pasaron veinte minutos y Stephen empezó a temer que su madre se cansase antes de que él pudiese dirigir la conversación en la dirección que deseaba. Así que tras la primera interrupción, dijo:

–¿Recuerdas lo que me contaste acerca de aquellas bicicletas nuevas?

Ella pareció haber estado esperándolo. Sonrió de inmediato.

–Tu padre tiene sus propias razones para querer olvidarlas.

–¿Quieres decir que finge no recordarlas?

–Es el entrenamiento de las Fuerzas Aéreas. Si hay algo sucio, o que no cuadra, olvídalo. –Hablaba afectuosamente. Y prosiguió–: El día que compramos esas bicicletas fue un momento difícil para los dos. A él le gusta pensar que todo cuanto ha ocurrido desde entonces estaba determinado por el destino y que nunca hubo posibilidad de elegir. Dice que no lo recuerda, o sea que nunca hablamos de ello.

Pese a que su tono seguía siendo reflexivo y no acusatorio, la firmeza de aquellas últimas palabras pareció establecer un pretexto para la indiscreción. También se estaba mostrando voluntariamente oscura y un poco dramática. Estaba sentada en su silla, con la taza a unos centímetros del plato, aguardando a que la presionase.

Stephen tomó la precaución de no parecer demasiado interesado; sabía que a ella se le podía plantear fácilmente un conflicto de lealtades. Por eso dejó transcurrir varios segundos antes de decir:

–Supongo que cuarenta años son mucho tiempo, después de todo.

Ella sacudió la cabeza enfáticamente.

–La memoria no tiene nada que ver con los años. Recuerdas lo que recuerdas. Tengo tan clara ahora como entonces la primera vez que puse los ojos sobre tu padre.

Stephen conocía a medias la historia del primer encuentro de sus padres. Pero era consciente de que lo que se le ofrecía como prueba de la intemporalidad de la memoria era la forma de aproximarse a la historia que ella quería contar.

Durante los tres primeros años después de la guerra la madre de Stephen, Claire Temperly, trabajó en unos pequeños almacenes en una ciudad de Kent. Todavía no se había dejado sentir de lleno el impacto social de la guerra, en particular la desaparición de toda una clase de empleados domésticos y con ella el sistema de vida de una clase media no muy boyante, y los almacenes —una especie de Harrods de dos pisos— se las arreglaban para mantener aún ciertas pretensiones de antes de la guerra.

—No era la clase de lugar adonde a mi madre le gustaría ir de compras. Se hubiese encontrado desplazada.

Chicos en uniforme azul oscuro con galones plateados y gorras en las que lucían la insignia del almacén aguardaban junto a las puertas giratorias para acompañar a las clientas a través de la alfombra de tonos fuertes hacia los diversos departamentos. Si las dependientas estaban ocupadas, se ofrecían cómodos asientos a las compradoras. Los chicos decían «Señora» y se tocaban la gorra con frecuencia, pero nunca recibían propinas.

Las dependientas, que eran todas mujeres, también llevaban uniformes, de los que eran responsables. Cada mañana, antes de que se abriera la tienda, se alineaban ante la señorita Bart, la anciana jefa de personal, para la revista de uniformes. Le gustaba prestar atención especial a los adornados delantales almidonados que «sus chicas» se anudaban a la espalda. Las que no habían sido educadas en ello desde la cuna, debían esforzarse en decir «pensado» en lugar de «pensao», no aspirar las consonantes y acordarse de apretar los músculos de la boca cuando hablaban. Si no estaban atendiendo clientes, debían permanecer tras los mostradores de caoba sin apoyarse ni hablar entre sí más de lo necesario; se les exigía que se mostrasen atentas y simpáticas, pero no «atrevidas» —«lo cual significaba no mirar a un cliente hasta que él te mirara a ti. Tardabas un par de meses en aprender a hacerlo».

Claire tenía veinticinco años y todavía vivía en casa de sus padres cuando empezó en el almacén. Se comportaba con una curiosa mezcla de timidez e independencia.

—Me escapé de dos ofertas matrimoniales, pero tuvo que ser mi madre quien diese la cara por mí.

A pesar de todo, familia y amigos empezaban a preocuparse debido a su edad y le decían que sólo le quedaban uno o dos años. Era bonita a la manera de un alegre pajarillo. Lo que le hacía trabajar con tanta diligencia no era la ambición, sino la energía nerviosa y el temor a las regañinas. Incluso la señorita Bart, a la que todo el mundo temía, llegó a tomarle afecto por su puntualidad, y decía que sus delantales eran los más limpios y los mejor anudados. Aprendió a hablar con la elegancia de las dependientas —«Si la señora fuese tan amable de seguirme...»— y fue una de las pocas dependientas a quien transferían cada seis meses a un nuevo departamento, «probablemente porque los jefes pensaban ascenderme».

Por eso se encontró a sí misma en la sección de relojería, tras pasar por la de mercería, donde la supervisora había sido una segunda madre para ella y la había hecho sentirse menos ansiosa por no haberse casado. Ahora su jefe era el señor Middlebrook, un hombre alto y delgado que intimidaba por igual a empleados y clientes debido a su carácter cortante y sarcástico. Tenía una vistosa mancha de nacimiento de color rojo en la frente y entre las empleadas se decía que «si pones los ojos en ella, aunque sea un segundo, estás despedida en el acto». El señor Middlebrook no era irracional, pero era muy frío con las chicas y tenía un don especial para hacerlas sentirse estúpidas.

No se veían muchos hombres entre la clientela de los almacenes. Era un lugar tranquilo, perfumado y femenino. Ocasionalmente podía entrar un anciano caballero, con aires de estar fuera de lugar, en busca de un regalo de aniversario para su esposa, y que se mostraba encantado cuando una dependienta le llevaba de la mano y le ofrecía respetuosas sugerencias. Y había parejas jóvenes, ya casadas o prometidas, «amueblando sus nidos», que recibían duras críticas de las dependientas durante la media hora de la comida. Pero un hombre joven solo en la tienda, un hombre atractivo con su bigote negro, un hombre con el frío gris azulado del uniforme de la RAF, estaba destinado a causar un revuelo. La noticia de su aparición fue telegrafiada desde la planta baja. Las chicas miraban desde los mostradores, atentas y simpáticas. Seguido, no precedido, por un botones, atravesó la tranquila extensión de gruesa alfombra en dirección al departamento de Claire, con la gorra bajo un brazo y un reloj bajo el otro, para preguntar por el señor Middlebrook. Mientras alguien iba a buscarlo a su oficina, el hombre dejó el reloj y la gorra juntos sobre el cristal del mostrador, se puso en posición de descanso con las manos a la espalda y miró fijamente al frente. Era un hombre de aspecto fuerte y su espalda parecía impresionantemente recta. Tenía la clase de belleza huesuda y roqueña que estaba de moda en aquella época. Llevaba el ondulado cabello negro profusamente engominado y el diminuto mostacho encerado hasta las puntas. El reloj era un carrillón de sobremesa con una caja de palisandro. Claire estaba a varios metros de distancia, limpiando el polvo, lo que para el señor Middlebrook era lo que más se parecía a la vagancia. Consciente de la inconveniencia de iniciar un insubordinado contacto ocular, se mantenía ocupada abrillantando los cristales de los relojes de columna, cada uno de los cuales representaba a un hombre en uniforme aguardando. «Pero ¿sabes?, incluso sin volverme podía sentir una especie de calor que emanaba de él. Como una incandescencia.»

La tardanza del señor Middlebrook no ayudó a que las cosas empezasen con buen pie, ni tampoco que al aparecer por fin detrás del mostrador y, probablemente, registrar la presencia de un cliente con una reclamación, tomase primero un sobre marrón para sacar de él una hoja en la que escribió una lista de números antes de guardarla en el sobre y en su correspondiente estante. Sólo entonces se decidió a representar el papel poco verosímil de quien advierte la presencia de un cliente que necesita ayuda. Alzándose en toda su altura e inclinándose hacia adelante, apoyó todo el peso sobre los dedos muy abiertos encima del cristal del mostrador y dijo:

—¿En qué puedo ayudarle?

Durante todo el tiempo, el hombre de uniforme no se había movido de su posición ni tampoco había dejado vagar su mirada

194

hasta que se dirigieron a él. Pero entonces dio un paso adelante, recogió la gorra y la utilizó para señalar el reloj:

—Se ha estropeado. Otra vez.

Claire, limpiando, se acercaba a la escena.

El señor Middlebrook fue tajante:

—No hay problema alguno, señor. Todavía tiene siete meses de garantía.

Tenía la mano sobre el reloj y estaba a punto de cogerlo para iniciar los procedimientos. Pero el hombre alargó la mano y la puso con firmeza sobre la del señor Middlebrook, manteniéndola cogida mientras hablaba. Claire advirtió el vigor de los dedos de esa segunda mano y el vello negro y enmarañado de los nudillos. El contacto físico violaba todas las reglas tácitas que regían las confrontaciones con los clientes. El señor Middlebrook se puso rígido. Luchar hubiese intensificado el contacto, así que no tuvo más remedio que escuchar el corto discurso del hombre: «Me gustó su forma de hablar. Ni violenta ni ruda, pero tampoco balbuceante.»

—Usted me dijo que era un reloj de calidad —dijo el hombre—. Que valía el dinero que pagaba por él. O estaba usted mintiendo o se equivocaba. No soy yo quien debe juzgarlo. Pero quiero que me devuelva el dinero ahora.

Aquí, finalmente, el señor Middlebrook reconoció un terreno familiar.

—Me temo que no estamos autorizados a devolver el dinero por artículos comprados hace cinco meses.

Más seguro, ahora que había expuesto la política de la casa, el señor Middlebrook quiso liberar su mano. Pero la manaza del hombre se cerró en torno a su muñeca y aumentó la presión.

—Quiero que me devuelva mi dinero —repitió como si fuera la primera vez. Y entonces vino la sorpresa. El hombre se volvió hacia Claire—: ¿Qué opina usted? Esta es la tercera vez que se estropea.

—Hasta que me preguntó, yo no *tenía* opinión. Sólo miraba a ver qué pasaba. Pero antes de poder evitarlo me encontré diciendo, con todo el descaro del mundo: «Creo que tiene usted derecho a su dinero, señor.»

El hombre hizo un gesto hacia la caja pero mantuvo la presa sobre el señor Middlebrook.

—Démelo entonces, señorita. Siete libras, trece chelines y seis peniques.

El señor Middlebrook no hizo ningún intento de impedírselo. Al fin y al cabo, le estaban evitando una muy complicada situación sin tener que agachar la cabeza. Douglas Lewis tomó el dinero, giró sobre los talones y se marchó a paso vivo dejando sobre el mostrador el reloj estropeado.

—Siempre recordaré que señalaba las tres menos cuarto.

Claire fue despedida al mediodía, y no por el señor Middlebrook, que estaba en el médico vendándose la muñeca, sino por una reprobadora señorita Bart. La muchacha quedó muy sorprendida de encontrar a su hombre esperándola en la acera. El la invitó a un tentempié en el Hotel George.

—No hubo nada que hacer —dijo la señora Lewis al tiempo de tender la taza con el plato para que se la rellenara—. Era todo un partido. Cuando vino a tomar el té hizo todo lo que había que hacer. Llegó con su uniforme de gala, trajo unas flores, le dijo a mi padre cosas agradables acerca del jardín y encantó a mi madre al repetir tres veces del bizcocho. A partir de entonces, todo el mundo empezó a respetarme.

Tres meses después, cuando llegó la noticia de que Douglas iba a ser destinado al norte de Alemania, la pareja se prometió. Claire se había quedado un poco decepcionada cuando descubrió durante el almuerzo en el George que no era un piloto de combate. Ni siquiera se había subido nunca en un avión. Era un administrativo, un oficinista al cargo de los restantes oficinistas. Más tarde se sintió aliviada al saber que lo más peligroso que haría en Alemania sería ir al banco una vez por semana a recoger la paga del escuadrón. Fue a despedir su barco a Harwich y lloró en el tren de regreso. Se escribieron regularmente, a veces a diario, durante semanas. Aunque a Douglas le resultaba más fácil describir los cráteres de las bombas en ciudades arruinadas y las colas para conseguir comida que sus tiernos sentimientos, se las arregló para tomar la iniciativa, y entre ambos lograron crear una intimidad epistolar. Cuando volvió durante el permiso de Navidad se quedaron un poco avergonzados, tímidos, incluso para tomarse de la mano, puesto que el noviazgo postal, con sus extravagantes declaraciones, se les había ido de las manos. Pero cuando acabaron las fiestas ya habían recuperado terreno y en el tren de Wothing, camino de casa de los padres de Douglas, éste pronunció un discurso entre murmullos, que se perdió casi totalmente debido al estruendo de las ruedas, en el que le expresó a Claire lo muy enamorado que estaba de ella.

La situación en Alemania estaba todavía demasiado revuelta como para permitir que las esposas acompañaran a quienes estaban destacados allí, así que acordaron que no se casarían hasta que Douglas fuese destinado nuevamente a Gran Bretaña. No volvió a disfrutar de un permiso hasta la primavera, y sólo para un largo fin de semana. Hacía calor y puesto que no había ninguna casa en la que pudieran estar solos, se pasaron el tiempo paseando por los North Downs y haciendo planes. Caminaban despreocupadamente por los mismos senderos transitados por los peregrinos de Chaucer. El tranquilo Weald corría a sus pies, había flores silvestres, alondras y abundante soledad. Fueron delirantemente felices y fue un fin de semana delirante, y a juzgar por la repetición de la palabra, Stephen dedujo que su madre los estaba absolviendo de un cierto grado de atolondramiento. Naturalmente, cuando Douglas volvió en julio para un permiso más largo, Claire tenía noticias trascendentales para él. Ella decidió elegir el momento y esperó a encontrarse de nuevo en las colinas y entre flores silvestres una vez restablecida la agradable y juguetona intimidad.

Cuando imaginaba de antemano ese momento, casi podía oír un diálogo de película y ver el sol veraniego iluminando la escena: Douglas henchido de orgullo, los rasgos dulcificados por la reverencia y la admiración y una nueva ternura.

—Pero no se me ocurrió que ese día pudiese hacer frío y viento.

Y todavía peor, Douglas parecía otro. Se mostró nervioso, abstraído y distante. A ratos parecía aburrirse. Cada vez que Claire le preguntaba si le ocurría algo, él le cogía la mano y se la apretaba casi con ferocidad. Si le preguntaba con demasiada frecuencia, él se volvía irritable.

Al final de su anterior visita decidieron comprar unas bicicletas para liberarse de los erráticos autobuses locales, y puesto que ésa iba a ser su primera compra conjunta, la primera adquisición con vistas al pequeño imperio que construirían juntos, parecía apropiado comprarlas nuevas. Ya las tenían elegidas y habían dado una paga y señal, y ahora, en el tercer día de permiso de Douglas, fueron a recogerlas con la comida ya preparada y dispuestos a poner buena cara al mal tiempo. Claire había decidido dar la noticia ese día, a pesar de la lluvia y de que Douglas estaba más silencioso que nunca. Se puso más alegre en cuanto estuvieron sobre las bicis y empezó a cantar, algo que nunca había hecho antes en presencia de Claire. Así que ella aprovechó la ocasión y soltó su secreto mientras pedaleaban por la transitada High Street.

Fue una conversación difícil. Hasta que no se encontraron en un camino vecinal, después de desmontar para empujar las pesadas bicicletas en un paso a nivel situado al pie de una colina, no pudieron discutir el asunto. Llovía con fuerza y tenían que luchar contra el viento. Fue todo muy diferente de la escena imaginada por Claire, y además injusto, pues no había razón para que el espíritu del delirante fin de semana no fuera a proseguir en pleno verano. Douglas parecía perturbado. ¿Desde cuándo lo sabía? ¿Cómo lo sabía? ¿Por qué estaba tan segura?

—Pero ¿no estás emocionado? —dijo Claire, cuyas lágrimas se difuminaban en la lluvia—. ¿No eres feliz?

—Por supuesto que sí —respondió Douglas al instante—. Sólo trato de aclarar las cosas. Esa es mi única intención.

En lo alto de la colina, donde la lluvia cesó un poco y el

viento amainó de repente, Douglas se secó la cara con un pañuelo.

—Todo ha sido un poco repentino, ¿sabes?

Claire asintió. Comprendía que debía una excusa, pero estaba demasiado ahogada.

—Y eso significa que debemos cambiar nuestros planes.

Ella lo había dado por supuesto. Y el relativo escándalo que implicaba un niño nacido a los seis meses de casados no sería nada comparado con su felicidad. Claire asintió con el ceño fruncido.

El camino descendía invitadoramente hacia los bosques, pero no parecía adecuado volver a montarse en las bicis y deslizarse en un momento tan serio, así que bajaron la colina llevándolas de la mano sujetándolas con los frenos. Durante el descenso, Claire empezó a sentir que iba a enfrentarse a algo indefinible, algo que no había tenido en cuenta.

Su silencio. Era como si pudiese saborearlo, saborear las cosas que no decía. «Empecé a marearme. Ya sabes que los malos olores te afectan cuando estás embarazada.»

En realidad se detuvieron para que Claire pudiese vomitar en la cuneta. Douglas sostuvo la bicicleta. Cuando prosiguieron, ella sintió que ya había oído los argumentos y que había sufrido una miserable derrota; Douglas estaba cansado, lamentaba el compromiso o había otra mujer en Alemania. Cualquiera que fuera la causa, no quería el niño. Eso era lo que pasaba por su cabeza. Lo que causaba su reticencia era el aborto —«y en aquella época la palabra tenía unas connotaciones muy diferentes y sucias»—, el aborto y la dificultad de plantearlo.

La ira se iba abriendo paso en la mente de Claire. Ahora se sentía lúcida. Si él no lo quería, tampoco ella. El niño que llevaba dentro no era siquiera una entidad, ni algo que debía defenderse a toda costa. Todavía era una abstracción, un aspecto de su amor; si éste había acabado, el niño también. Ella no pensaba someterse de por vida a la ignominia de la madre soltera. Si Douglas era tan sólo un episodio pasajero, no quería que algo se lo

199

recordara siempre. Ella debía ser libre y deshacerse de ese idiota que le había hecho perder el tiempo. Estaba furiosa. Y en su furia apretaba los frenos, de forma que debía empujar más. Quería acabar, ya, en la cuneta, sobre el suelo, en el polvo, bajo ese árbol, en aquel preciso momento. El dolor no significaría nada, la purificaría y justificaría. Luego se montaría en la bicicleta y pedalearía rápido. El viento y la lluvia enfriarían su rostro, la renovarían y la curarían. Seguiría adelante y no desmontaría en las rampas de la colina. Seguiría y dejaría atrás a ese hombre débil, cuyo silencio apestaba y le daba náuseas.

Sí, había tomado una decisión y ya era un hecho. Casi pertenecía al pasado. Pero así como en Navidad su intimidad hubo de ponerse a la altura de las cartas, ahora aún no habían empezado a hablar para plantear la difícil propuesta, y razonar tortuosamente en torno a ésta con mentiras y falsas pretensiones lógicas antes de llegar a una conclusión que ella había aceptado ya. Debían pasar por todo eso antes de que ella fuese libre. Era tal su impaciencia que hubiese querido gritar, o coger su bicicleta y estrellarla contra la carretera. En lugar de ello, se llevó la mano a la boca y se mordió con fuerza un nudillo.

Siguieron paseando. Una cierta intensificación del silencio de Claire hizo que Douglas fuera consciente de su propio silencio. El le pasó un brazo por los hombros y preguntó si se encontraba mejor. Ella no contestó. Douglas se mostró solícito, culpablemente solícito cuando descubrió que ella había llorado. Se excusó por su timidez. Era maravilloso que estuviese embarazada, un motivo de celebración. Recordó que había un pub un poco más allá. Una vez ante un vaso de cerveza podrían escapar de la fina pero molesta lluvia, y por encima de todo podrían sentarse a una mesa y pensar las cosas con todo cuidado. Claire supo entonces que el proceso había empezado, pues si debía nacer el niño, decir «pensar con todo cuidado» era menos apropiado que «sentir con indulgencia». Ella asintió valerosamente y se montó en la bicicleta para abrir camino. Tras torcer a la derecha hacia una carretera algo más ancha, llegaron al pub. Dejaron las bicicletas en el porche, al resguardo de la lluvia. Eran apenas las doce y fueron los primeros clientes del día. El bar estaba húmedo y en penumbra y Claire temblaba cuando se sentó a esperar a que Douglas trajera las cervezas. Se dio masajes en las piernas para que dejaran de temblar, se sentía como si estuviese en una cama de hospital esperando una operación. Advirtió la alegre y vacua conversación que su ex novio mantenía con el propietario. ¿Estaría preocupado? Volvió la ira y con ella su resolución. Cesó el temblor. Lo único que debía hacer era beberse la cerveza mientras Douglas hablaba por los dos hasta dar con la decisión correcta. Ella le haría pagar al contado por su traición y después no volvería a verle.

Douglas tomó asiento junto a ella en el banco empotrado con una mirada de bien, aquí estamos. Levantaron las jarras y dijeron «¡Salud!». Se produjo un silencio durante el cual Claire golpeó el suelo rítmicamente con el pie y Douglas se pasó los dedos por los cabellos engominados y húmedos. El carraspeó y recordó el tiempo que hacía desde su última visita a ese pub: menos de una semana antes de estallar la guerra. Otro tenso interludio y, finalmente, él empezó. Era maravilloso que estuviese embarazada, más que nada porque ahora sabían seguro que podrían empezar una familia en cualquier momento. *Ya* hemos empezado una familia, pensó Claire, pero no dijo nada. Estaba sentada rígida y trataba de no escuchar con demasiada atención. Sólo con que aguantase un poco todo terminaría, en cuanto él plantease su culpable promesa de pagar y dispusiese los arreglos necesarios. Otras parejas, decía Douglas, lo intentaban durante meses, y años, a veces sin el menor éxito. El hecho de poder tener un niño tan fácilmente era una evidencia de su amor, de lo adecuado de éste. Eso le hacía amarla aún más y sentía confianza en ella, y en el futuro juntos. Ella nunca le había oído decir tantas cosas de un tirón. El le cogió la mano y la apretó, y ella devolvió el apretón invitadoramente.

—Yo me dije a mí misma: «Sigue adelante, zoquete, quiero irme a casa.»

El habló entonces de su difícil situación. De momento no había indicios de que le fueran a destinar a casa, y en Alemania apenas acababan de empezar la construcción de los cuarteles para casados. Su incomodidad se notaba menos cuando dejaba los asuntos personales para tratar de cuestiones más amplias. Habló de la carestía de la vivienda en Inglaterra, de la situación internacional, del puente aéreo sobre Berlín, la nueva guerra fría y la bomba nuclear.

Hacía rato que él se había acabado la cerveza, y la de Claire permanecía casi intacta. Ella se estaba poniendo impaciente y pensó que debía precipitar las cosas.

—Si tratas de decirme que no debería tenerlo —le interrumpió—, empecemos por...

Horrorizado, Douglas alzó ambas manos para hacerla callar.

—No estoy diciendo eso, querida. En absoluto. Todo lo que estaba tratando de decir es que debemos pensarlo bien, mirar los diversos ángulos y preguntarnos si es el mejor momento y si es...

Claire lamentó su intervención. Douglas se había visto desviado de su tema y empezó desde el principio, diciendo otra vez lo hermosa que estaba y lo profundo de sus sentimientos. Si podían hablar ahora, cualquiera que fuese su decisión les uniría más en el futuro. Y siguió en ese sentido, ampliando tímidamente los «en cualquier caso» mientras se abría paso hacia su posición anterior.

Fue durante ese discurso cuando Claire, aguardando todavía pero algo distraída, miró a través del local en dirección a la ventana cercana a la puerta.

—Puedo verlo ahora tan claramente como te veo a ti. Había un rostro en la ventana, el rostro de un niño que parecía flotar. Miraba dentro del bar. Tenía una especie de mirada suplicante y estaba blanco, blanco como una aspirina. Me miraba fijamente. Reflexionándolo al cabo de los años, pienso que probablemente era el hijo del dueño, o el hijo de algún granjero. Pero en lo que a mí respecta, estaba convencida, sabía que estaba viendo a mi propio hijo. Si lo prefieres, te estaba viendo a ti.

Mientras Douglas hablaba y el niño miraba desde la ventana, en Claire se produjo una transformación. Era extraordinario que pudiera pensar en destruir a ese niño sólo porque se sentía herida por su novio. El niño, su niño, de pronto era de carne. La miraba y la reclamaba. Era independiente de cualquier cosa que pudiera ocurrir entre ella y ese hombre. Por vez primera consideró la idea de una individualidad aparte, de una vida que ella debía defender con la suya. No era una abstracción, ni un punto negociable. Estaba ahora en la ventana, un ser total, que le suplicaba su existencia, y lo llevaba dentro, desarrollándose intrincadamente y viviendo al ritmo de su sangre. No era un embarazo lo que se discutía, era una persona. Se sintió enamorada de ella, quienquiera que fuese. Había empezado una historia de amor.

Entonces desapareció el niño. Ella no le vio irse. Sencillamente, se disolvió en la nada. Ahora se volvió hacia Douglas, que seguía con su equívoco discurso, y se sintió protectora. Con toda benignidad, recordó cuánto le amaba y que estaban empezando juntos una aventura. Lo que estaba presenciando no era un acto de duplicidad o de cobardía. Era un hombre que conjuraba sus poderes masculinos de razón y lógica y todo su considerable conocimiento acerca de los acontecimientos en curso, todo porque sentía un profundo pánico. ¿Cómo podía saber que no amaría al niño hasta verlo y saber cómo era? Douglas iba enumerando ejemplos con los dedos de la mano izquierda, sin saber que su destino se estaba decidiendo. Ella recordó lo magnífico que había estado en el almacén, y qué fuerte. Era un error por parte de Claire creer que él, o cualquier otro hombre, serían fuertes en todas las circunstancias. Ella le había dado la noticia en un estado de ánimo pasivo, esperando de él que reaccionase justo como ella lo había hecho, y que se hiciera cargo del problema. Pero ella se había mostrado resentida, masoquista y autocompasiva. Si Douglas se comportó de forma débil, ella hizo lo mismo. Y sin embargo la verdad es que ella iba un paso por delante de él, porque Claire ya amaba al niño y sabía algo que Douglas ignoraba. O sea que era su responsabilidad y su momento de actuar, de mostrarse decidida. Iba a tener el niño, eso ya estaba fuera de cuestión, pero iba a tener también a su marido. Ella le puso la mano en el antebrazo y le interrumpió por segunda vez.

La señora Lewis cerró los ojos y reclinó la cabeza sobre un almohadón. Permanecieron sentados, silenciosos, en la habitación cada vez más oscura. Su respiración regular sugería que se había dormido, pero finalmente dijo en un murmullo, sin abrir los ojos ni mover la cabeza:

—Ahora cuéntame tú.

Stephen empezó su historia sin vacilar, pero omitió toda referencia a Julie. Paseaba por el campo, dijo; y al final, tras la experiencia de caer bajo tierra, se pintó a sí mismo paseando por la cuneta de la carretera, a casi un kilómetro del pub. Cuando describió las bicicletas, cosa que hizo con gran cuidado, observó atentamente a su madre. No dio síntomas de reacción, ni siquiera cuando él describió los gestos, las ropas o los peinados. Sólo habló cuando él hubo terminado, y fue sólo un leve suspiro:

—Ah, bien...

No había necesidad de discutir. Tras una breve reflexión, dijo que estaba cansada. Stephen la ayudó a levantarse de la butaca y a subir las escaleras, y se dieron las buenas noches en el descansillo.

—Todo esto coincide —dijo—. O casi.

Dio media vuelta y se dirigió a su dormitorio, apoyándose con la mano en la pared.

Una hora más tarde su padre regresó tan cansado que a duras penas podía con el peso de su abrigo, o doblar los brazos para desabrochárselo. Stephen le ayudó y le acompañó hasta la butaca donde había estado sentada su madre. Hasta que no le hubo traído una cerveza y se la estuvo bebiendo durante un cuarto de hora, el señor Lewis no fue capaz de contar su odisea. Un día de esperas ansiosas, trasbordos de autobús fallidos, empujones y preguntas a desconocidos le habían dejado sin reservas. La creciente mugre de los espacios públicos y la agresividad de los mendigos le habían dejado asombrado.

—La basura en las calles, las pintadas sucias en las paredes y la pobreza..., todo ha cambiado mucho en diez años, hijo. Ese es el tiempo que ha transcurrido desde la última vez que visité a Pauline, diez años. Es otro país. Se parece mucho al Extremo Oriente en su peor aspecto. Ya no tengo fuerzas o estómago para soportarlo.

Bebió un trago de cerveza. Stephen vio temblar la jarra. Pensando que con ello podría animar a su padre, le dijo que había tenido razón y que el libro sobre educación infantil ya había sido escrito antes de que la Comisión acabase de recoger los testimonios. Pero el señor Lewis se limitó a encogerse de hombros. ¿Por qué debería alegrarse? Se puso en pie entre crujidos, rehusó la ayuda de Stephen y anunció que se iba a la cama. El señor Lewis nunca se había perdido una tarde de charla y cervezas con su hijo, pero ahora le palmeó débilmente en el hombro y se dirigió a las escaleras, emitiendo pequeños carraspeos de impaciencia mientras subía. Eran apenas las nueve y media cuando Stephen, una vez recogidos los utensilios del té, apagó las luces y salió en silencio de la casa donde sus padres dormían.

8

> En ocasiones como ésta, el padre sujeto a presión puede encontrar cierto
> solaz en la vieja analogía entre la infancia y la enfermedad, una condición que
> incapacita física y mentalmente, que distorsiona las emociones, las percepcio-
> nes y la razón, y frente a la cual el crecimiento es una lenta y difícil recupe-
> ración.
>
> *Manual autorizado de educación*, HMSO

La noticia de un manual de educación encargado en secreto
por el primer ministro salió a una columna en la segunda página
del único periódico que no apoyaba activamente al gobierno. Estaba tímidamente redactada, y sólo hacía referencia a rumores y a
fuentes generalmente bien informadas, cosa que quizá facilitó el
enérgico desmentido acerca de la existencia de tal libro que el
primer ministro efectuó en el turno parlamentario de preguntas.
La noticia se trasladaba entonces al pie de la primera página y
ofrecía unas citas perturbadoras, pero sin anunciar la posesión física del libro. A lo largo del fin de semana un ejemplar fotoco-
piado llegó a manos del líder de la oposición, y el lunes el periódico publicaba un titular que anunciaba la inminente tormenta y,
más abajo, se citaban abundantes acusaciones, surgidas del cuartel
general de la oposición, que hablaban de «grande e indecente cinismo», «desagradable charada» y de «vil traición a los padres, al
Parlamento y a los principios». A mitad de semana otros periódicos publicaban la noticia. Las filas del gobierno se decían «preo-
cupadas» e «insultadas». Se solicitó, y fue concedido, un debate
de emergencia, pero éste se retrasó una semana.

Desde la época en que Charles Darke estuvo en política, a
Stephen le gustaba pensar que poseía un conocimiento interno
de cómo funcionaban ese tipo de cosas, y de momento todo parecía ir bien. Una debilitada oposición estaba haciendo lo que po-

día, no había otras noticias capaces de eclipsar a ésta y al cabo de tantos años todavía parecía haber una exigencia general de cierto grado de probidad entre los altos cargos.

El retraso de una semana fue importante. El miércoles, en nombre de un gobierno limpio y de una discusión informada, el primer ministro ordenó que se imprimiesen dos mil ejemplares del libro ilegal y que se distribuyesen entre los periódicos y otras instituciones involucradas. Las prensas del gobierno trabajaron toda la noche y los repartidores salieron al amanecer. Los periodistas se pasaron el día leyendo y escribieron por la tarde para acabar a tiempo sus artículos de la noche. Las críticas del día siguiente fueron favorables, o si no neutrales. Un periódico sensacionalista titulaba a toda página: «Siéntate, calla y escucha.» Otro decía: «¡Niños, todos en fila!» Para la prensa seria, era «una obra maestra autoritaria». Resaltaba «el fin de la confusión y de la bajeza moral en la educación infantil», y para el periódico que fue el primero en publicarla, «con su búsqueda honesta de certidumbres logra captar el espíritu de la época». Cualquiera que fuese la forma en que había escrito, «El Libro» era ejemplar, y debía ser ampliamente distribuido. Un puñado de oscuros funcionarios trabajando a alta velocidad habían establecido un nivel del que la Comisión Oficial debería tomar buena nota. Por perspicacia o por negligencia, el gobierno se había descolgado con un tipo de iniciativa que los padres respetarían.

Una vez dejado de lado el asunto de El Libro, la cuestión que restaba era muy sencilla: ¿había mentido el primer ministro al Parlamento en el turno de interpelaciones? Tanta simplicidad quedó enturbiada de inmediato por rumores cuya fuente resultaba difícil localizar, según los cuales el libro no había salido de Downing Street, sino de un nivel intermedio en el Ministerio del Interior. Dos días antes del debate de emergencia, tanto el libro como la mentira se desvanecieron en la discusión. La cuestión ahora era la presentación, es decir, hasta qué punto el primer ministro lograría estar a la altura de las circunstancias para llevar a cabo una representación en el Parlamento capaz de entusiasmar a sus seguidores y restablecer la confianza en el liderazgo. Aunque los razonamientos verídicos fueran deseables, hasta cierto punto, eran vitales las explicaciones convincentes y de corazón.

Inclinado sobre la radio con una lata de cerveza, Stephen escuchó cómo se ventilaba el asunto contra un fondo ininterrumpido de felicitaciones y rugidos. La voz familiar, con un tono a mitad de camino entre tenor y contralto, no falló una sola sílaba mientras trataba de convencer al auditorio. Downing Street no había sabido nada acerca de la existencia del libro hasta la semana anterior. El primer ministro no iba a condenar el encargo del libro pese a la existencia de la Comisión Oficial. Se trataba de un documento interno destinado a fijar los temas para el departamento correspondiente. Al parecer había sólo tres ejemplares y no estaban en circulación. Estrictamente hablando, el Ministerio del Interior había actuado incorrectamente al no informar a la Oficina del Gobierno, lo cual era lamentable, pero no violaba ningún principio importante. Era un sinsentido infantil pretender que el gobierno tuviera intención de publicar aquel libro en lugar del informe de la Comisión Oficial. ¿Qué ganaría con ello? Era profundamente lamentable que el trabajo de la Comisión se convirtiera en una redundancia debido a la necesidad de publicar el libro, pero la culpa la tenía el irresponsable funcionario que había presentado el documento a los periódicos. Ese criminal iba a ser perseguido y castigado. No habría una encuesta oficial porque el asunto era demasiado trivial. Los nombres de los autores del libro no se divulgarían y los funcionarios públicos no serían puestos a disposición de ningún Comité Especial.

Había quedado demostrado que existía una profunda preocupación entre padres y educadores ante la caída en los estándares de comportamiento y la falta de responsabilidad civil entre muchos elementos de la sociedad, particularmente los jóvenes. La educación desempeñaba claramente un papel importante en ello y no cabía duda de que los padres en el pasado habían sido inducidos a error por estúpidas teorías a la moda acerca de la educación infantil. Había un llamamiento para regresar al sentido común y se pedía al gobierno que tomase la delantera. Eso era lo que hacía y lo que iba a continuar haciendo, sin dejarse intimidar por las patéticas difamaciones y las calumnias irresponsables de sus oponentes.

La trémola voz del jefe de la oposición era incapaz de abrirse paso entre los gritos y pateos de los leales cuando Stephen apagó el receptor. El ministro del Interior, que nunca había gozado de las simpatías del primer ministro, tendría que presentar la dimisión. La Comisión Oficial de Educación había recibido una sentencia de muerte implícita. Un trabajo limpio y bien hecho. Stephen miró la rejilla de aluminio del aparato y se maravilló de su propia inocencia. Era una de esas ocasiones en que sentía que no había crecido del todo, y que apenas sabía cómo funcionaban las cosas; entre la verdad y la mentira corrían complicados canales; en la vida pública los supervivientes adeptos navegaban con instinto seguro, al tiempo que mantenían una gran dosis de dignidad. Sólo de forma ocasional, como consecuencia de un error táctico, era preciso decir una mentira sustancial, o presentar una verdad importante. Por lo general se trataba de mantener el equilibrio entre los dos extremos. ¿No ocurría en gran parte lo mismo con la vida privada?

Stephen preparó una comida rápida y se la llevó a la mesa de trabajo. En el espacio gris entre la ventana y dos casas de pisos cercanas, copos de nieve muy separados eran arrastrados por un viento fuerte. Las prometidas nevadas de marzo estaban en camino. Se había entrometido ingenuamente. Para poner algo en marcha no bastaba con enviar un libro a los periódicos y luego esperar sentado. La cultura política era teatral y requería una constante y activa dirección de escena que le sobrepasaba. Esperaba que Morley le llamase. Mientras imaginaba la conversación que tendrían, sonó el teléfono junto a su codo y se sobresaltó. Era Thelma.

Desde su visita del verano pasado habían mantenido un contacto intermitente. Ella mandaba postales humorísticas y recriminatorias. Le divertía, o al menos simulaba divertirle, que Stephen pudiera estar tan alarmado por el comportamiento de Charles, y lo tomaba como una prueba de incipiente madurez. «Tú mismo eres un experimentador —le escribía—. Defendías en nuestra mesa el dadá. Ahora el dadá calienta las zapatillas junto al fuego.» Fingía creer que él era personalmente responsable de Charles, y que toda la culpa la tenía su primera novela. «Querido gerontofílico, por favor, escríbele a Charles una novela ensalzando las virtudes y alegrías de la senilidad. O pégales un tijeretazo a tus pantalones más largos y ven a vernos.» A ella le había encantado la historia de su subida a la cabaña del árbol. «Charles está instalando una nevera. Por favor, ven a ayudarle a subirla.» Detrás de estas bromas, que a veces eran muy retorcidas, subyacía la acusación de haberles abandonado. Tanto si Charles había emprendido un valeroso viaje hacia su pasado o si, sencillamente, había caído en la locura de forma dulce e inofensiva, Stephen tendría que haber estado a mano para apoyar a su viejo benefactor. Había demostrado tener demasiados prejuicios.

Mientras estuvo en baja forma, los sentimientos de Stephen habían sido sencillos. Charles y Thelma habían sido en un momento dado la representación misma de la madurez. Su casa exudaba solidez y excitación. Contra el fondo de un silencio caro y ordenado, la gente hablaba competitivamente, y se exponían teorías extravagantes o disparatadas respaldadas por políticos y científicos que bebían, se reían como locos y luego se iban a casa para levantarse al día siguiente y acudir a sus empleos de responsabilidad. En los primeros tiempos, Stephen pensaba a veces que ésa era la clase de hogar en la que le hubiera gustado crecer. Al menos, había pasado su depresión en el elegante cuarto de invitados de Thelma, se había sentado a sus pies para escuchar, o para fingir que escuchaba, y había aprendido las cosas del mundo con Charles.

Una vez destrozadas sus vidas y trasladados a Suffolk, y tras haber presenciado hasta qué extremos necesitaba llegar Charles, Stephen sintió que era él quien había sido traicionado. La pérdida era enteramente suya. Y se protegió a sí mismo con delicadas objeciones: la falsa niñez de Charles y el estímulo de Thelma era un asunto privado y matrimonial. Ellos necesitaban a Stephen de la misma forma que algunas parejas necesitan a un observador para reforzar su deseo sexual o para dramatizar y dar validez a sus respectivos papeles. Ninguno de los dos le había querido explicar lo que estaban haciendo. Lo cual le impedía saber cómo comportarse. Le estaban utilizando. Además, cuando Charles regresase a su forma de vida anterior, cosa que seguramente haría algún día, se ahorraría mucha vergüenza si Stephen mantenía ahora su distancia. Su amistad podría reanudarse.

Ahora que tenía su trabajo, el árabe y el tenis, estaba menos seguro de todo ello. Todavía se estremecía sólo con imaginar un nuevo encuentro con Charles en pantalones cortos y hablando su estudiado inglés de colegial, pero la curiosidad de Stephen y su sentido del deber aumentaban. Antes, cuando estaba perdido y avanzaba de día en día a trompicones, había tenido que protegerse frente a las locuras de los demás. Ahora, pensó, podía arriesgar más y mostrarse generoso. Pero no hacía nada. Estaba atado a sus rutinas diarias y se mostraba reacio a romperlas incluso por un día o dos. Estaba esperando un cambio, acontecimientos como esta llamada de Thelma.

Su voz sonaba tensa y jadeante. La acústica del teléfono exageraba el chasquido de su lengua contra el paladar.

—Stephen, ¿puedes venir inmediatamente? ¿Puedes venir hoy?

—¿Qué ocurre?

—No puedo decírtelo ahora. ¿Puedes intentar venir lo antes posible, por favor?

Stephen arrugó la lata de cerveza vacía con la mano. El chasquido hizo que Thelma dijese de inmediato:

—¡Dios mío! ¿Qué ha sido eso? Stephen, ¿estás ahí?

—Escucha —dijo Stephen—. Voy a ir a la estación para coger el primer tren que salga. Pero no sé a qué hora será.

Thelma pareció haberse separado el teléfono de la boca.

—No podré ir a buscarte. Tendrás que coger un taxi.

Y colgó.

Llevó a la cocina los restos de la comida, lavó el plato y se dispuso a cerrar el piso. Mientras aseguraba las ventanas advirtió que los copos de nieve se estaban espesando y haciéndose más blancos contra el aire que se oscurecía. Fue al dormitorio y recogió ropa para una semana. En el estudio escribió una nota para el señor Cromarty, que dejaría de bajada, y una carta para su entrenador que echaría en la estación.

Ya tenía puesto el abrigo y estaba manipulando los botones del contestador automático cuando el teléfono sonó de nuevo. Una voz de mujer dijo con precisión militar:

—Aquí Parque Móvil, quisiera hablar con el señor Lewis.

—¿Sí?

—¿Está usted solo en casa? Bien. Por favor, no salga en los próximos diez minutos. Y deje esta línea desocupada. Tiene usted visita.

La comunicación quedó interrumpida mientras Stephen pedía explicaciones. Fue a una ventana y miró hacia la calle congestionada por un tráfico de hora punta. Sólo visible cuando caía entre franjas de luces rojas y amarillas, la nieve se disolvía en cuanto se posaba en un hostil entorno de asfalto y metal caliente. Se sintió tentado de salir de inmediato hacia la estación, pero la curiosidad le mantuvo paseando por el vestíbulo. Pasaron más de diez minutos. Su bolsa estaba junto a la puerta principal y ya se dirigía hacia ella cuando vio que una sombra atravesaba el cristal de la puerta, que estaba cubierto de hielo, un instante antes de que sonara el timbre.

Los cuatro hombres que había fuera podían pasar por testigos de Jehová. Con breves sonrisas de excusa pasaron a su lado buscando con la mirada las instalaciones: la luz del vestíbulo, la caja de los fusibles, los pasamanos, los zócalos y las puertas. Ignorando su «Pero ¿se puede saber?», se dispersaron por el piso. Estaba a punto de ir tras ellos cuando nuevos pasos en las escaleras le hicieron regresar al descansillo para mirar hacia abajo. Un joven con gafas y una brazada de teléfonos subía seguido de dos mujeres; una llevaba una máquina de escribir y la otra una centralita portátil. Abajo había más gente. Oyó que alguien caía pesadamente en el escalón suelto y un murmullo de juramentos amortiguado. Los tres primeros entraron a toda prisa sin advertir su presencia, absortos en sus asuntos mientras se perdían por el piso. Esperó la llegada del resto, pero de momento no se produjo sonido alguno. Se inclinó por encima de la barandilla y vio las puntas de unos relucientes zapatos varios metros más abajo. Aguardaban.

El pequeño anexo a la cocina estaba siendo transformado en una oficina. Habían conectado un teléfono rojo, otro negro y dos blancos a la centralita, donde titilaban diminutas lucecitas. El de las gafas hablaba por el teléfono rojo recitando un largo código. Una de las mujeres escribía ya a máquina sin mirar las teclas y haciendo uso de todos los dedos, una habilidad que Stephen siempre había admirado. Uno de los cuatro agentes de seguridad entró procedente de la escalera de incendios. Todo empezaba a parecer hogareño. Una secretaria disponía sobre la mesa las bandejas de entrada y salida, un grueso montón de papeles, una caja plana que contenía sujetapapeles de colores, chinchetas, gomas y un sacapuntas con forma de tomate. Alguien trajo una silla y le dijo a Stephen que se quitase de en medio. En cuanto hubo adivinado lo que estaba pasando, adoptó un ficticio aire de diversión. Cruzó los brazos, apoyado en el quicio de la puerta y observando la actividad, cuando oyó un movimiento detrás de él y una voz junto a su oído.

—Nos dirigíamos hacia las afueras con un hueco sin precedentes entre dos citas y el primer ministro insistió. Le prometo que volverán a ponerlo todo en su sitio.

Un caballero calvo y con gafas de media luna le había cogido por el codo y le estaba arrastrando a través del vestíbulo a paso de tortuga. Del cuarto de estar llegaba el zumbido de un transmisor de onda corta.

—Hemos pensado que estaría más cómodo en el estudio.

Se detuvieron ante la puerta y el caballero sacó de un bolsillo interior un formulario impreso y una pluma y se los entregó a Stephen.

—Es una declaración de Secretos Oficiales. Firme en la línea de puntos, si no tiene inconveniente.

—¿Y si no quiero?

—Nos vamos y le dejamos en paz.

Stephen firmó y devolvió el papel y la pluma. El caballero llamó suavemente a la puerta del estudio y al sonido de una voz la abrió para Stephen y luego la cerró sin ruido tras él.

El primer ministro, que estaba ya instalado en la butaca junto al fuego, saludó con la cabeza cuando Stephen, todavía con el abrigo puesto, tomó una silla de madera y se sentó. En una estantería situada a pocos centímetros de la butaca, justo dentro de la línea de oscuridad trazada por una lámpara, estaba el libro de Morley. Trató de no mirarlo. Le estaban hablando:

—Espero que nos perdone todo esto. Como puede ver, no viajo ligero de equipaje.

Por un momento se cruzaron sus miradas pero ambos las desviaron casi de inmediato. Stephen no había contestado y las siguientes palabras sonaron frías e interrogantes.

—¿Es un mal momento?

—Estaba a punto de salir hacia la estación.

El primer ministro, de quien se decía que despreciaba los ferrocarriles, pareció aliviado.

—Ah, bueno. Los de Parque Móvil le llevarán, seguramente.

Transcurrió el lapso de tiempo suficiente para permitir que se disipara la insustancialidad de las formalidades. Se aclararon la garganta por turno. Stephen se inclinó hacia adelante en la silla y contempló el juego mientras se disponía a escuchar, disponiendo el abrigo en torno a sí como para protegerse.

La voz surgió impersonal para soltar un discurso preparado.

—Señor Lewis, o Stephen si me lo permite, quisiera discutir

214

con usted un asunto muy delicado, un asunto personal. Sé muy poco acerca de usted, pero tiene a su favor dos puntos que me hacen creer que tenemos mentalidades muy parecidas y que compartimos una determinada forma de ver la vida.

Stephen no puso ninguna objeción. Quería oír más.

—Usted trabajó en uno de los subcomités y por lo que yo sé, no se opuso a ninguna de sus conclusiones. Y es usted un íntimo amigo de Charles Darke. He venido para hablar sobre Charles pese a correr un gran riesgo de verme comprometido, o de parecer ridículo. Debo confiar en usted. En realidad, me estoy poniendo en sus manos. Sin embargo, debo advertirle que en caso de que pretendiese dar a conocer nuestra conversación, o incluso mi presencia en esta casa, le costaría mucho que le creyeran. Se han tomado las precauciones necesarias.

—A eso se le llama tener confianza —dijo Stephen, sin que le hicieran caso.

—He pensado larga y seriamente sobre lo que debería hacer. No he venido aquí impulsivamente. Pensé que debíamos vernos de forma amistosa y natural, y que así podría darle al menos una pista de lo que ocurre. Lamento que no pudiera asistir al almuerzo.

El teléfono sonaba en la cocina. Por costumbre, Stephen se irguió pero luego volvió a sentarse sobre el abrigo.

—Antes de seguir adelante, creo que debo explicarle, por si usted nunca ha pensado en ello, las singulares trabas de mi profesión. Quiero ponerme en contacto con Charles, de forma personal quiero decir. Los clichés son ciertos. El poder es soledad. Desde el momento en que me despiertan hasta última hora de la noche estoy rodeado de funcionarios, consejeros y colegas. El cultivo y la expresión de sentimientos es irrelevante en mi profesión y no puedo hablar con ninguna de esas personas de forma íntima. En el pasado eso no ha constituido ningún problema. Sólo ahora, cuando tengo algo que expresar, me encuentro confinado y curiosamente incapaz. Desorientado. Otros pueden expresar por carta sus sentimientos y echarla al correo. Por razones obvias, esto queda fuera de discusión. Donde yo estoy, el teléfono está tan complicadamente controlado, filtrado, registrado y archivado, que mantener una conversación personal es inimaginable. He tratado de comunicarme con Charles, a nivel oficial, naturalmente, pero él se limita a ignorame. Creo que su esposa se interfiere. Ultimamente me he sentido casi desesperado.

—Su discurso de hace un rato en los Comunes no parecía traslucir tal cosa.

El primer ministro prosiguió en voz más baja.

—Me presentaron a Charles durante un almuerzo que di en busca de nuevos diputados, en el mes de octubre de hace varios años. Su energía y agudeza..., parecía decidido a hacerme reír, su encanto y su entusiasmo por todo aquello que defendía el partido, parecían totalmente inverosímiles. Creí que estaba tomándome el pelo, o parodiando algo que yo no acababa de entender, y eso me hizo pensar que era inteligente pero quizá poco fiable. En los siguientes encuentros esa impresión desapareció y empecé a encariñarme con él. Era juvenil, alegre, y poseía una útil experiencia en varios campos. Verle, aunque por supuesto nunca nos encontrábamos a solas, me animaba. Empecé a considerar un futuro para él. Algo en el campo de las relaciones públicas. Pensé que algún día podría ser un convincente presidente del partido.

»Yo le aleccioné y le aconsejé que se diese a conocer, porque así sería más fácil ofrecerle algo. En mi opinión necesitaba conseguir experiencia. Entonces nadie podría pararle. Cuando puse en marcha el Proyecto de Educación, me aseguré de que Charles se hiciese responsable de algunos subcomités. Ello nos dio ocasión para encontrarnos confidencialmente de vez en cuando. Estaba lleno de ideas, y yo esperaba impaciente esas reuniones. Empecé a llamarle con una frecuencia un tanto innecesaria. Usted puede pensar que resulta extraordinario y perverso el que yo estableciera una relación con un joven...

—Oh, no —respondió Stephen—, en absoluto. Pero él está casado. Y usted es el depósito de las virtudes familiares.

—Ah, eso —supiró el primer ministro—. El no tiene hijos, y difícilmente cabría describir la relación con su esposa como una familia. Hay mucha infelicidad ahí, como bien sabrá.

—¿De verdad?

—Incluso con Charles en Interior, el Proyecto en marcha y los periódicos Consejos de Ministros, seguía viendo muy poco a Charles. Así que, tras mucho pensarlo, recurrí al MI5 e hice que, bueno, le siguieran las veinticuatro horas del día. No albergaba sospechas, naturalmente. Era tan leal a su país y a su gobierno como yo mismo. Tomé toda clase de precauciones para que no se le abriese un expediente. ¿Sabe?, tenerle controlado todo el día era una forma de estar constantemente con él. ¿Lo comprende?

Stephen asintió.

—Cada tarde a las siete recibía una relación detallada y pasada a máquina de sus movimientos y contactos durante las veinticuatro horas precedentes. Solía leerlas de noche en la cama, tras los informes confidenciales y los telegramas de Exteriores. Me imaginaba a su lado. Debía conocer sus costumbres, sus lugares favoritos, sus amigos. Usted mismo aparecía mucho en esos informes. Era como si yo fuese su ángel guardián.

»Al paso de los meses los informes se fueron acumulando y yo releía algunas páginas, como haría con mi novela romántica favorita... por más que yo no lea tales cosas. Caí en la cuenta de lo poco que su esposa le acompañaba y de su insistencia en mantenerse apartada de su carrera política, al menos fuera de casa.

—Ella tenía su trabajo —dijo Stephen.

—Eso es lo que usted dice. Pero empezaron a aparecer costumbres extrañas en la conducta de Charles. Había visitas a determinadas casas en Streatham, Shepherd's Bush y Northolt. Puedo asegurarle que fue la preocupación y no los celos lo que me hizo dirigirme al MI5 para que investigase más a fondo. Podrá imaginar mi sorpresa al descubrir que estaba frecuentando prostitutas. Después supe que en esas casas se ocupan de clientes con gustos altamente especializados.

—¿Qué clase de gustos?

—Los clientes dedican gran atención a los atuendos. A partir de ahí no quise saber nada más. Comprendí que era una evidencia clara de la profunda infelicidad de su matrimonio. Era, con toda seguridad, el comportamiento de un hombre muy solitario. Después de todo, ni siquiera era fiel a un único establecimiento. Pensé que debía ayudarle, hablar con él y tranquilizarle. Estaba pensando en una excusa para reunirme con él cuando recibí su carta de dimisión. Me disgusté, o más aún, me enfadé. Quise que le vigilasen en Suffolk, pero el MI5 se quejó de la utilización de personal sin resultados visibles. Enviar gente allí sin razones convincentes hubiese despertado sospechas. O sea que desde entonces no he sabido nada de él. Sólo tengo los viejos informes y, naturalmente, los borradores de nuestros encuentros para el Proyecto.

Stephen tuvo buen cuidado de mantener un tono neutral.

—¿Por qué no se toma el día libre y va usted allí a verle?

—No puedo ir solo a ninguna parte. Además de la escolta, debo llevarme el teléfono rojo y ello implica como mínimo tres técnicos. Y *además* un chófer extra. Y *además* alguien del Estado Mayor Conjunto.

—Ordene un desarme —dijo Stephen— en nombre de los sentimientos.

El primer ministro tenía el don de saber ignorar los comentarios irrelevantes.

—Me gustaría saber cómo está y qué hace. Usted había prometido telefonearme, ¿recuerda?

—Sólo me quedé una noche y estuve casi todo el rato con su esposa. Creo que él está bien, se toma las cosas con calma y proyecta escribir un libro.

—¿Le habló de su carrera política? ¿Le habló de mí?

—No, me temo que no.

—Sin duda pensará que todo esto es ridículo, ya que él podría ser mi hijo.

—Por supuesto que no.

De nuevo sonaba su teléfono. El primer ministro miró el reloj en la mesa de Stephen.

—Lo que quiero de usted, señor Lewis, es que transmita un mensaje a Charles. Me gustaría hablar con él, personalmente, no por teléfono. Si prefiere que le deje en paz, respetaré sus deseos tras un último encuentro. A él le resulta más fácil ponerse en contacto conmigo y ya sabe cómo hacerlo. ¿Cree que le verá usted pronto?

Stephen asintió.

—En ese caso le quedaré muy agradecido.

Aunque ninguno de los dos se levantó, la entrevista había acabado. Estar a solas con el jefe del gobierno era una oportunidad para dar salida a un monólogo interior que llevaba dos años sosteniendo: enfrentarse a la persona auténticamente responsable y cuestionar, por ejemplo, la instintiva toma de partido por los poderosos, la exaltación del interés propio y la traición a las escuelas, los mendigos y todo lo demás; pero todo ello le pareció secundario respecto a lo que habían estado hablando, poco más que unos pálidos temas de debate que sin duda alguna hubiesen recibido respuestas bien preparadas.

Stephen pensó en Thelma.

—Estaré encantado de transmitir su mensaje.

El primer ministro se puso en pie, esparciendo olor a colonia, y sonrió mientras se estrechaban la mano.

—¿Ha firmado la declaración?

—Sí.

—Bien. Sé que puedo confiar en usted plenamente.

El caballero de las gafas de media luna oyó el chirrido de la silla de madera; la puerta se abrió justo antes de que el primer ministro llegase a ella. Stephen contempló la espalda que se alejaba y, en cuanto se quedó solo, se dispuso a hacer los últimos preparativos para el viaje. Apagó el fuego y cerró la ventana del estudio. Abrió un cajón de la mesa y de entre las hojas de un talonario en blanco cogió las seiscientas cincuenta libras que guardaba para casos de emergencia.

Salió al vestíbulo a tiempo de ver al hombre con la brazada de teléfonos que salía por la puerta. Los demás le siguieron inmediatamente después. El último en salir fue uno de los agentes de seguridad, que con un gesto teatral de la mano indicó a Stephen que podía inspeccionar el cuarto de estar. Todo estaba de nuevo en su lugar, incluidas las tazas sucias y las revistas atrasadas. Sobre la mesa había una fotografía de la habitación justo antes de haber sido ocupada. Stephen se volvió para felicitar al hombre por la meticulosidad de sus colegas, pero también él se había ido.

Apagó las luces, recogió la bolsa y utilizó tres llaves diferentes para cerrar la puerta principal. En el piso de abajo, el apartamento del señor Cromarty estaba a oscuras. Stephen tuvo que detenerse a buscar en la bolsa la nota que había escrito, y mientras la pasaba bajo la puerta, oyó su teléfono sonando en el piso de arriba. Quizás, si subía aprisa y se mostraba competente con las llaves... Pero ya llevaba bastante retraso. Volvió a coger la bolsa y bajó los escalones de tres en tres. Corrió en dirección al rugido del tráfico y atravesó la acera con el brazo ya levantado llamando al taxi que aún no había visto.

Quedaban menos de veinticinco minutos para la salida de su tren. Estaba demasiado inquieto, demasiado escrupulosamente entregado a proteger el divagar de sus propios pensamientos para meterse en el húmedo y palpitante estruendo del café de la estación. Así que compró una manzana, echó la carta al buzón y paseó arriba y abajo por el andén, golpeando los pies contra el frío del cemento reluciente. Se detuvo cerca de una locomotora diesel recién llegada. En la cabina el conductor cerraba los interruptores y apagaba el monstruo. Stephen todavía tenía una ambición por cumplir. De niño nunca se había atrevido a dirigirse a un maquinista de tren. Ahora todavía era más difícil. Permaneció exhalando vapor y comiéndose la manzana, tratando no parecer ridículamente esperanzado y al mismo tiempo incapaz de alejarse por si acaso el conductor le invitaba. Pero el hombre se había puesto debajo del brazo un periódico doblado y estaba bajando. Pasó junto a Stephen sin dedicarle ni una mirada.

Más allá de los andenes, junto a las puertas del vestíbulo de taquillas, un puñado de mendigos se apiñaba en torno a una máquina de fotomatón abollada. Había más de un centenar de ellos, expulsados de las calles por el frío. Muchos llevaban abrigos excedentes del ejército. Todavía con diez minutos por delante, Stephen se dirigió hacia ellos. No estaban pidiendo. No se les permitía hacerlo en las estaciones, y nadie se atrevía a darles nada habiendo tantos por allí. Pero algunos optimistas, en la periferia del grupo, pedían a los transeúntes sin que se les viera mover los labios. Los demás guardaban silencio. Sólo una expectativa podía mantenerlos tranquilos en una esquina de la estación. Quizá estaban esperando un caldero de sopa o un reparto de vales de comida.

El dulce vaho de ropa usada y alcohol metílico resultaba penetrante incluso en ese aire helado. Una rejilla de ventilación de diez metros se había convertido en atestado dormitorio. Stephen lo recorrió en toda su longitud. Si lograban resistir poco más o menos otro mes hasta la llegada del buen tiempo, tendrían muchas probabilidades de alcanzar el otoño siguiente, momento en que comenzaría la nueva criba. Esa noche, los pocos que iban sin abrigo lo iban a pasar mal. Había llegado hasta el final de la fila de cuerpos y se detuvo a mirar un rostro familiar. Era duro, de huesos pequeños y por un momento sin edad. Pertenecía a una figura acurrucada sobre los barrotes de acero y tenía las rodillas alzadas para dejar sitio a un anciano corpulento. Tenía abiertos los ojos opacos y miraba al vacío. Era un viejo amigo, alguien de sus tiempos de estudiante, empezaba a pensar Stephen, o bien procedía de un sueño. Siempre había sabido que antes o después encontraría a alguien conocido con un brazalete. Entonces la reconoció: era la chica a la que le había dado dinero el año anterior, o diez meses atrás. Reconoció bajo el anorak de nailon el jersey amarillo, ahora gris. La cara, aunque inconfundible, se había transformado. Había desaparecido la burlona vitalidad. La piel estaba picada de viruelas y áspera, y se abultaba blandamente en torno a unos rasgos que parecían haberse contraído para protegerse. Tenía los brazos cruzados al pecho.

Decidió regalarle su abrigo. Era viejo y él estaba a punto de subirse a un tren con calefacción. Se lo quitó, dejó la bolsa en el suelo y, arrodillándose, se interpuso en su ángulo de visión, aunque ella estaba demasiado cansada o indiferente para observarlo. Trató de recordar cómo había visto a Kate en esa chica. Puso la mano sobre el huesudo hombro. El hombre que estaba junto a ella se incorporó sobre un codo. Para un cuerpo tan grande, su voz resultó aguda y deprimentemente jovial.

—¡Eh, eh! ¿Conque ésas tenemos? A ella no le interesa —rió.

Stephen extendió su abrigo sobre la muchacha y le tocó la mano. Estaba tan fría como el aire circundante. Le tocó el rostro y ella siguió mirando, confirmando en términos absolutos su indiferencia. Recogió la bolsa y se incorporó. Quitarle ahora el abrigo era imposible. Y no podía recordar si había vaciado los bolsillos. A su espalda sonó un pitido y un tren sufrió una sacudida. En el reloj de la estación vio que le quedaba menos de un minuto y medio.

El hombre le miraba a él y al abrigo.

—Váyase —dijo astutamente—, o lo perderá.

Stephen sabía que si denunciaba el asunto no saldría de Londres esa noche. Temblando de emoción, dio media vuelta, se giró y caminó aprisa antes de echar a correr cuando vio en su andén a un guarda que recorría el tren a todo lo largo cerrando puertas. No miró hacia atrás hasta que no tuvo la mano firmemente apoyada en una fría manija. A unos quinientos metros, y momentáneamente oculto por una carretilla de correos que pasaba, el hombre estaba arrodillado sosteniendo el abrigo en el aire y palpando los bolsillos. Un estremecimiento recorrió el tren. Stephen hizo girar la manija y saltó dentro para iniciar su acostumbrada búsqueda del asiento más solitario.

Sólo cuatro personas bajaron un par de horas más tarde en la estación de Suffolk, donde ya no había empleados. Mientras Stephen buscaba una cabina de teléfono a lo largo del mal iluminado andén y luego en la fachada de la estación, sus cuatro compañeros de viaje se marcharon del aparcamiento en tres automóviles. Había dejado de nevar y una capa de nieve de ocho centímetros se extendía difundiendo la luz humeante de una Luna envuelta en finas nubes. La estación estaba en las afueras de la ciudad, prácticamente en el campo, señalizada por lo que parecían simples bombillas domésticas colgadas en lo alto de unos postes. Stephen se detuvo un momento, conmovido por la novedad del absoluto silencio. Entonces se subió el cuello de la americana y se dirigió al hotel del centro. Desde el bar desierto pidió un taxi y se sentó a beber junto a una estufa eléctrica.

La conductora era una mujer amistosa y maternal que insistió en abrocharle el cinturón de seguridad. Había ocupado el puesto de su marido, al que le habían retirado el carnet dos Navidades atrás. Ahora era él quien se ocupaba de la casa y, de acuerdo con su esposa, le gustaba el trabajo. Y ella había descubierto una nueva vida. Hablaba y conducía con exagerada precaución, por lo que tardaron tres cuartos de hora en recorrer los veinte kilómetros. Stephen se asaba debido a las ráfagas de aire caliente en el rostro y las piernas. Se hundió más profundamente en la piel plástica de la funda del asiento, abrumado por el flujo de conversación intrascendente y por el oscilante dado peludo que colgaba del retrovisor.

La conductora aceptó meter el coche por el camino de los Darke a pesar de su mal estado. Eran las ocho y media cuando le dejó al borde del bosque. Stephen se detuvo de nuevo en el silencio. Contempló cómo se alejaban saltando las luces de posición, y percibió la sobrecogedora y sorprendente desnudez de los árboles. Thelma y Charles tenían que haber oído el coche, y aguardaba una luz por entre los árboles y una voz que le llamara. Esperó, pero no ocurrió nada. Recogió la bolsa y se dirigió hacia la verja, ahora a la vista. La nieve del frente estaba intacta y tampoco había huellas a lo largo del sendero que corría entre dos líneas paralelas de altos troncos oscuros, el oscuro túnel verde del verano.

La casa estaba a oscuras salvo por un amarillento resplandor en una ventana de la planta baja. Llamó suavemente y como no hubo respuesta, abrió la puerta. Thelma estaba sentada a la mesa del comedor, de cara a él, a la luz de dos velas. Su rostro no demostró ningún cambio de expresión.

–Lamento haber tardado tanto. –La habitación estaba fría. Tomó asiento a su lado–: ¿Qué ocurre? ¿Dónde está Charles?

Hubo un sonido húmedo, que resonó con fuerza en el silencio campestre, cuando Thelma se sorbió el labio inferior. Transcurrió un momento lo bastante prolongado como para que Stephen lamentase haber regalado el abrigo. Estaba empezando a tiritar y necesitaba que ocurriera algo, aunque sólo fuera para entrar en calor. Cubrió la mano de Thelma con la suya. Fue como si hubiera accionado un interruptor. Ella giró la cabeza de un lado a otro, salvajemente, y luego se detuvo y rompió a llorar. El niño que había en él quedó perturbado al ver a una anciana llorando. Ella no quería consuelo. Liberó su mano para cubrirse el rostro y se estremeció cuando la tocó en el hombro.

Recogió una manta de una butaca y se la echó por encima. En el cuarto de estar encontró un brasero y lo trajo. Mientras Thelma seguía sollozando, él se dedicó a avivar el fuego, cuyas brasas estaban todavía calientes. Buscó una botella de scotch, dos vasos y una jarra de agua en la cocina. Cuando tomó asiento, la habitación ya estaba caliente. Sin embargo, ella siguió con las manos sobre el rostro. Entonces se levantó abruptamente, murmuró: «Perdona» y corrió escaleras arriba. La oyó en el cuarto de baño. Se sirvió una copa y se sentó junto al brasero, preparándose para las malas noticias.

Volvió veinte minutos después con una gruesa chaqueta de punto y una linterna. Dejó ambas cosas sobre la mesa y tomó asiento junto a Stephen, le cogió la mano y la apretó entre las suyas. Parecía bastante serena ahora, pero cansada, agotada.

—Estoy contenta de que hayas venido —dijo.

Stephen aguardó.

Para decir lo que tenía que decir, se levantó y se situó junto a la mesa, de perfil a él. Acarició los pliegues lanosos de la chaqueta entre el índice y el pulgar. Habló monótona y rápidamente, tratando de distanciar las palabras.

—Charles ha muerto. Muerto. Está ahí fuera, en el bosque. Tengo que traerlo. No puedo dejarle ahí toda la noche. Quiero que me ayudes a traerlo.

Stephen se había puesto en pie.

—¿Dónde está?

—Cerca de su árbol.

—¿Se ha caído?

Ella denegó con la cabeza. La rigidez del movimiento sugería que si quería mantener el control de sí misma no podía hablar.

—Necesitaré un abrigo —dijo Stephen— y unas botas.

Durante los siguientes minutos estuvieron silenciosos y atareados. Ella le acompañó hasta un armario de servicio en el que había una cazadora de trabajo y un jersey colgados de un clavo. También había un par de botas de goma manchadas de barro seco. Encontró un pedazo de cuerda en el suelo y, sin una idea clara de su posible uso, se la metió en el bolsillo. Antes de abandonar la casa reavivó el fuego.

La luna había salido límpida de entre las nubes, y sólo necesitaba la linterna en los tramos en que el sendero se sumía en las sombras. Stephen se guardaba las preguntas. Los únicos sonidos eran los crujidos de la nieve pisada y el roce de su ropa.

—Salió esta mañana y no volvió a la hora de comer, lo cual era inusual —dijo Thelma—. Al final salí a buscarle y le encontré cuando empezaba a anochecer. No recuerdo la vuelta a casa. Creo que debí hacerla corriendo. Entonces te llamé.

Siguieron caminando y cuando quedó claro que Thelma no iba a añadir nada más voluntariamente, Stephen preguntó con precaución:

—¿Cómo ha muerto?

—Creo que se limitó a sentarse —dijo Thelma con tono dudoso.

Cerca de un arroyo helado, pasaron el peñasco bajo cuya cubierta de nieve, en las hendiduras más profundas, se hallaban los elementos de una minúscula selva tropical. Incluso a la luz de la luna se veían brotes gruesos y pegajosos, y plantas corrientes que alzaban diminutas lanzas a través de la nieve. Una estación atravesaba la otra. En los espacios vacíos entre los árboles, la prodigalidad aguardaba su turno. El sendero torció en dirección al corazón del bosque. Bajaron la hondonada del roble podrido, una figura intacta desde el verano anterior. Torcieron a la derecha hacia el camino que cruzaba el sendero. Thelma fue reduciendo el paso a medida que se acercaban al claro. En el extremo opuesto, árboles crecidos e indistinguibles en la oscuridad se alzaban como una mansión. Ella se había guardado la linterna en el bolsillo y se calentaba las manos desnudas con el aliento o cruzando los brazos bajo los pliegues del abrigo. A Stephen sólo se le ocurrían más preguntas. En el bolsillo de la cazadora había encontrado una canica que hacía rodar entre sus dedos tratando absurdamente de adivinar su color. Era reconfortante pensar que aquello no era naturaleza salvaje; la cercana ciudad proyectaba luces parduzcas sobre un lado del cielo; por la carretera, a poco más de un kilómetro, pasaron dos coches; el terreno que atravesaban estaba muy cuidado y cercado con vallas y setos. Sólo la temperatura estaba igual, como si nadie existiera.

La alta pared de árboles que conducía al claro parecía consciente de lo que contenía y de por qué estaban ellos allí. Mientras cruzaban hacia su sombra, Thelma le entregó la linterna a Stephen. Ella se quedó allí. Cuando Stephen llegó a la altura de las primeras hayas, ella permanecía inmóvil. Levantó una mano para indicarle que a partir de ahí debía seguir solo.

Como muchos de su generación, Stephen tenía poca experiencia con la muerte. Mientras se dirigía hacia su segundo cadáver del día, imaginó un olor y lo percibió en la garganta, hecho de salones húmedos, telas negras y gas atrapado entre los órganos y filtrándose por los poros de una piel grasienta. Era una impresión que no estaba basada en la memoria o en los hechos, pero resultaba difícil librarse de ella. Expelió el olor al aire limpio. Para persuadirse a sí mismo de que sólo había venido a hacer un trabajo, cargar un gran peso para ayudar a un amigo, sacó la cuerda del bolsillo y trató de enrollarla profesionalmente mientras andaba.

Llegó al pequeño claro antes de lo que hubiera deseado. El rayo amarillento de la linterna chocó contra algo azulado. Se quedó inmóvil y dejó que retrocediera la luz. El aliento formaba nubes de vapor. Vio una camisa, un esternón y el cinturón de unos pantalones de pana que eran, afortunadamente, de los largos. No estaba listo para enfocar el rostro con la linterna, así que se limitó a examinar las piernas y luego los pies, cuyos pulgares estaban erectos y extendidos. A un lado había una pila de ropa, un jersey sobre un abrigo y, surgiendo del montón, unos zapatos y calcetines. Depender de un estrecho cono de luz le ponía nervioso. Apagó la linterna y rodeó el claro, manteniéndose de espaldas a los árboles y con la mirada fija en la vaga figura del otro lado. Su inmovilidad le asustaba tanto como la idea de que pudiera moverse. Charles estaba sentado con la espalda apoyada en el árbol donde había construido su cabaña. Un palmo por encima de su cabeza se veía el perfil enlodado del primer clavo. Cuando se encontraba a menos de un metro de distancia, Stephen encendió la linterna. Una capa de nieve sin fundir, de cinco centímetros de espesor descansaba sobre los hombros de Charles y en los pliegues de la camisa a lo largo de los brazos. Se había hundido profundamente en el regazo y se posaba en forma de cuña sobre la cabeza. Seguía la línea de la nariz y cruzaba el labio superior. Era un efecto cómico, pero maligno. Stephen sacudió la nieve con la mano y le limpió la cabeza y los hombros, y utilizó el índice para la nariz y el labio.

El breve contacto con este último, el labio, fue lo que le hizo retroceder. Era demasiado dúctil, resbaló sobre la encía y llegó a pensar que había sentido calor. Permaneció de pie frente a su amigo, a un par de metros de distancia, y enfocó la linterna contra el rostro. Tenía los ojos cerrados, lo cual era un alivio. La cabeza descansaba contra el árbol y la expresión, si es que la había, era de cansancio. Charles tenía las piernas extendidas por delante y los brazos le colgaban hacia abajo, con las palmas apoyadas de plano sobre la nieve, que oscurecía el dorso. Los tres primeros botones de la camisa estaban desabrochados.

Stephen enfocó el montón de ropas con la linterna. Si escribió una nota, Thelma la había encontrado. Permaneció de pie, retrasando el momento en que habría de coger el cuerpo. Volvió a sacar la cuerda, pero no logró encontrarle una utilidad. Finalmente se arrodilló a los pies de su amigo, le pasó los brazos en torno al pecho y tiró. Al enderezarse, arrastró a Charles consigo, sujetándole de los muslos para echarse el cuerpo sobre los hombros.

Cuando ya estaba erguido y se giraba torpemente para buscar el sendero, escuchó detrás de sí, donde la cabeza de Charles le rozaba ligeramente la espalda, un largo suspiro de desilusión susurrado tomando como base la letra «o». Stephen dio un grito y saltó de lado por el claro, al tiempo que arrojaba el cuerpo de Charles sobre la nieve. Ahora tenía que arrastrar el cuerpo otra vez, apoyarlo contra el árbol y repetir la parte más complicada, que era la de poner la cara muy cerca de la de su amigo. Cuando se enderezó por segunda vez con el peso, no percibió sonido alguno.

Si cambiaba de dirección bruscamente, se tambaleaba. Por lo demás, resultaba un peso muy manejable porque quedaba repartido con equilibrio. El estaba en una forma decente gracias al tenis. Se adentró por el sendero y, cuando salió de la relativa claridad del claro, recordó que llevaba la linterna en el bolsillo. Pero la luna estaba casi vertical sobre su cabeza, y las sombras se habían desvanecido. Al principio, lo que le oprimía no era el peso del cuerpo, sino el frío que transmitía a través de la carne hasta los huesos de los hombros y la espalda. Le robaba el calor rápidamente, como si pronto fueran a cambiar posiciones y el cuerpo, resucitado por el calor, pudiera llevar el frío cadáver de Stephen hasta la casa.

Temblaba al tiempo que sudaba. Más allá, y a través de los árboles, distinguió la claridad del claro mayor. Thelma seguía donde la había dejado. Mientras se aproximaba pensó en depositar a Charles a sus pies. Ella podría ayudarle a cargar el peso en cuanto él hubiese descansado. Pero Thelma dio media vuelta en cuanto él se acercó y echó a andar por donde habían venido. No miró hacia atrás al emprender el camino. Y él no tuvo más remedio que seguirla.

Para cuando llegaron al bosquecillo y empezaron a trepar la suave inclinación de la hondonada, el peso le provocaba a Stephen un agudo dolor, principalmente en las piernas, el cuello y el punto en que sus brazos sujetaban las rodillas de Charles. Thelma sólo se había detenido una vez para sacar la linterna del bolsillo de Stephen. Ninguno había pronunciado una palabra hasta ese momento.

Aunque el dolor se intensificó, Stephen decidió no soltar el cuerpo de Charles hasta llegar a la casa. Esa sería su expiación por su pobre papel como amigo. Ya había dejado tirado antes a su amigo y no pensaba hacerlo de nuevo ahora. Pensamientos heroicos como ése eran lo que hacían tolerable el dolor. Pero cuando finalmente Thelma atravesó el jardín y entró en la antecocina, e hizo un gesto para indicar que era allí donde quería que dejase el cuerpo, Stephen no pudo poner en acción los músculos adecuados, porque se habían endurecido hasta más allá de su control. Permaneció tambaleante en la pequeña y brillantemente iluminada estancia, incapaz de dejarlo en el suelo.

–¡Cógelo! –gritó–. ¡Por amor de Dios, quítamelo de encima!

Si Stephen se apresuró a lavarse las manos en el fregadero de la cocina fue menos en nombre de la higiene que por restablecer la línea entre vivos y muertos. La cocina estaba demasiado caldeada ahora, y cerrada. Atravesó el comedor. Años atrás, habían derribado una pared para formar una larga galería. Los muebles eran escasos y el aire frío y puro. Thelma ya estaba allí, descansando contra el alféizar de una ventana, todavía con el abrigo puesto. Stephen se dirigió a una silla pero descubrió que no podía sentarse. Aunque sus manos parecían tranquilas, todo su cuerpo vibraba a alta frecuencia. Había un zumbido en sus oídos, o en la habitación, justo en el límite de lo audible. Le hubiera gustado echar a correr. Pensó que sería formidable estar en una pista de tenis. Thelma cruzó la habitación hasta la ventana adyacente y regresó. El contorneó los muebles haciendo mucho ruido con los talones. Thelma estaba de pie junto a la chimenea vacía. Stephen alzó la cabeza cuando creyó oírla murmurar, pero era el sonido de piel contra piel mientras se frotaba las manos. Trajo de la cocina el scotch y dos vasos. Le resultaba difícil controlar el chorro de licor.

La bebida le supo salada. «¿Es que le echan sal?», preguntó. Ella le miró desconcertada y Stephen no repitió la pregunta. De todas formas, tras una pausa, ella asintió. Sujetando el vaso con ambas manos, Thelma cruzó la estancia hacia Stephen. Pero permaneció de espaldas a él mientras bebía.

—Debes saber —dijo ella finalmente, pero todavía sin volverse— que no ha sido una sorpresa. Ya lo intentó en Londres, y más de una vez. Yo pensé que venir aquí sería como un indulto. De hecho, fue sólo un aplazamiento.

—Yo creía conocerle bien —dijo Stephen—. Pero, obviamente, estaba equivocado.

—Suele ser así. La faceta maníaca, enérgica y exitosa era pública; y el resto, las caídas en la locura, quedaban para mí. Al trasladarnos aquí se suponía que se reconciliarían las dos...

Thelma había regresado junto a Stephen.

—Salvo que —continuó Stephen— aquí yo era todo su público.

Ella le miraba sin acusación.

—Es cierto, se sintió muy molesto cuando te fuiste sin avisar aquel día, y él te esperaba. No contaba con tu aprobación, aunque ello hubiera sido estupendo. Lo único que esperaba era que no le dieses importancia.

Stephen se sintió exhausto. Miró hacia atrás y tomó asiento.

—Supongo que sí me importó —murmuró con tristeza.

Thelma se sentó en el brazo de la butaca.

—No me interpretes mal. Al final no hubiera habido ninguna diferencia. Es cierto que no dependía de tu actitud. No era eso lo que pretendía sugerir. Podría haberte contado más cosas y prepararte para lo que te esperaba. Pero Charles no era partidario. No quería que hablásemos de él así, no quería ser un caso de estudio. —Y Thelma añadió—: En aquel momento pensé que tenía razón.

Desde el fondo de la habitación un reloj empezó a dar las once. La última resonancia tuvo que disolverse en la nada antes de que fuera posible reanudar la conversación.

Thelma parecía haber entrado en un estado de neutralidad emocional.

—No conseguía compaginar su vida —dijo Thelma en tono realista—. Quería ser famoso y que la gente le dijera que algún día llegaría a primer ministro, y quería ser el niño pequeño y despreocupado, sin responsabilidad ni conocimiento del mundo exterior. No era un capricho extravagante. Era una fantasía abrumadora que dominaba todos sus momentos privados. Pensaba en ello y lo deseaba en la misma forma que otra gente desea sexo. De hecho, tenía su parte sexual. Se ponía pantalones cortos y se hacía azotar el trasero por una prostituta que se disfrazaba de niñera. Tenías que saberlo, porque era una de las cosas que él quería contarte. Es una inclinación que afecta a una pequeña minoría de escolares de pago.

»Pero había una faceta emocional más importante que le resultaba difícil de comprender o explicar. Quería la seguridad de la infancia, la falta de poder y la obediencia, y también la libertad que conlleva, la irresponsabilidad frente al dinero, las decisiones, los planes o las exigencias. Solía decir que quería escaparse del tiempo, de las citas, planes y plazos. La infancia era para él intemporal y hablaba de ella como si fuese un estado místico. La ansiaba, me hablaba de ella sin parar y se deprimía, pero al mismo tiempo allí estaba, ganando dinero, haciéndose famoso, creándose cientos de obligaciones en el mundo de los adultos y huyendo de sus sueños. Tu libro *Limonada* fue muy importante para él. Decía que era una parte de sí mismo que le hablaba a la otra. Decía que le hizo comprender que tenía una responsabilidad respecto a sus deseos y que debía hacer algo acerca de ello antes de que el tiempo le quitase la oportunidad. Era una advertencia acerca de la mortalidad. Tenía que hacer algo pronto o lo lamentaría toda la vida.

Thelma se sonó. Y mantuvo su estilo distante y analítico.

—Pero no hizo nada. Resulta difícil romper con la ambición convencional. Hubo un intento de suicidio, aunque en realidad con poca convicción. Siguió cambiando de trabajo y consiguiendo cada vez más éxito, como bien sabes. Los años fueron pasando, tal y como temía él. La presión aumentaba cada vez más. Se metió en política y obtuvo un cargo en el gobierno. Empezó a leer tu libro otra vez. Fue a causa del Proyecto de Educación. El primer ministro le invitó, lo cual implica una orden, a escribir un manual secreto, el mismo que ha armado todo ese revuelo. Charles y el primer ministro trabajaron juntos en el proyecto. Se sentía deseado, quiero decir en el aspecto sexual. Fingía que no se daba cuenta de que estaba haciendo una conquista. Sentía repulsión, pero no podía evitar el seguir flirteando. Quería seguir y no podía reprimir ese deseo. Escribió el manual bajo la supervisión de su líder, y releyó tu libro. Todo volvió a salir a la superficie y quiso hacer planes. Estaba desesperado, decía. Se le estaba acabando el tiempo. Necesitaba esta situación, me rogaba que le ayudara a ser un niño pequeño. Y finalmente acepté, pensando que si no lo hacía se desmoronaría. Naturalmente que ello me convenía a mí también, lo cual era bueno, porque la cosa no hubiera funcionado si yo me hubiese sentido insatisfecha. Quería marcharme de Londres, estaba cansada de la enseñanza y tenía el proyecto de escribir mi libro, y adoro esta casa y la tierra que la rodea.

»Comentábamos con frecuencia de dónde provendrían sus obsesiones, si había algo en su pasado que debía ser investigado o completado, o si era una compensación por algo que había perdido. En realidad Charles nunca quiso ahondar. Creo que le asustaba lo que podía encontrar. Quizá fuese su locura que se defendía a sí misma. Ya sabes que su madre murió cuando él tenía doce años, así que puede afirmarse que asociaba con ella la preadolescencia. Y tenía una fotografía, una horrible instantánea tomada cuando tenía ocho años. En ella aparece de pie junto a su padre, que era bastante importante en la City, un hombre insulso según lo recuerdo yo, pero tiránico. En la fotografía Charles parece un modelo a escala reducida de su padre, con el mismo traje y corbata, la misma postura de importancia e idéntica expresión de adulto. Así que a lo mejor le arrebataron la infancia. Pero hay otra gente que pierde a la madre en la infancia o que tiene un padre con horribles ambiciones y se las arregla para crecer sin las vehemencias sexuales y emocionales de Charles. A pesar de todas las conversaciones que mantuvimos al respecto, no creo que llegáramos a aproximarnos a la raíz del problema.

»En cualquier caso, lo dejamos todo y nos vinimos aquí. Durante un tiempo, mientras hizo calor, todo fue bien, o mejor aún, fue un idilio. Lo que para un extraño hubiera podido parecer ridículo o fantástico, para nosotros era perfectamente normal. Yo era la madre de un niño pequeño que jugaba en los bosques durante todo el día y que venía a casa para comer y dormir. Nunca le había visto tan feliz, y con tan pocas necesidades. Descubrió que le gustaba la soledad. Aprendió los nombres de las plantas, aunque nunca le vi consultar libros. Cuando volvía aquí se mostraba sencillamente feliz y afectuoso. Por las noches dormía diez horas de un tirón. Antes se las arreglaba con cuatro o cinco. Llegaste tú y tuvo un disgusto, pero no una recaída seria.

»Entonces cambió el clima, de forma más bien súbita, y Charles empezó a inquietarse por lo que ocurría en Londres. Quiso que comprásemos periódicos y yo me negué. Trató de arreglar una vieja radio y se puso furioso cuando fracasó. Entonces empezó a decir que nos íbamos a quedar sin dinero si no volvía al trabajo, lo cual era una tontería. Y peor aún, recibía cartas del primer ministro invitándole a Downing Street e insinuándole que podría buscarle un escaño en la Cámara de los Lores, o sea un título de nobleza, y un cargo en el gobierno que daría paso a cargos aún mejores.

»Se pasaba las noches angustiado, aunque durante el día todavía se iba a los bosques tratando de preservar su pureza. Pero cada vez era peor. Subía a la cabaña en pantalones cortos y se preguntaba si debería aceptar el título de lord Eaton, caso de que nadie más poseyese ya el nombre. Lo siento, no trato de reírme, Stephen. Era trágico, pero también absurdo de principio a fin. No lloro, y no pienso hacerlo. Hablábamos mucho, por supuesto. Entre otras muchas cosas, le sugerí el psicoanálisis, pero él sentía la habitual aversión inglesa. Cuando le dije que me parecía extraordinario que un hombre con tan poderosos conflictos como los suyos rehusase cualquier proceso de autoanálisis, se puso terriblemente furioso, y fue una rabieta de adulto. Llego a tirarse al suelo golpeando con los puños.

»Después estuvo cada vez más deprimido. Se sentía atrapado. Si volvía a Londres, a su antigua vida, sabía por experiencia que los viejos deseos y las compulsiones volverían a apoderarse de él haciéndole aspirar a la vida simple y segura que se había organizado aquí. Y si se quedaba aquí, se angustiaría frente a la irrelevancia de lo que estaba empezando a llamar el mundo real. Estaba agotando mi paciencia. Mi trabajo se resentía. Estaba agotada por todo el proceso. Después de mucho pensarlo, decidí que debía volver a la política. Había sobrevivido en aquel terreno durante años, y si iba a ser desgraciado no sería más que la infelicidad de un niño que no puede tenerlo todo.

»En cuanto lo expusimos y decidimos todo, se hundió aún más, y nos peleamos. Ha sido esta misma mañana. Me acusó de echarle a la calle y de impedirle ser lo que él quería. Me temo que perdí los nervios. Le dije que había intentado ayudarle de todas las formas posibles. Ahora iba a tener que responsabilizarse

234

de su propia vida. Y eso fue exactamente lo que hizo. Quería hacerme daño haciéndose daño a sí mismo, lo cual es el clásico razonamiento depresivo. Salió al bosque y se sentó. Se echó él mismo a la calle. Como todo suicidio, fue petulante e infantil. Y por más que me venza la tristeza, no creo que nunca pueda perdonarle del todo por ello.

La ira de Thelma la había hecho ponerse en pie. Stephen la contempló mientras paseaba arriba y abajo. La agitación había regresado a la estancia.

—Si Charles escribió ese libro sobre educación —dijo Stephen finalmente—, ¿por qué se mostraba tan duro? Por lo que he podido ver no parece el tipo de escrito que redactaría alguien que se sentía un niño.

—Lo he leído de cabo a rabo —dijo Thelma—, y es una perfecta ilustración del problema de Charles. Lo que le impulsó a trabajar fue su vida de ficción, y lo que le hizo escribir en la forma en que lo hizo no fue el deseo de agradar a su jefe. Eso fue lo que no logró compaginar y lo que le derrumbó. Nunca podría exhibir sus cualidades de niño... y de verdad, Stephen, tendrías que haberle visto, tan divertido, directo y cariñoso, no podía exhibir nada de ello en la vida pública. Lejos de ello, todo era una frenética compensación por lo que él tomaba como un exceso de vulnerabilidad. Todos esos gritos y afanes, sus luchas por los mercados, eran argumentos sublimadores con vistas a mantener a raya su debilidad. Con franqueza, cuando pienso en mis colegas de trabajo, en el *establishment* científico y en los hombres que lo manejan, y en la propia ciencia, o en cómo ha sido concebida a lo largo de los siglos, debo decir que el caso de Charles era sólo una forma extrema de un problema general.

—Estoy seguro de que es verdad —dijo Stephen.

Ahora su ira se volvió contra él.

—Eso es lo que dices. Pero piensa en el último año y en toda *tu* infelicidad, en tus forcejeos y en la indiferencia justo cuando delante de ti tenías... bien, ahora puedes ver la diferencia entre decir que una cosa es cierta y saber que lo es.

Stephen se levantó de la butaca.

—¿De qué hablas? —preguntó—. ¿Qué es lo que estaba delante de mí?

Thelma dudó, y estaba a punto de responder cuando el breve silencio se desintegró en el repiqueteante timbre del teléfono. Incluso antes de que contestase, Stephen cayó en la cuenta de que se había pasado la tarde oyendo sonar teléfonos sin contestarlos.

—¿Sí? —dijo Thelma—. Pero si está aquí, conmigo... Bien... Sí, confía en mí... Lo haré...

Thelma le tendió el auricular y tapó con la mano libre el micrófono. Y dejó bien claro que no se había olvidado de responder a su pregunta.

—Julie —dijo—. Julie estaba delante de ti. Ahora quiere hablar contigo.

Stephen cogió el auricular y escuchó. Thelma sonreía ahora ampliamente, y durante todo el tiempo sus ojos entornados y llenos de lágrimas estuvieron fijos en él.

9

Daba la casualidad de que el tren nocturno de Escocia que atravesaba Norfolk y Suffolk en su camino hacia Londres se detenía brevemente en la estación local a la una y veinte de la madrugada. Stephen le pidió prestado el coche a Thelma, llegó al andén un minuto antes de la hora prevista y dejó las llaves bajo el asiento tal y como habían convenido. Le pagó al revisor una cama y pidió que le despertasen en cuanto llegasen. Se tumbó con los pies en la almohada y contempló a través de un claro en el cristal helado la punta más sobresaliente de la sombra del vagón recortada contra una nube de carbonilla. Del compartimiento contiguo le llegaban los sonidos ahogados de una pareja que hacía el amor. Durante veinte minutos se asombró ante la invariable persistencia y la impresionante fijación de la pasión. ¿Llegaría a dejarse arrastrar otra vez por ese camino? Cuando el tren empezó a aminorar la marcha en la siguiente estación, el ritmo también se hizo más lento; había estado escuchando algo suelto que golpeaba contra el tabique divisorio.

Se quedó dormido cuando entraban en los suburbios y le despertó un brusco golpe en su puerta. En su confusión, malinterpretó esa urgencia y bajó precipitadamente con la bolsa al andén, el mismo del que había partido la noche anterior. Se quedó tambaleándose y tratando de recobrarse. Pero salvo por unos mozos que cargaban correspondencia y revistas en un tren cercano, la estación estaba desierta. Acababan de regar el suelo. Todavía entumecido por el sueño, salió en busca de un taxi. Pero la parada estaba vacía y por la calle no circulaba tráfico alguno. Caminó en dirección a St. Paul con el cuello de la cazadora de trabajo de Charles levantado para protegerse del viento frío y áspero. Llevaba caminando media hora cuando le recogió un taxi con la luz apagada. El conductor se iba a su casa al otro lado del río y aceptó llevarle hasta Victoria Station.

Al cabo de un rato, Stephen corrió el panel de cristal y le ofreció doscientas cincuenta libras para que le llevase a Kent.

El taxista sacudió la cabeza de inmediato.

—No, ni hablar. No lo tome a mal, pero necesito dormir.

—Trescientas, pues.

—Lo siento,

—¿Y dos mil quinientas?

El taxi se detuvo y el conductor se giró en el asiento.

—Primero quiero verlas.

Stephen le mostró las manos vacías.

—Sólo quería saber cuál era su precio.

El hombre se echó a reír mientras arrancaba de nuevo. Y todavía seguía riéndose para sí mismo cuando aceptó el dinero de Stephen al final del viaje.

En parte debido a la cercanía de las cocinas benéficas, esta estación parecía más animada. Junto a la cerrada ventanilla de billetes se estaba celebrando una fiesta a base de jerez y sidra, bastante tranquila si se tenía en cuenta el número de inestables figuras con abrigos militares. Tres negras, cada una de ellas con una gigantesca máquina succionante, se acercaban por separado al grupo. En los andenes, docenas de hombres se dedicaban a la interminable descarga de trenes. De vez en cuando, un grito rebotaba lánguidamente contra el lejano techo. En el tablero de salidas Stephen leyó que el primer tren con paradas a lo largo de la línea de Dover salía dentro de tres horas, a las seis cuarenta y ocho.

Caminó tras una traqueteante carretilla cargada con paquetes de revistas semipornográficas. Cuando se detuvo, Stephen la rodeó para preguntar al conductor si había algún tren correo con dirección a Dover. El hombre se encogió de hombros y repitió la pregunta a los dos mozos que se disponían a descargar la carretilla. Dos veinte, murmuraron en confusa secuencia, hacía una hora y media. Stephen estaba a punto de alejarse cuando uno de los mozos de estación, un muchacho de menos de veinte años, dijo con la intensidad de un coleccionista de trenes:

—Uno de mantenimiento sale hacia allá ahora.

—¿De dónde?

—No podrá cogerlo.

Aun así, señaló en dirección al punto en que la rampa del andén descendía hacia la noche.

Stephen le dio las gracias y echó a andar, ignorando un fuerte grito de burla a su espalda seguido de grandes risotadas de ánimo.

La plataforma seguía más allá del tejado de la estación y de un cartel que prohibía a los pasajeros pasar, y seguía por entre un lío de vías y a lo largo de un sendero estrecho y manchado de carbonilla. A unos ciento cincuenta metros, en una vía muerta iluminada por altos postes eléctricos, había una locomotora diesel con un solo vagón detrás, ambos de un amarillo rabioso. Stephen se acercó sin ningún plan concreto. Llegó bajo la cabina y se encontró mirando a un hombre más o menos de su edad, que llevaba un gorro de lana encajado en sus espesos y negros rizos. Stephen consideró que el gorro era una buena señal, una prueba de buen humor.

Tuvo que gritar por encima del ronquido del motor:

—¿Es usted el conductor?

El hombre asintió.

—Quisiera hablar con usted.

—Entonces suba.

Se aupó con dificultad debido a la bolsa. En el cálido y estrecho espacio había menos contadores e interruptores de lo que esperaba. El suelo vibraba de forma agradable bajo sus pies. Vio dos novelas policiacas de bolsillo, un termo, una lata de tabaco, unos prismáticos y un par de gruesos calcetines de lana plegados sobre sí mismos. Era un lugar íntimo y sucio como un dormitorio. El conductor se había desplazado hacia la puerta opuesta para hacerle sitio. Stephen resistió la tentación de dejarse caer en uno de los asientos del conductor. Hubiera sido una temeridad.

En lugar de ello, apoyó la mano en el respaldo y dijo:

—Me preguntaba si podría usted llevarme hasta cierto lugar camino de Dover.

Mientras hablaba, se llevó la mano al bolsillo trasero y sacó los billetes de cincuenta libras.

—Sé que está estrictamente prohibido, pero...

Extendió la mano con el dinero. El conductor tomó asiento, apoyó el codo en el panel de control y se sujetó la mejilla con los nudillos. Miró más allá del dinero, en dirección al rostro de Stephen.

—¿Está usted huyendo o algo por el estilo?

Puesto que no había esperado tener que dar explicaciones, lo único que se le ocurrió a Stephen fue la verdad:

—He recibido una llamada de mi esposa, mi ex esposa.

Se sentó, considerando que se había ganado el derecho.

—¿Cuándo la vio por última vez? —dijo el conductor recalcando el pronombre, como si conociera a la mujer en cuestión.

—En junio pasado.

—Eso lo explica todo —sentenció el conductor, haciendo una mueca.

Stephen aguardó una explicación, o una decisión, pero el conductor, todavía apoyado en el codo y jugando con los controles con la mano, no decía nada. Stephen se pasó los billetes a la otra mano. Era reacio a guardárselos, porque podía parecer que retiraba su oferta. Estaba considerando la posibilidad de intentar otra aproximación cuando vio a través del parabrisas que las luces se movían lateralmente. El tren avanzaba más lento que al paso. En una pasarela, unos doscientos cincuenta metros más allá, tuvo lugar un cambio en un conjunto de señales iluminadas, aunque no logró recordar qué color se había añadido o desaparecido. El conductor se enderezó en el asiento. Aumentaron la velocidad mientras atravesaban un rápido y complejo sistema de señales que les llevó hasta el otro lado del cinturón de vías.

Stephen aguardó a que pasara el tramo ruidoso y dijo:

–Gracias.

El conductor no le miró, pero se ajustó el gorro a modo de respuesta.

En lugar de mirar a los lados, para ver andenes o patios traseros, era infinitamente mejor mirar al frente los kilómetros de cinta metálica al desenrollarse y los accesorios ferroviarios que se curvaban en una trayectoria de colisión para apartarse en el último momento con una precisión exquisitamente calculada. Mientras iban adquiriendo velocidad a través de South London, empezó a nevar, cosa que incrementó para Stephen el placer de moverse hacia adelante; se precipitaban contra un vórtice de copos de nieve cuyo extremo abierto giraba en torno a ellos, con lo cual parecía que se atornillaba más fuerte contra el tren.

El conductor chasqueó la lengua contra los dientes y miró el reloj:

–¿Dónde quería ir usted?

Stephen le dijo la estación.

–¿Ella vive allí?

–Unas tres millas al sur.

Por vez primera desde que se pusieron en marcha, el conductor miró a Stephen.

–Ya sabe que no podemos pararnos en una estación.

Stephen trató de describir la plantación y la curva de la carretera, pero entonces recordó La Campana.

–Lo conozco –dijo el conductor–. Puedo dejarle muy cerca.

Pasaron del reflejo anaranjado de los suburbios a los oscuros intervalos que aún quedaban entre las ciudades dormitorio. La nieve se debilitó y luego cesó. Aumentaron la velocidad. Stephen todavía sujetaba con fuerza el dinero. Volvió a ofrecerlo, pero el maquinista mantuvo los ojos fijos en la vía, con una mano sobre la palanca curvada y la otra profundamente hundida en el bolsillo.

—Déselo a su ex. Creo que ella lo necesitará.

Stephen se guardó el dinero en el bolsillo y sintió que lo menos que podía hacer era presentarse.

—Edward —contestó el conductor, y explicó que llevaba un taller móvil y una cantina al lugar donde una cuadrilla empezaría a trabajar por la mañana. Iban a reparar un túnel, para recomponer el asiento de las vías dañado por las aguas. Se trataba de un hermoso túnel antiguo, uno de los mejores del sur. La semana anterior habían examinado a la luz de un foco el enladrillado del techo y el contrafuerte de la entrada.

—Aquello es como una catedral. El techo es como una bóveda de abanico, y nadie puede verlo.

Dentro de dos años la línea iba ser clausurada.

—Nunca lo recuperarán —dijo Edward tras una pausa—. Venderán el terreno y nunca lo recuperarán.

—Es irracional —dijo Stephen.

Edward sacudió la cabeza.

—Es demasiado racional, amigo. Ese es el problema. Ahí hay una catedral en la oscuridad. ¿Sirve para algo? Pues se cierra. Y se construye una autopista. Pero las autopistas no tiene corazón. Usted no verá nunca un puente con niños apuntando matrículas de automóviles, ¿verdad que no?

Tardaron una hora en llegar a la pequeña estación. En cuanto la atravesaron, Edward empezó a accionar los frenos.

—Le dejaré a la altura del paso a nivel. No tiene pérdida. Suba la colina, baje por el otro lado y siga por el bosque hasta el cruce. Tuerza allí a la derecha y no tardará en ver el pub a su derecha.

Se detuvieron en el extremo opuesto de la barrera automática. Stephen le tendió la mano a Edward.

—Ha sido usted muy amable.

—Venga, baje ya. No quiero que me despidan, y usted tiene cosas que hacer.

Stephen bajó a la vía y el conductor le arrojó la bolsa. A continuación se produjo la conmoción de una celebración. La gigantesca máquina rugió al empezar a moverse, y detrás de él repiquetearon los timbres y relampaguearon las luces rojas al tiempo que se abrían las barreras para restablecer el derecho de paso por la carretera. Después, en cosa de un minuto, se rehízo el silencio.

Más allá del cruce se alzaba la empinada colina. No habían pasado coches por la carretera desde la última nevada, y el camino que debía recorrer era una blanca e impoluta banda entre los setos. Tenía enfrente la luna, ya en poniente. Era una carretera embrujada. Caminó en silencio por el borde, consciente de la joven pareja a su lado, que empujaba silenciosa sus bicicletas contra la lluvia y el viento, perdida en sus sentimientos silenciados e inarmónicos. ¿Dónde estaban ahora esos jóvenes? ¿Qué les separaba de él aparte de los cuarenta y tres años? Su momento, aquí, era un eco evanescente. Podía oír el austero tintineo de las ruedas traseras y las pérdidas de ritmo debidas a la diferencia de paso. Alcanzó la cima con ellos y se detuvo como ellos habían hecho.

La reluciente carretera bajaba y se curvaba hacia el bosque medio kilómetro más allá. Dejó la bolsa en el suelo y manejó las correas para ajustárselas a los hombros y luego se ató el cordón de un zapato con la nerviosa eficacia de un velocista en la línea de salida. Se enderezó y aspiró hondo. Sentía el imperativo de su cita como una rigidez en las paredes del estómago, como una fría emoción. Durante un último instante, saboreó la contenida energía de la altitud antes de echarse hacia adelante y dejar que la colina le arrastrase abajo y fijase su andadura, una carrera casi sin esfuerzo a través de la nieve. Al cabo de trescientos metros ya había ajustado la respiración al golpeteo de cada zancada. Le parecía que se iba a elevar en el aire si dejaba caer la bolsa. Golpeaba la tierra para ayudarla en su movimiento rotatorio, de modo que las cosas corrían hacia él tanto como él se desplazaba hacia las cosas. Ya estaba entre árboles y en el bosque donde la carretera se abría paso en la nieve. Eligió uno de ellos como el árbol en el que su madre había decidido acabar con él. Incrementó la velocidad pese a estar en terreno llano, y su respiración se hizo más pesada. Doscientos cincuenta metros más allá estaba el cruce, así que tomó un atajo a través del accidentado terreno, tropezando contra los montículos sombríos.

La segunda carretera era más ancha, y Stephen recordaba su aspecto y los altos árboles que se arracimaban en los márgenes. Más adelante estaba la cabina de teléfonos, la cuesta y la curva cerrada de la carretera, de donde partía el sendero que se adentraba en la pradera; y a la derecha La Campana, que bajo esta luz parecía un atrevido boceto a lápiz. Al llegar a la altura del porche echó una ojeada. Entonces entendió que su experiencia allí no sólo había sido recíproca con la premonición de sus padres, sino una continuación, una especie de repetición. Tuvo la premonición, seguida de la instantánea certeza avalada por una sonrisa de Thelma y la inmediata comprensión de Edward, de que todos esos meses, de que todo el dolor y la espera vacía, se habían cerrado dentro de un tiempo comprensible y dentro del mejor desenlace posible. A pesar de faltarle el aliento lanzó un aullido de reconocimiento y echó a correr por la cuesta y por el camino que conducía a casa de Julie.

La puerta principal no estaba cerrada. Daba directamente sobre el cuarto de estar, cuyo cálido y oloroso aroma a pan y café sugería vigilia. Al cerrar la puerta olió el perfume de Julie en un abrigo y una bufanda que estaban colgados detrás. La luz procedente de un fuego de carbón se expandía por el suelo, dejando el resto de la habitación en penumbra. Sobre la impoluta mesa de trabajo se veía un jarrón de barro con ramas de acebo y un violín que descansaba sobre una gamuza amarilla. En un silla había una ordenada pila de ropa recién planchada. A su lado, en el suelo, un libro sobre el cielo nocturno y una taza en un plato. Estaba en el centro de la estancia cuando oyó en el piso de arriba el familiar crujido de la cama y luego pasos por encima de su cabeza.

—Soy yo —dijo al pie de las escaleras.

La sombra de la barandilla se curvaba contra la pared. Ella estaba en el descansillo. Creyó vislumbrar la blancura de un camisón, pero lo único que pudo distinguir con claridad fue su rostro a la luz de la vela que ella mantenía por delante. Se preguntó si habría estado en el extranjero. Parecía morena.

—Has venido deprisa —susurró—. Sube.

Cuando entró en la habitación, ella estaba de nuevo en la cama. Aún no había logrado normalizar su respiración y trató de disimularlo. No quería que su esposa supiese que había venido corriendo. Aparte de la vela, había una lámpara sobre el tocador y fuego en la chimenea. Alrededor de la colcha se veían libros, periódicos, una revista y partituras de música dispersas. Había flores junto a la cama y un cartón de zumo de fruta. A su espalda tenía media docena de abultados almohadones. Se detuvo a los pies de la cama y dejó la bolsa. De momento no quería acercarse más.

Ella se atrajo la colcha hacia sí. En algún lugar en sombras algo cayó al suelo.

—Creo que me han empezado las contracciones después de haber hablado contigo. Pero no te preocupes porque pueden durar días. No está previsto hasta dentro de una semana más o menos.

—No sabía nada —dijo Stephen estúpidamente.

Julie sacudió la cabeza y sonrió. El blanco de sus ojos relucía a la suave luz mientras le miraba; luego desvió la mirada. Llevaba un jersey sobre los hombros y debajo un camisón de algodón desabrochado hasta el surco de los grandes pechos. Su piel era oscura y parecía caliente. Las manos descansaban recatadamente donde empezaba el vientre abultado. Hasta los dedos, pensó, parecían más gruesos. Desenlazó las manos y dio unos golpecitos sobre la cama:

—Ven a sentarte.

Pero todavía estaba agitado por la carrera. La camisa empapada se le pegaba a la espalda. Necesitaba adaptarse a los cálidos confines de la habitación antes de poder sentarse cerca de ella y de su potencia. Para dulcificar su rechazo dijo lo primero que se le ocurrió:

—He venido en una máquina de tren, en la cabina.

—El sueño de tu infancia.

—El conductor me dejó en el paso a nivel. Parecía conocer estos lugares.

Estaba a punto de describir a Edward y contarle lo mucho que le hubiese gustado, pero luego decidió que era demasiado difícil e irrelevante. Y añadió:

—¿Por qué no me lo dijiste?

—Ven a sentarte.

Stephen dudó, pero luego dejó la cazadora y el jersey sobre una silla y puso a secar al fuego los zapatos y los calcetines. Mientras caminaba en torno a la cama, el roce de la cálida tarima bajo sus pies le trajo de nuevo la idea de hogar y de placeres inimaginables. Se sentó al borde de la cama, no exactamente donde ella había indicado. Pero Julie estaba determinada a tenerle más cerca. Le tomó con ambas manos las suyas. Stephen era incapaz de hablar, colmado de más amor del que creía ser capaz de soportar. De su estómago irradiaba luz y amor. Se sentía ingrávido y enloquecido. Ella le sonreía, casi al borde de la risa. Era el triunfal buen humor de quien ha visto confirmadas sus máximas esperanzas. Nunca la había visto tan bella. Su piel tenía una textura más fina, como la de un niño. Lo que había crecido en ella no estaba confinado a la matriz, sino incrustado en cada célula. Su voz sonaba melodiosa y grave mientras respondía a sus preguntas.

—Tenía que esperar, necesitaba tiempo. Cuando lo supe, el pasado mes de julio, me puse furiosa conmigo y contra ti. Me sentí estafada. Parecía injusto. Yo había venido aquí en busca de soledad y fortaleza. Y éste parecía justamente el peor momento, o sea que consideré seriamente la posibilidad de abortar. Pero eso fue sólo un período de ajuste, dos o tres semanas. Estar a solas porque así lo has elegido puede darte mucha claridad mental. Sabía que no podría asumir otra pérdida. Y cuanto más pensaba en ello, más extraordinaria me parecía la sencillez con que ocurrió. ¿Recuerdas lo mucho que nos costó tener a Kate? Caí en la cuenta de que lo que yo consideraba el peor momento era sólo un momento inadecuado. Empecé a pensar en ello como un regalo. Tenía que haber un entramado del tiempo más profundo, porque los momentos buenos o malos no podían estar tan delimitados.

»Podía haberte escrito entonces. Sabía que vendrías. Hubiéramos estado bien, y nos hubiéramos puesto de acuerdo, considerando que lo peor había pasado. Pero sabía que eso era peligroso para mí. De haberte llamado entonces, hubiera tenido que enterrar cosas importantes. Yo vine aquí a enfrentarme a la pérdida de Kate. Era mi tarea, mi obligación si lo prefieres, más importante que nuestro matrimonio o que mi música. Era más importante que el nuevo niño. Pensaba que si no lo afrontaba, podría hundirme. Hubo días malos, muy malos, en los que quise morirme. Cada vez que se me volvía a la mente, era más fuerte y más atractivo. Sabía lo que debía hacer. Tenía que dejar de correr detrás de ella mentalmente. Tenía que dejar de entristecerme por ella, dejar de esperarla a la puerta, de verla en los bosques o de oír su voz cada vez que ponía la tetera al fuego. Tenía que seguir queriéndola, pero dejar de desearla. Para eso necesitaba tiempo, y si el olvido requería más tiempo que el embarazo, así sería. No lo he conseguido del todo...

Su mirada se refugió en un rincón de la habitación. La vieja herida le constreñía la voz. Stephen la sintió refulgir en sus propias pestañas. Ambos aguardaron a que pasase. Las cortinas estaban abiertas de par en par y en los cristales superiores se veía el reflejo lechoso de la Luna acercándose por un costado de la casa. En una mesa al pie de la ventana había una serie de medicinas listas para ser utilizadas por la comadrona. A su lado, oscurecido por la sombra de un armario, se veía un jarro con narcisos.

–Pero he hecho algunos progresos. Traté de no asustarme frente al recuerdo. Traté de meditar sobre Kate, sobre la pérdida, en lugar de darle vueltas en la cabeza. Al cabo de seis meses empecé a consolarme con la idea del nuevo niño. El consuelo crecía, Stephen, pero muy lentamente. Todavía había días en que parecía no haber salida. Una tarde vinieron los del cuarteto. Trajeron consigo a un antiguo amigo del colegio, un violoncelista, así que interpretamos, o al menos intentamos interpretar, el *Quinteto en do mayor* de Schubert. Cuando llegamos al adagio, y ya sabes lo maravilloso que es, no me eché a llorar. Fue un paso importante. En realidad fui feliz. Empecé a tocar de nuevo como debe ser. Lo había dejado porque se convirtió en una evasión. Elegía las piezas más difíciles y trabajaba en ellas con furia, todo para dejar de pensar. Ahora tocaba por placer, empezaba a interesarme por el nuevo niño y a pensar en ti, a recordar, y empezaba a sentir lo mucho que nos amábamos. Noté cómo regresaba todo eso. Lamento que tuviera que ser de esta forma. Pero sabía que era lo indicado. Ahora estoy lista. Tenía que asegurarme de que también tú estabas fortaleciéndote por tu cuenta. Así que finalmente te llamé por teléfono ayer, durante toda la tarde. No podía soportar que no estuvieses en casa...

Stephen quiso demostrarle a Julie lo mucho que se había sobrepuesto. En su exaltación, estaba dispuesto a saltar de la cama y mostrarle su reconstruido revés, o tomar una pluma y enseñarle su caligrafía componiendo para ella un poema en árabe clásico. Pero no pudo soltarle las manos. Los ojos gris claros iban fijando su atención de su ojo derecho al izquierdo para luego descender a la boca y recomenzar. Su boca parecía haber madurado en una sonrisa contenida. Julie apartó las mantas y le guió la mano. La cabeza estaba encajada, la piel sobre la maraña de pelo estaba cálida y dura, casi como si fuera hueso. Más arriba, debajo del pecho izquierdo, notó un latido contra la palma de la mano: una patada.

Stephen fue a decir algo y la miró. Julie susurró:

–Era una hija maravillosa, una niña maravillosa.

Stephen inclinó la cabeza aturdido. Fue entonces, tres años

más tarde, cuando finalmente empezaron a llorar juntos por la niña perdida e irreemplazable que para ellos no se haría mayor y cuyo aspecto característico y sus movimientos nunca quedarían borrados por el tiempo. Se abrazaron y cuando resultó más fácil y menos amargo, empezaron a hablar lo mejor que pudieron debido al llanto y a prometer amor a todo: amar al niño, el uno al otro, a sus padres, a Thelma. En la frenética expansividad de su dolor se comprometieron a poner remedio a todos y a todo, al gobierno, al país, al planeta, pero empezando por sí mismos; y aunque nunca podrían compensar la pérdida de su hija, la amarían a traves del nuevo niño y nunca cerrarían la mente a la posibilidad de su regreso.

Todo el tiempo habían estado tumbados de frente en la cama. Ahora Julie acabó de apartar las mantas con los pies. Se levantó el camisón, se dio media vuelta y se apoyó en las manos y las rodillas. Separó los codos hasta que su rostro se hundió en la almohada. Stephen susurró su nombre a la vista —en un cuerpo tan dignificado y potente— de la dulce indefensión de esas nalgas levantadas y desordenadamente enmarcadas por el reborde bordado del camisón. Resonaba el silencio tras sus promesas, y se mezcló con el murmullo de un millón de agujas de pino en el bosque. Stephen se introdujo en ella suavemente. Algo se acumulaba en torno a ambos, cada vez más sonoro, más dulce, cálido y brillante, y todos los sentidos se sintetizaban condensándose en la idea de crecimiento. Ella gimió en voz baja, una y otra vez, emitiendo unos «oh» que subían y bajaban de tono como una asombrada pregunta. Después, Julie gritó algo alegre que él no pudo entender, perdido como estaba al significado. A continuación ella se apartó; deseaba tumbarse de espaldas. Se colocó en ángulo recto y soltó un suspiro agudo. Apoyó la punta de los dedos de una mano en la parte baja de su vientre y se dio ligeros masajes. Stephen recordó el hermoso nombre de esa acción: *effleurage*. Con la otra mano Julie le dio un golpe, apretando con más fuerza a medida que la contracción ganaba intensidad, comunicándole de esa forma su progresión. Estaba preparada, controlaba la respiración haciendo constantes y rítmicas espiraciones que se aceleraban en un jadeo superficial mientras se acercaba a la cúspide. Se iba sola en este su segundo viaje, y todo lo que él podía hacer era correr a lo largo de la playa y dar gritos de ánimo. Se estaba alejando de él, inmersa en el proceso. Sus dedos se clavaron en la mano de Stephen. A éste, el pulso le golpeaba las sienes enturbiándole la visión. Trató de ocultar el miedo en su tono de voz. Tenía que recordar su papel. «Cabalga, cabalga esa ola, no luches, déjate llevar, flota...» Entonces se unió a ella en su jadeo, poniendo gran énfasis en las espiraciones y yendo más despacio cuando se aflojaba la presión sobre su mano. Sospechaba que esta forma de participación la habían ideado las autoridades sanitarias para aliviar el pánico de la indefensión paterna.

Cuando pasaron las contracciones ambos inspiraron profundamente. Julie ahuecó las dos manos frente a la boca para contrarrestar el malestar de la hiperventilación. Dijo algo, pero sus palabras quedaron ahogadas. Stephen aguardó. Ella bajó las manos y sonrió forzadamente. Ambos regresaron a la habitación y a sí mismos, como quien sale al descubierto tras una tormenta. El no podía recordar de qué habían estado hablando, y ni siquiera si habían hablado. No importaba.

–¿Te acuerdas de todo? –dijo Julie. No quería que rememorara. Lo único que preguntaba era si sabía lo que tenía que hacer.

El asintió. Le hubiera gustado echarle un vistazo a uno de los libros de Julie. Había fases precisas del parto, creía recordar, técnicas respiratorias diferentes asociadas con ellas, momentos en que era preciso aguantar y momentos en que era importante dejarse llevar. Pero tenían un largo día por delante. Y recordaba la vez anterior bastante bien. Había sido enjuagador de frentes, telefonista, chico de floristería, escanciador de champán y recadero de la comadrona, y había hablado con Julie todo el rato. Después ella le dijo que había sido útil. El tenía la impresión de que su papel había sido más bien simbólico. Stephen se vistió, cruzó el cuarto y encontró un par de calcetines de Julie.

–¿Dónde está el teléfono de la comadrona?

250

—En el bolsillo de mi abrigo, que está colgado detrás de la puerta. Pon la tetera cuando salgas. Y trae dos botellas de agua caliente cuando vuelvas. Y un té de jazmín. Hay que encender las dos chimeneas.

Stephen recordaba también esas órdenes en voz ronca, y el derecho absoluto de la madre a dar órdenes en su territorio.

Fuera, el amanecer estaba aún confinado a la parte más oriental del cielo. Las nubes habían desaparecido del todo y vio estrellas por primera vez. La luna continuaba siendo la principal fuente de luz.

Recorrió rápidamente el camino de ladrillos con los zapatos mojados, advirtiendo que Julie había tenido la precaución de barrer la nieve. La cabina de la esquina no tenía luz dentro y tuvo que marcar los números a tientas. Cuando logró comunicar descubrió que estaba hablando con la recepcionista de un centro médico de la cercana ciudad. No debía preocuparse. Avisarían a la comadrona, que llegaría dentro de una hora.

Camino de vuelta, mientras recorría el trecho de carretera que menos de una hora antes había atravesado corriendo, apaciguó el paso y trató de comprender el sentido de los cambios; pero era incapaz de reflexionar, sólo podía pensar en detalles: el té, la leña o las botellas de agua caliente.

La casa estaba en silencio cuando regresó. Preparó la bandeja del té, salió fuera para buscar leña en el cobertizo, encendió la chimenea de la planta baja y llenó un cesto para la de arriba. Exploró la librería de Julie buscando sin éxito un libro sobre partos. Para elevarse la moral con una exhibición de competencia, estuvo varios minutos en el fregadero lavándose las manos.

Llevando la bandeja en equilibrio sobre el cesto y las botellas de agua caliente bajo el brazo, subió tambaleante las escaleras. Julie estaba boca arriba. Tenía el cabello húmedo y pegado a la frente y el cuello. Estaba agitada y quejumbrosa.

—Dijiste que no tardarías. ¿Qué has estado haciendo?

Estaba a punto de pelearse con ella cuando recordó que la irritabilidad podía ser parte del proceso, una de las señales a lo

251

largo del camino. Pero con toda seguridad, eso debería venir más tarde. ¿Se habrían saltado algunas fases? Stephen le pasó una taza de té y se ofreció a darle un masaje. Sin embargo, ella no podía soportar que la tocaran. Stephen arregló las ropas de la cama. Recordando lo furiosa que se puso cuando la primera vez la comadrona le habló como si fuera una niña, adoptó el tono blando de un entrenador de fútbol.

—Mueve la pierna en este sentido, así. Todo parece ir bien. Estamos en buen camino.

Y así siguió. En realidad ella no se había apaciguado, pero le dio las gracias y se bebió el té.

Stephen estaba soplando sobre las brasas, avivando una llamita en un manojo de ramas, cuando oyó que le llamaba. Echó a correr. Julie estaba sacudiendo la cabeza. Hizo como si fuera a colocar los dedos sobre el vientre, pero cambió de idea.

—Llevo despierta toda la noche. Estoy demasiado cansada para tenerlo, no estoy preparada.

Sus palabras de aliento quedaron cortadas por un largo alarido. Julie trató de inspirar, pero dejó escapar un nuevo y prolongado aullido de asombro.

—Cabalga, cabalga esa ola... —empezó a decir. De nuevo sus palabras quedaron cortadas. Había perdido su puesto. Las exhortaciones a respirar rítmicamente eran ahora inútiles. Una galerna le había arrancado las instrucciones. Ella le tenía sujeto el antebrazo con ambas manos y apretaba con furia. Tenía los dientes al descubierto y los músculos y tendones del cuello tensos y a punto de estallar. Poco más podía ofrecer, aparte del antebrazo.

—Julie, Julie, estoy aquí, contigo —gritó.

Pero ella estaba sola. Inhalaba y gritaba de nuevo, esta vez salvajemente, como si se estimulase, y cuando se le terminó el aire en los pulmones dio igual, el grito debía continuar y continuar. La contracción la levantó de la cama y la hizo caer de lado. Tenía la sábana todavía subida hasta el pecho y se había enrollado en torno a ella. Stephen notó que la cabecera de la cama temblaba con sus esfuerzos. Hubo un chasquido final en el fondo de su garganta y volvió a respirar otra vez, agitando la cabeza mientras lo hacía. Cuando Julie miró en su dirección, y más allá, tenía los ojos brillantes y dilatados por la determinación. La breve desesperación había terminado. Había retomado el control. Pensó que iba a decir algo, pero la presión en su brazo se incrementó y ella se le escapó. Le temblaban los labios mientras los apretaba aún más contra los dientes y de lo más hondo de su pecho surgió un quejido estrangulado, el sonido embotellado y gorgoteante de un esfuerzo colosal y forzado. Entonces todo pasó y ella dejó caer la cabeza contra las almohadas.

—Necesito una bebida fría, un vaso de agua —dijo entre jadeos con voz sorprendentemente normal. El estaba a punto de levantarse cuando ella le retuvo—. Pero no quiero que te vayas. Creo que está en camino.

—No, no. La comadrona no ha llegado aún.

Ella sonrió como si hubiese dicho una gracia para animarla.

—Dime lo que ves.

Hubo de buscar debajo de ella para desenredar las sábanas.

Hubo una especie de shock, una sorpresa, una detención del movimiento cuando entró en un tiempo de ensueño. La quietud le envolvió. Se encontraba frente a una presencia, una revelación. Estaba viendo la parte posterior de una cabeza que emergía. No se veía ninguna otra parte del cuerpo. Estaba boca abajo sobre la sábana mojada. En su silencio y en su total inmovilidad había una acusación. ¿Te has olvidado de mí? ¿No caíste en la cuenta de que era yo? Estoy aquí. No estoy vivo. Stephen contemplaba el remolino de cabellos húmedos en la coronilla. No había movimiento, ni pulso, ni respiración. No estaba vivo, era una cabeza en la línea de salida y, sin embargo, la exigencia era clara y urgente. Este ha sido mi movimiento. ¿Cuál es el tuyo? Quizá había transcurrido un segundo desde que levantara la sábana. Le puso la mano encima. Lo que estaba tocando era una escultura de mármol blanco azulado al mismo tiempo inerte y llena de determinación. Estaba fría, la humedad estaba fría, y debajo de ella había calor, pero demasiado tenue, el calor que le prestaba el cuerpo de Julie. Lo que súbita y obviamente había llegado, una persona no de una ciudad o de un país diferente sino de la misma vida, y la sencillez del hecho, le comunicaban una claridad y precisión de finalidad. Se oyó a sí mismo diciéndole a Julie algo tranquilizador a tiempo que él mismo se reconfortaba con el recuerdo, breve y nítido como un fuego de artificio, de una carretera campestre iluminada por el sol, de un naufragio y de una cabeza. Sus pensamientos se estaban convirtiendo en formas sencillas y elementales. Esto es realmente todo lo que tenemos, este crecimiento, este pedazo de vida que se ama a sí misma, y todo lo que poseemos tiene que salir de aquí.

Julie todavía no estaba preparada para empujar. Estaba recuperando fuerzas. Stephen deslizó la mano en torno a la cabeza, encontró la boca y utilizó el dedo meñique para limpiar las mucosidades. No respiraba. Bajó los dedos por los tensos labios de la vulva hasta encontrar el hombro escondido. Podía notar el cordón umbilical, grueso y robusto, una cosa titilante y enrollada dos veces en torno al cuello. Metió el dedo índice y estiró con cuidado. El cordón se separó fácil y copiosamente, y mientras lo sacaba por la cabeza, Julie dio a luz —Stephen comprobó en un instante lo activo y generoso que era ese verbo—, reunió toda su voluntad y toda fuerza física y empujó. Con un sonido chasqueante y blando, el niño se deslizó entre sus manos. Sólo vio la espalda larga, poderosa y deslizante, con una columna vertebral estriada y musculosa. El cordón, todavía pulsante, colgaba de un hombro y se le enrollaba en un pie. Stephen sólo era el receptor, y no el hogar, y su único pensamiento fue devolvérselo a la madre. Cuando lo estaba levantando oyeron un ruido gangoso y un único y lúcido llanto. Quedó tumbado boca abajo con un oído sobre el corazón de su madre. Le taparon con mantas. Debido a que las botellas de agua pesaban demasiado y estaban calientes, Stephen se tumbó en la cama junto a Julie y entre ambos mantuvieron caliente al niño. La respiración se iba haciendo rítmica y un color más cálido, un tono rosa oscuro, se empezó a difundir por su piel.

254

Sólo entonces lanzaron exclamaciones y empezaron a celebrarlo, y a besar y a acariciar la suave cabeza que olía como un panecillo recién hecho. Durante muchos minutos fueron incapaces de articular una palabra y sólo pudieron emitir sonidos triunfales y asombrados, o pronunciar en voz alta el nombre del otro. Anclado por el cordón, el niño yacía con la cabeza entre sus puños cerrados. Era un bebé hermoso. Tenía los ojos abiertos y miraba las montañas de los pechos de Julie. Más allá de la cama, y a través de la ventana, podían ver la luna que se hundía en una brecha entre los pinos. Justo encima de la luna había un planeta. «Es Marte», dijo Julie. Era el recordatorio de un mundo duro. De momento, sin embargo, estaban a salvo, era antes del principio del tiempo y miraban tumbados el descenso de la luna y el planeta a través de un cielo que estaba volviéndose azul.

No supieron cuánto tiempo pasó antes de oír el coche de la comadrona aparcando frente a la casa. Oyeron el portazo y el golpeteo de unos zapatones contra los ladrillos del sendero.

—Bueno —dijo Julie—. ¿Es niño o niña?

Y con el pleno conocimiento del mundo que estaban a punto de retomar, y al cual esperaban llevar su amor, ella buscó bajo las mantas y lo supo.